2023 年"新时代中国法治文学精选"丛书

中国社会主义文艺学会法治文艺专业委员会 编

七天期限

群众出版社
·北京·

图书在版编目（CIP）数据

七天期限／中国社会主义文艺学会法治文艺专业委员会编. -- 北京：群众出版社，2024. 10. --（2023 年"新时代中国法治文学精选"丛书）. -- ISBN 978-7-5014-6389-3

Ⅰ. I247. 5

中国国家版本馆 CIP 数据核字第 2024KT6782 号

2023 年"新时代中国法治文学精选"丛书

七天期限

中国社会主义文艺学会法治文艺专业委员会　编

责任编辑：张　晔
装帧设计：王紫华
责任印制：周振东

出版发行：群众出版社
地　　址：北京市丰台区方庄芳星园三区 15 号楼
邮政编码：100078
经　　销：新华书店
印　　刷：天津嘉恒印务有限公司

版　　次：2024 年 10 月第 1 版
印　　次：2024 年 10 月第 1 次
印　　张：8. 875
开　　本：880 毫米×1230 毫米　1/32
字　　数：214 千字

书　　号：ISBN 978-7-5014-6389-3
定　　价：49. 00 元

网　　址：www. qzcbs. com
电子邮箱：qzcbs@ sohu. com

营销中心电话：010-83903991
读者服务部电话（门市）：010-83903257
警官读者俱乐部电话（网购、邮购）：010-83901775
文艺分社电话：010-83901350

2023 年"新时代中国法治文学精选"丛书编委会

前言

为认真贯彻习近平新时代中国特色社会主义思想，弘扬社会主义核心价值观，讲好中国法治故事，以法治文学的力量，为实现以中国式现代化全面推进中华民族伟大复兴作出应有贡献，经中国社会主义文艺学会批准，中国社会主义文艺学会法治文艺专业委员会自 2021 年起开展"新时代中国法治文学精选"丛书征稿编选工作。迄今已连续成功举办了三届。中宣部原副部长、原文化部部长贺敬之同志担任编委会总顾问。此项活动的主要成果是，由群众出版社向全国公开出版发行 2021 年、2022 年、2023 年"新时代中国法治文学精选"丛书，收录长篇小说 14 部、中篇小说集 1 部、报告文学集 2 部、中短篇小说集 2 部、短篇小说与报告文学集 1 部。这是一年一度法治文学精选的征稿编选工作，对于推动中国法治小说、报告文学原创作品的发展，促进法治文学人才脱颖而出，起到了十分重要的积极作用。

2021 年入选的优秀作品，其中长篇小说 2 部（《山重水复》《弹壳》）、中短篇小说集 1 部（《疑似命案》）、报告文学集 1 部（《微尘鉴罪》），已收入 2021 年"新时代中国法治文学精选"丛书，由群众出版社出版发行。2022 年入选的优秀作品，其中长篇小说 6 部（《血案寻踪》《刑警一中队》《刑警的诺言》《越过陷阱》《虚拟诱惑》《刑侦女警》）、中短篇小说集 1 部（《诡异现场》）、报告文学集 1 部（《预审"工匠"》），已收入 2022 年"新时代中国法治文学精选"丛书，由群众出版社出版发行。

2023 年"新时代中国法治文学精选"丛书的征稿编选工作现已圆满结束。此次征稿，自 2023 年 1 月 1 日至 9 月 30 日，共收到作品 80 部（篇），其中长篇小说 11 部，中篇小说 18 篇，短篇小说 33 篇，报告文学 18 部（篇）。经中国社会主义文艺学会法治文艺专业委员会组织专家认真审读，最终确定 25 部（篇）作品入选 2023 年"新时代中国法治文学精选"丛书。凡入选作品的作者，均由中国社会主义文艺学会法治文艺专业委员会颁发"特约作家"证书，并在中国社会主义文艺学会网站公布。

2023 年"新时代中国法治文学精选"丛书继续由群众出版社出版发行，共 8 部，收录长篇小说 6 部、中篇小说集 1 部、短篇小说与报告文学集 1 部，并将所有入选作品名单收入附录。

中国社会主义文艺学会法治文艺专业委员会
2023 年 12 月 31 日

目录

七天期限

楸立

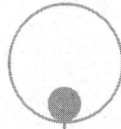

楔子

幽暗的城市，灯火昏黄，将近午夜时分，一辆警车闪着警灯开进了院子。一名老警察出了值班室，把大门关好，招呼人们抓紧时间睡觉。出警回来的警员们打着哈欠，嘴里说着"但愿睡个好觉"，进了宿舍。老警察去关电视，电视屏幕正在播放着一则新闻："黑恶势力是社会毒瘤，严重破坏经济社会秩序，侵蚀党的执政根基……为期三年的扫黑除恶专项斗争在全国范围内启动。开展扫黑除恶专项斗争……对于保障人民安居乐业、社会安定有序、国家长治久安，具有十分重大的意义。"

"咣！咣！"两个震天响的炮仗在地毯厂家属院刘横子家院子里炸了，木窗上的玻璃"哗啦"一声，崩得稀碎，晾衣架上的女主人齐敏的粉色内裤以及蕾丝乳罩在硝烟中跌落。炸点位于家属院的核心位置，又值深夜，九十六家住户都被突如其来的爆炸声惊醒。刘横子家北排胡同第一家是庄宝安家，自打拆迁公司发出拆迁通知这二十多天，庄宝安就没睡过一个踏实觉，没吃过一口舒心饭。他从半梦半醒中被炮仗炸醒，耳边随即传来齐敏大呼小叫的哭号，以及刘横子抄家伙打开大门后骂娘的吼声。

庄宝安用脚丫子想也能想出是四海公司那些小子干的，昨天晚上是祥子家，今天是横子家，明天该祸祸谁家了？他心里担心，又暗自庆幸。庆幸的是自家没有被他们搞破坏，自己暂时还没有被当作钉子户对待，没有被四海公司列为"斩首"的目标。枪打出头鸟，炮打挡路人，现如今唯有在人群里面缩着脑袋、夹着尾巴才能够保全自家人身安全，确保晚上不受到种种袭扰。当然，庄宝安也清楚一点，只要那个拆迁补偿协议不签字，对方是迟早要找上门来的。

"大家都出来呀！出来看看呀！"齐敏站在门口咆哮着叫嚷着，任她撕心裂肺、捶胸顿足，庄宝安也没有听到有谁打开门出来。十来分钟后，刘横子的酒肉朋友吴二黑咋咋呼呼地从院里跑出来，说着杀七个宰八个仗义没边的狠话。其他人则都像庄宝安一样，窝在自家屋里蒙起脑袋，心里虽万分同情加愤恨，却只当什么事都没发生。

"都不出来是吧，就我横子给大家出头扛事儿，咱说好了，天一大亮，我们就签字，你们就当缩头王八，等着让人祸害吧！"刘横子拿着菜刀四处寻找扔炮仗的人未果，只好赤膊气呼呼地在院子里骂街。

哥们儿吴二黑说："横子，咱报警吧！"

"没用……"

庄宝安其实挺佩服刘横子一家，尤其是齐敏。这地毯厂九十多户，能写的能唱的有，但能够和拆迁公司对阵的没有几个，还就是横子两口子。其他的别说能骂街，就是能和别人吵架的也没有几个，全是和自己一样笨嘴拙舌、胆小怕事。大家推举刘横子当拆迁户代表，是基于他们两口子豪横的性格。

庄宝安在屋里转了两圈，想该不该出去劝劝横子夫妻，但出去了万一黑影里有人把自己记下来就麻烦了。据说这些小痞子都背着案子，做事手黑不管不顾，保不齐出来给你几刀，或拍你黑砖。庄宝安不敢往深里琢磨，越想越不该出去。他返回床上睡觉，可又没有一点儿困意，于是起身推开儿子的房间，见床板上空荡荡的，儿子又一宿没回家。

天说亮就亮了，庄宝安戴上口罩轻手轻脚地打开大门，抻脖子瞅了瞅胡同口两边有没有陌生人，又瞧了瞧大门有没有其他痕迹，前天早晨吴二黑家门上被贴了丧纸，门口放了花圈，还有几家的大门被刀子划得乱七八糟。

庄宝安小心翼翼地把门锁好，谨慎地走出胡同，转身迈开小步就拐上了大街，他低头走路时用两眼的余光警惕着周围。他上班的地方离家也就五百米的距离，庄宝安几乎是在小跑儿，直到走上了单位门口的台阶，他才出了口长气。

"你吃早点了吗？"伙伴胡木在保安室里手捏着油条喝着豆浆。

"哦，吃了。"庄宝安回答得漫不经心，一想又忙说，"没吃。"

"我看你一宿没睡好吧？"

"横子家被扔炮仗了。"

"报警呀！"

"报过，不顶用。"

"跑不了是拆迁的干的。"

"可不是，傻子也知道是他们干的。"

5

庄宝安边说边捏了根胡木手边的油条，几口就吞进了肚子，端起暖壶发现里面没水了，忙出去打水。到了饮水机那里，见到负责审批户籍的辅警罗子拎着水壶过来。

庄宝安说："罗子，你先打。"

罗子"嗯"了一声，也没见外。

庄宝安问罗子："罗子，你问你们队长了吗？还要人吗？"

"庄叔，我和大队长说两回了，他说暂时不要，开不出工资来，我和李霞两个人的工资大队都非常紧张。户籍没地方来钱，你不如找找关系去交警那边，都愿意去交警那边。这不李霞找关系也想转过去呢。"

"我就想让小子有个踏实地方待着。"庄宝安点了点头，扭头去拧水龙头，差一点儿烫着手。

回到保安室，胡木已经吃完了，他说："刚才电话响了两遍，我看号码又是拆迁公司的，保准找你的，我就没接。你这个事儿得赶紧处理好了，总是往单位打，别哪天耽误了公家的事儿。"

庄宝安一脸愁云，真不知道怎么处理。他想签字，可是没几户签。他对抗四海公司不当出头的，签字自然也不乐意出头，否则家属院的人得恨死他。

"我也没办法。"

"差不多就签吧！拆迁改造住楼房挺好的事儿，你那儿弄上两套两居室。"

"谁不知道是好事儿，可就陈四海那个公司，哪是正道公司呀，中行后面那片交通局一百多户，三十多亩地，到现在四年了都没见盖房子，老住户都老死了也没住进去。现在他们又想改造我们这里，谁敢和他们签呀？"

"不是说先给你们找地方租房，或者找个第三方拍上保证金吗？"

"屁！开始是这么谈的，后来只给找地方租房，保证金不给。和中行那边条件一样，给两年租金就不给了，公司宣布破产又成立个新公司拆别处，空手套白狼呗！"

胡木瞪着眼睛盯着庄宝安："这也真是够操蛋的。"

"交通局那边也是，都是这个法子，房子全拆了，给了半年租房款，就不发了……"

"没有背景谁敢开发呀？"

"他们再给我打电话，咱惹不起躲得起，我过两天告个长假，出门儿躲躲，我人不在字签不了，他们不能把我的房子扒了吧！"

"这个法子也行，"胡木说，"就是欺负你们老实，你们出来几个混账人和开发商死磕，他们也就没胆子了。"

"要说也是，不行就和他们死磕。"庄宝安才说完电话又响了。

胡木瞪眼一瞧："得，又来了。"

庄宝安不想让胡木鄙视，他接起电话："你们干什么呀？一早晨打了几回了？"

那头儿说："你要签字省着我们打了，我们马上到你单位找你。"

"你们来我单位干什么？我那天见陈总了，我说了，我不打头我也不撒后，有两家签的我就签，你们也甭来。"

"百分之九十的住户都同意了，就剩你们几户了。"

"谁呀？谁家签了？你们给我看看合同，看了合同我就签。"

"那个保密，我们能给你看吗？"

"那说明还是没签，你们先找别人家吧，你们过来也找不到我，我一会儿就得出去。"

电话那头儿没说话，庄宝安放下电话。

胡木说："他们找你来也不敢把你怎么样。"

"我去别处待会儿，都是不主事儿的无赖，没什么好见面的。"

"王兴局长让我给他修插座去，你走了这儿没人哪行，你怕什么呀？我在这里，让他们打听打听我儿子青青去。"

庄宝安听胡木在旁边打气，心里倒是踏实了些，自己真要出去躲着也不是个事儿，再者那帮小子没准儿只是在电话里吓唬吓唬自己，不见得敢来这里。

"你上去吧，没事儿，来了他们敢怎么着呀，我五十多了，豁出去了。"

胡木找出电工工具，临出门说了句："他们要打你才好呢，正好讹他们。"

"讹他们？"

"讹他们，前天我听人口大厅的罗子说，机械厂宿舍开发，有户人家死活不同意，拆迁的扔炮仗、拍黑砖都没用，就找了几个流氓。本来想吓唬吓唬人家，结果失手打出个轻伤来，一下子让公安逮起好几个。公安没有证据是没办法，但有了伤情证据公安才不管谁是谁。"

"是吗？最后怎么样了？"

"最后调解给了这家六十多万，房子后来又比别的人家多二十万，你说谁胜利，谁得钱谁就胜利，现在人家举家外迁海南，日子富富的。"

"那不也得身体受罪呀？"

"那算啥，你给我二十万，来，你给我一刀，砍我脑袋上五公分口子就够。"胡木指着脑壳对庄宝安说。

"我没钱，我不敢。"

"戾，你就认命吧，走啦！"胡木走出门去。

胡木走后，庄宝安心里不安不牢的，总担心拆迁的找来。倒是在 10 点的时候横子给他打了个电话："你下午两点到我家来开会，商量怎么和开发公司折腾，不能总是被动挨打。"

一听这个，庄宝安更是怵头，他对刘横子说："今天就我一个人当班回不去，你们怎么说我怎么听。"

刘横子在电话里骂骂咧咧："宝安哥，你们要都这样，我可真就自己顾自己。都不出头，让拆迁这伙人挨个收拾了，吃亏是自己的。我和陈四海那边也沾亲带故，我外甥女婿是陈四海亲婶的侄孙子，论着喊表叔。我要不在前面挡着了，就你们这样儿，准让他们欺负得怎么说就怎么应了。"

庄宝安让刘横子说得脸冒热汗无言以对。他估摸刘横子不会放弃领头人的身份，刘横子有两处宅基地，但是有一处没办宅基证，拆迁补偿协议上说没有宅基证的只给地表建筑的补偿，刘横子当然不同意，他要为自己争取更多的利益，当代表就掌握着话语权，刘横子两口子算计过来这个账。

下午 3 点来钟，吴二黑拿着联名信找庄宝安，内容是横子找记者写的，最下面的落款全都是家属院业主签的字、摁的红手印。

吴二黑说："宝安哥，咱们明天 8 点准时去胡同口集合，一起去县政府上访，要求县里为咱们下岗职工主持公道。"

庄宝安拿着信一个劲儿地端详，他不在乎信的内容，主要是看看谁家签了谁家没签。他暗自数了数，大约二十户没有签字，这让他心里暗自泛凉。

吴二黑看出了他的心思，说："会计、厂长以及他们那几家裤兜子关系甭指望，准和开发商商量好了，好处比咱们多。其他剩下的郭旦那几户，我一会儿再去找他们。"

庄宝安读了又读，其实在盘算签字好还是不好。吴二黑摸清了他的脾气秉性，说："你快签吧，没人害你，咱们再不折腾，过几天家就让他们平了。"

庄宝安只得签上名字，摁了手印。吴二黑又叮嘱："明天 8 点准时啊。"

庄宝安目送吴二黑下了台阶。这时，他看到公路对面停了辆黑色吉普车，车上下来三个文身的小子，其中两个迎上吴二黑，一个走上了台阶，奔着保安室走过来。

庄宝安有点儿担心，就见那两个小子对着吴二黑比比画画的，吴二黑想躲开，但两人在前面横着身子，就是不让他过去，时不时用肩膀扛一下吴二黑。吴二黑掏出手机报了警。

跑过来的那个小子上了台阶，走到保安室门口。庄宝安假装拿把笤帚扫地，对方一脚跨了进来。

"刚才姓吴的找你干啥？"来人带着东北口音，说话特别冲。

"他找我，关你什么事儿？"庄宝安弯着腰对那小子说。

"晚上鞭响，你们都听到了吧？麻利地签字，不签字还有更大的事儿。"

"还有多大的事儿呀？炮仗是你放的？"庄宝安清楚这小子在这里不敢动自己。

对方脸上露出凶狠状："我跟你说，顺顺当当地签字，啥事儿没有，不签字小心胳膊腿。"

庄宝安其实心里已经发颤了，但面子上不能示弱："你们来吧！愿意怎么来就怎么来，不行就弄死我呗。"

外面有警笛的声音，对方后撤几步："我告诉你，限你七天之内去公司签字，七天之后，你不签，你儿子和你的胳膊腿就当心了。"说完对方扭头就下了台阶。

庄宝安听到这小子竟然用儿子来威胁自己，手里拿着笤帚气得发抖。胡木正巧回来了，看到那小子的背影，问道："他们又来了？"

"嗯。"

"你干吗害怕呀？让他拿刀砍你，能砍死你不？砍不死就讹他。"

庄宝安其实早就看到胡木在楼梯口那里了，就像昨天晚上自己一样，现在这年头谁都不愿意沾事儿，这种情况也甭埋怨别人。

警车来了后，那几个文身的早开车走了。两个警察下车找报警人，吴二黑走过去说："我报的警，那几个东北小子想打我，见你们警察来了，他们开着吉普车往南边去了。"

一个警察问："知道对方是什么人吗？"

"开发公司负责拆迁的。"

"有事儿再打电话吧！"

"你们不去追他们吗？"

"没打也没骂的，就是追上有意义吗？"

"那我们的安全没法儿保证呀！"

一个白鬓角的警察说："把他们的车牌号告诉我们，我们找找吉普车去。"

吴二黑告诉了他们的车牌号，警察记下来开车就走了。

"七天之内不签就要我们的胳膊腿。"庄宝安有意说给胡木听，他现在需要缓解紧张的神经，哪怕和别人说说也好受些。

胡木这次却没有像以前那样宽慰他几句，嘴里"嗯嗯"两声，斜瞅了他一眼，又忙把目光落在手里的茶杯上。

庄宝安无奈地把目光放到远处，在十字路口停着一辆汽车。他看见车上有人注视着自己这个方向，车窗正在缓缓地升上。庄宝安想，这可能也是四海公司的人。

下班时，胡木喊庄宝安："将这块镜子搬回家去吧。"镜子是胡木从二楼审计科里弄出来的，审计科换了办公室，就让胡木搬下楼来。胡木觉得放在办公室占地方，给了人正好。庄宝安其实也不想要，如果在以前这个小便宜他不会放过，但现在往家里搬什么东西，庄宝安都觉得多余。这个房子快没了，往家里塞个没必要的物品等于多个累赘。可庄宝安不想拂胡木的好意，胡木这人有时候热情上来你不接受，他会觉得你的不服从是对他热情的藐视，所以庄宝安说："那我搬回家去。"

庄宝安的家是在地毯厂上班的时候和老婆共同分的房子，住了将近三十年。老婆病逝后，庄宝安成了鳏夫。儿子大专毕业后找不到工作，天天在外面晃荡。鳏夫管不了孩子，没有嘴劲儿，也没有管儿子的实力。在社会上让人鄙视倒没什么，让儿子鄙视那真是个要命的大问题。

庄宝安没有什么办法挽回儿子对自己的尊重，除非他现在一夜成为像陈四海那样的有钱人，或者当个有权有势的领导，他现在唯一的指望是自家这个房子能拆迁改造升级。这片地儿，县里好几位老板盯着，今天这个成立个拆迁工作小组，明天那个成立个拆迁办事处，今天这个人跟你谈，明天那个人拿着协议找你签字，弄了好几年，好几拨都弄不成。鳏夫庄宝安没有什么奢望，当然他也想一平方米多换些地方，比如1∶1.1、1∶1.2，或者更多些，但自己这样的平凡人家只能随波逐流，这样也减少好多麻烦，谁让我签我就签，大家同意我就同意。

十多天前庄宝安在大厅里正好碰到四海开发公司老板陈四海。庄宝安老实但不是糊涂人，这个社会上有太多不情愿又必须去做的事情，所以庄宝安缩着脖子、弓着腰，一副潦倒状："陈总，听说您的公司开发我们那片儿，好事儿，好事儿。"陈四海开始以为审批大厅找了个神经不正常的保安，一听对方说话才明白是拆迁户，马上就和颜悦色起来，在大厅里就和庄宝安入了戏。

陈四海的人生经历比电影主角还狗血传奇。他原本就是个当地的混混儿，混来混去都是在浑水里捞金，从建厕所到建万丈高楼，从街头拎着砍刀到手里拎着大哥大，最终把自己洗成了人大代表、县明星老总。

在大庭广众之下，陈四海就用非常正式又和蔼的语气与这不期而至的保安拆迁户交流了一番。庄宝安当时觉得陈四海这样有身份的人，在众目睽睽之下，能够和自己说上几句话，实属给了自己莫大的面子。他以后只要见到这位开发商陈总，不管当着多少人的面，庄宝安的敬礼都会敬得严谨正式。胡木每次见到他这样，总揶揄庄宝安还挺会装。

庄宝安夹着镜子进了家，反手插了门，才洗干净手，就听到外面有人拍门："老庄，宝安哥。"

"来了，来了。"庄宝安听出来是刘横子，忙打开大门。

"怎么还插门呀?"刘横子满脸个痛快。

"小子晚上不回来，提前把门插好了，你进屋。"

"宝安哥，今天下午让你开会你没来，二黑也通知你了，明天 8 点咱准时到县政府，谁不去谁是那个。都是大老爷儿们，谁也别撒后。"

"没问题，没问题。"庄宝安挺了下腰板。

刘横子脸色好看了些："我从省里找了记者过来，到时候大家把往我家和祥子家扔大雷子、往二黑家弄花圈、把秦师傅车胎扎了这些下三滥的事儿都告诉记者。"

"嗯呢，硌硬咱们，今天还去我那里了，说限期七天，不签字就卸了咱们的胳膊腿。"庄宝安说这些也是让刘横子知道，自己并没有置身事外，而是同样受到敌人的骚扰打击。

"他们吹牛×，看没，我连案都不报，我就看他们到底想怎么玩，惹大了，老子面对面和他们拼了。明儿见吧！"刘横子歪着嘴回家去了。

"吹牛×不假。"老庄随声附和，瞧着刘横子的后影，又唯恐别人听到，赶忙退回屋关了大门。

第一天

庄宝安又一宿没有睡踏实，他寻思明天会是怎么个状况，上访游行可不是闹着玩的，违法，可不闹出点儿声响，拆迁的这些家伙能罢手吗？他们只会变本加厉来对付你。他把家里的那根老擀面杖放在床头，心说，只要有人闯进院子就和他拼命，擀面杖也不算凶器，先照着对方脑袋砸，只要别砸死就行。想着想着就听到外面吴二黑砸门喊集合，庄宝安拉开窗帘，外面已经天光大亮了。

庄宝安应了声，简单地热了热米饭，随便扒拉了几口，换了身便装上衣就出去了。街口人还真不少，刘横子正比比画画地站在人群中央说着什么，手里拿着昨天大家签好字的联名信。

"还有哪户没有签字？赶紧签上。"

有人喊："王芬大姐没有签，这不刚来。"

庄宝安两三年没看到王芬大姐了，她已经搬到乡下住了，人虽然离开了，但只要谁家有红白事她准会到。去年王芬大姐病了一场，庄宝安给她打过一次电话。

王芬是让儿子开面包车送过来的。她的三间房租给了远房亲戚，最近亲戚总被开发商骚扰没法儿再住下去，就去找王芬，弄得她心神不宁。

王芬说："横子，我签，我签，怎么咱们自己的家，自己都做不了主了？我这个省劳模还住不了我自己的房子了？你们有事儿就往我这个老婆子身上推，他们不是说限期七天吗？让他们来铲车从我身上轧过去。"

刘横子竖着大拇指说："就得都像王芬大姐这气势、这劲头，尤其宝安哥。"大家把目光投向了庄宝安，"宝安哥，你光棍马勺的，还怕什么呀？"

庄宝安脸色通红："看你说的，横子，我该来就来，不给大家拖后腿，我比那些没签字的不强多了吗？你说是不是，王姐？"

王芬说："宝安老实了半辈子，甭激他。横子，你怎么说大家就怎么办。"

刘横子叉着腰，大手一挥："走，咱们走着去县政府。二黑，把横幅拉开。"

吴二黑将事先准备好的横幅拉开。人们浩浩荡荡地向县政府方向走去，老庄裹在人群中，点燃了一支烟，左右踅摸着，就见远处停着两辆黑色的吉普车，车窗开着，几个东北小子巴头探脑地望过来，还有一个拿着手机在偷偷录像，老庄忙在人群里低下头。

吴二黑和刘横子两个人拉着红横幅，带头喊着口号："请县领导主持公道，给我们下岗职工一条活路，严惩犯罪分子，打倒黑恶势力。"

王芬说："横子，这样可不行，不是去见领导吗？游行示威可不成。"她的声音被一浪高过一浪的口号声淹没了。

两辆警车拉响警笛从后面赶过来，驶过人群，在离县委大院二十米的地方停下来，车里的警察下车，在前面拉上了一道警戒线。

庄宝安看出有两个就是昨天下午出警的警察，那个上了年纪的老警察拧着眉头挥手示意人们停下。

年轻警察上来就夺吴二黑手里的横幅。刘横子说："你干吗？你干吗？你有什么权力抢我们的东西？"

年轻警察气呼呼地说："你们这是非法游行……"

"快来，快来，都过来，大家都过来。"人们正找不到撒气的人，一听刘横子的喊声全都拥过来。

这阵势把年轻警察弄得手忙脚乱，嘴里说不出话来。那个老警察插入人群，伸胳膊拦着大家："各位，各位，都别急，别急成不？听我的，你们先把这个（横幅）收起来，我们负责联系县里的领导。我们联系不了，你们认为领导答复得不好，你们再继续，行不行？"

王芬觉得这个警察说的在理："这个公安干部说的对，咱们也不要太激动。"

刘横子说:"行行,你说怎么联系县里吧。"

这个老警察拽过年轻警察小声嘀咕了几句,然后走过来对大伙说:"行,你们把材料给我,我现在就联系县领导。"

"不给他,给他也解决不了。"吴二黑说。

老警察说:"你不给我,我怎么联系呀?你们放心,我人就在这儿,跑不了。"

王芬拉着对方的警服:"大兄弟,我们就信你,给你这个材料,我们就要县领导接见我们。"

"大姐,你们放一百个心,县领导给你们什么答复我不管,我肯定负责联系到位。"

刘横子把联名信给了对方,老警察拿出手机打电话。年轻警察黑着脸闪到一旁,对其他警察说:"让他们都到路边。"

剩下的警察开始让人们到马路边:"都去路边,去路边。"

刘横子说:"我们不去,就在这儿。"

"你怎么这么横呀?"年轻警察有点儿受不了刘横子的态度。

"我就这么横。"

这时,那个联系领导的警察打着电话过来,用手摁着刘横子的肩膀:"你说你,让你到路边你去不就得了。"

刘横子也不想和警察干架,见老警察一拦,借坡下驴就领着大伙上了人行道。

王芬走到年轻警察面前说:"小伙子,你这个态度也不合适,你这个态度做群众工作不妥。"

年轻警察解释说:"阿姨,我也是为你们好……"

"你阿姨我是老党员了,喏,这是我的省劳模奖章。"王芬从

17

钱兜里掏出一枚奖章。庄宝安知道，这是在 1972 年，王芬被评为全省的劳动模范时省里颁发的。那时候，谁不知道县地毯厂巾帼模范王芬呀？她受到过省长、部长的接见，去地区、去省里做报告，多风光呀！

年轻警察的语气缓和了些，摸了一下王芬的奖章说："阿姨，我们也挺理解你们的，但你们这样游行喊口号是违法的。"

"违法，我们也不愿意，可我们是弱势群体呀，谁给我们主持公道……现在我们房子住不了，天天被人跟踪骚扰，谁来保障我们的生活？"

庄宝安凑过来，对那警察说："你看那两辆车一直跟着我们，平常也是这几个人去我们那里，说话挺横的，都有文身，听说是从监狱刚放出来的。"

"小伙子你们管管这个。"王芬大姐也说。

年轻警察扭头看到两辆黑色吉普车果然在不远处停着，车上的几个小子看西洋景似的看着这边。他用手招呼其他人："你们几个过去查查那两辆车上的人的身份，没事儿让他们走，有案底的都带局里去。"

一辆警车响了几声警报就开过去了，警察让那两辆车上的人都下车。庄宝安看着警察检查那几个人的身份证，过了会儿，两辆车都开走了。

王芬和庄宝安问："怎么让他们走了呀？"

年轻警察说："他们也没干什么违法的事儿，查完身份不让人走哪行。"

王芬叹了口气，扭头看到一旁的庄宝安，说道："小庄呀，我那个表妹回话了，她离婚手续全办妥了，再把房子公证给儿子，就利索了。这不昨天给我打了电话，说愿意和你见见。"

听到这个消息，庄宝安心里打开了一道明亮的缝隙。

王芬接着说："你要和我表妹成了那真是不错，你人孤单，家里得有个女人拾掇，她呢也有个男人，省得没有依靠。"

庄宝安真的非常感谢王芬这样的人，经历这么多年，王芬还保持着劳动工人那种朴素厚道的品性。更难得的是，王芬的表妹能够给他这个五十多岁的老男人第二春的机会。

"表妹前几天去了办事大厅，还问我你是哪个保安呢，她说保安有四五个，有个酒糟鼻的，还有个谢顶的，我说你不是酒糟鼻，也不谢顶，就是人老相点儿，一看就是踏实人。"

"嗯，嗯，酒糟鼻那个叫赵金茂，谢顶那个叫胡木，咱们厂子刘章二姑家的表弟。"

"刘库管的表弟呀？"

"嗯，二姑家的。"

"刘库管最近看到过吗？我看今天也没来，前年坐着轮椅闺女推着看到过一回，说了几句话，还能认人。后来没看到，也没说过他表弟，好像这个表弟也不和他走动。"

这时，那个警察放下电话，他应该是联系好了县领导，过来对刘横子说："大家现在去信访接待室，陈县长接见你们。"

"走走，全部开路信访那里。"刘横子指挥大家。

"你们都去，领导听谁的？选出几个代表吧，我看出三位代表就行。"

人们凑在一起商量了一下，庄宝安提议让刘横子和王芬，再选个老练人，刘横子拉过来一个戴着眼镜的中年人："让他，刘库管的侄子。"

刘库管的侄子向大家点点头："嗯，嗯，喊我老刘就行。"

庄宝安心想，这哪里飞来的刘库管的侄子呀？这个人看着面相跟刘库管沾不上一点儿边，倒像个电视里的奸臣。

就这样，刘横子、王芬，还有那个刘库管的侄子老刘去了信访室。临去时，刘横子对吴二黑说："你守住阵地，中午用咱们的集资款买盒饭，我们不出来人们可不能散。"

吴二黑点了点头："明白。"

庄宝安在马路牙子上坐了下来，胡木刚给他发了条信息，说下午上边来检查，能上班就上班，这边审批局的不知道哪个吃饱了撑的领导，向保安公司反映人员总是缺勤的事儿，公司近期要对下面的保安人员进行明察暗访。

庄宝安心想一个看门的岗位，还明察暗访。一个月两千块钱，刚够打壶醋的，还要求这么严，拆迁这个事儿利落了就真不干了，重新找地方，哪怕累些也比这儿好。万一和王芬的表妹成了，自己不能这么干靠着过日子。

正想着，旁边有人喊："老哥，有火吗？"

庄宝安抬头一瞅，是那个老警察："有。"他掏出打火机想站起来，那个老警察却蹲下了身子，庄宝安给老警察点着了烟。

"我看你挺面熟的。"老警察说。

"嗯，在审批大厅看大门。"

"哦，我说怎么这么面熟呢。"

"嗯，我和你们人口大队的罗子，还有金大队长天天打照面。"

"你怎么称呼？"

"庄宝安。"

"宝安当保安，这个好。"

"好什么呀，傻子都能干的差事。"庄宝安自我揶揄地说。

"哦，老庄你在地毯厂住了多少年了？"

"快三十年了，最老的一批。"

"拆迁是好事儿。"

"好事儿，可不是这么个拆法儿。"

"呵呵。"警察干笑了几声。

"对了，我咨询下你们警察，要是他们拆迁的晚上进我们家里，我们把他们弄死了怎么办？"庄宝安心里一直有这个问题想说说。

"怎么办？杀人了，该怎么办就怎么办。"

"那我们就干挨着，任对方祸害吗？"

"不防卫过当也不追究责任，还可以打110嘛。"

"别的地方一平方米补偿一点一平方米，租房每年两万，提前预付两年的。他们四海公司，一比一补偿，胡同面积还不给算上，租金月付，什么时间入住合同上也没有。如果我们不同意，他们就扔大鞭、砖头，打骚扰电话，限我们七天时间，不同意就卸胳膊腿……"庄宝安瞥了老警察一眼。

老警察拧着眉头瞅着马路，什么也没说，只是紧嘬了几口烟。

将近中午，刘横子、王芬、刘库管的侄子老刘才从信访接待室出来，人们呼啦地全拥过去："怎么样，怎么样？"

王芬对大家说："陈县长下午就联系房管、住建，还有公安各部门，研究人家反映的事儿，说七天后给咱们答复。"

七天？庄宝安心说，这是和四海公司商量好了吗？七天后这边都把房子扒了。

刘横子说:"这个事儿又无限期地拖下去,和咱们上次来没什么两样儿。王芬大姐,没和你说吗,我和二黑、丁老师来过一次,是那个金副书记接待的,当时也这么说的,再找金副书记,人家调走了,去市里了。咱们再等一周,陈县长又没影儿了,又换别的领导。"

王芬摊着手:"陈县长说了,我们就信他一回,你说咱们在这里等着也没有什么结果。"

大家一时也没了主意,刘横子拉着老刘走到一边,两个人小声说着什么。

庄宝安看到警车上的一个警察向旁边的人指了指那个老刘的背影,有两个警察下了车凑到刘横子两个人那边。

庄宝安侧身问身边的老警察:"那个人是你们所长还是队长呀?"

老警察说:"我们治安大队长,年轻有为。"

刘横子和老刘见有人过来监视,就不再说什么了。老刘说:"那我先回去。"也没和人们打招呼,自己溜达着向南走了。

刘横子走过来对大家说:"咱们回我家再商量商量。"

庄宝安趁这个空儿,问老警察:"老弟,能把你的电话告诉我吗? 有什么事好找你们。"

老警察点了下头:"行,有事你就打 13556332297,我姓于,于文生。"

"于队长,好了,我记下了,有困难找警察嘛。"

"我不是什么队长,我就一大头兵,有了事儿你们最好打 110,我这个号呢,当然你也可以拨,甭满处撒,你自己知道就成。"

"放心，放心，于老弟，我懂。"庄宝安扑拉扑拉屁股和人们往回走。

刘横子在人群里说："咱们不能指望县里七天能够给咱们答复，咱们得下手……"

吴二黑说："咱们要先去市里，下午就去，市里路程也近。"

"县里的官都是市里下来的，咱们能去市里，拆迁公司这帮孙子自然也一样能找到市里的关系，所以没有意义。去，咱就直接去省里。"刘横子说，"不折腾出声势来，咱们这个日子过不安稳。现在谁报名？我自己算一个。"刘横子举着手瞅着大伙儿。

没有人吱声，庄宝安想自己是不能去的，下午就得去上班，总请假真不是个事儿，他脚下慢了几步往后面躲。

"二黑，你去。"刘横子说。

"我怎么去，我儿媳妇马上生了。"

"你儿媳妇生孩子有你什么事儿？"有人说。

"怎么没事儿，生第一胎大出血呢。"吴二黑分辩。

见这个也不出头，那个也不积极，王芬说："我是想去，可我这个腰真坐不了车。"

刘横子说："老大姐，我们租个大车，你来回躺着，你去了有分量，你看你的劳模奖章一掏，那个警察当时就语气缓和了。"

"是呢，是呢。"别人呼应着。

庄宝安也赶紧上来唯恐落后，说："钱不够，我们再凑，一人二百怎么样？"

"行，行。"不去的开始掏钱。不大会儿就凑了万把块钱。

刘横子说："明天起早，我和王芬大姐、秦师傅去省里。我也明着告诉大家,刚才那个不是刘库管的侄子,他是大记者,有大记者给咱们做后盾,谁也甭怕他们,四海公司五海公司也不算什么。"

大家让刘横子鼓动得精神振奋,又连着喊了几声口号就散了。庄宝安和刘横子、吴二黑几个人才溜达到胡同口,就见齐敏站在胡同口那儿。

齐敏迎过来:"你们可回来了,都看看吧,门上又贴条了。"

"贴条?"几个人往各家门上一看,果然每家的门上都贴了一张告示:

限期七天搬离,否则强行拆除,一切损失自负。

四海拆迁公司

刘横子一把就将告示撕了下来,说道:"看见了没,看见了没,真嚣张,二黑,拍下来传给刘记者,这都是证据。"

王芬说:"没王法了,明天咱们就得和省里要个长短。"

庄宝安担心院子被搞破坏,几步走回家把门打开,看到院里门窗完好无损,出了口长气。他想起门口的告示,又多了层担忧。

他烧了壶开水,屁股刚坐到凳子上,就听后排房王芬的喊叫声:"快过来,快过来人。"

庄宝安几个箭步就跑出去,吴二黑也从家里探出头来:"谁喊的呀?"

"王芬大姐。"说话的时候,庄宝安已经到了王芬的家门口,推门进了院子就见王芬瘫坐在地上,院子地上一片血渍,王芬养的那只大黄猫血淋淋地挂在院中的石榴树上。

"这群活死孩子们！"庄宝安边骂边扶起王芬进了屋，"快起来，快起来。"

王芬坐在沙发上胸口起伏："庄，我右口袋里有速效……"

庄宝安翻出速效救心丸，倒出两粒塞进王芬的口里："大姐，你消消气。"

吴二黑和刘横子几个人也赶了过来。

刘横子进屋说："大姐，这是逼上梁山，我家玻璃被砸了两回了，有一次差点儿把敏敏脑袋弄破了，二黑家、秦师傅家，哪户他们都没放过。"

齐敏插了句："人家会计、老厂长家就没事儿。"

"那俩汉奸还算人呀！"

大家把王芬挽扶到床上躺下，庄宝安说："大家都回吧！我一会儿给大姐做点儿什么。"

刘横子问："明天王姐您还去得了省里吗?"

"横子，放心吧，我有一口气也得去，这猫跟着我十多年了，我不能白让它死了，有种让他们把我老婆子弄死。"

"好嘞，好嘞。"刘横子这才放心地走了。

庄宝安给王芬沏了碗热豆奶。大约半个小时后，王芬的气色才恢复如初。

"大姐，您不腰疼吗，我给您贴上块膏药。我前几天闪了下腰，贴上就好了，我给您试试。"

"小庄呀，你说以前咱们这地毯厂多好呀，多和美呀，一百多号人就跟一家人似的，有了矛盾直接说，有了事情大家一起解决，人们多团结呀。现在企业散了后，人心也就散了。"

"唉，"庄宝安也叹了口气，"是呢，那时候我和横子算年龄

25

小的，你们都疼我们、帮我们，你看现在谁都怕沾上谁，你穷了人们躲远了，你富了人们气得慌。"

"回不到从前喽。"

"明天我看您别去了，您身子骨行吗？"

"去吧，我还能活几年呀，再给大家伙做点事儿，也算没有辜负大家对我的信任。当年大家推举我做劳模，我在大会上发言，和省长都说了，我既然是工人阶级的代表就要为工人阶级说话，就要为集体事业奋斗到死，我记得你们送我去省里那场面，那场面……"王芬说着眼里流出了泪水。

庄宝安被王芬带动得也眼泪不住地流，他擦了擦眼泪："是呢，过去了，真就回不来了。"

王芬望着他说："行了，行了，咱不哭了，都成小孩子了。"

"我给您在锅里下了面，您起来一会儿吃点儿，马上快一点了，我还得去门口接班。"

"嗯，嗯，你快去吧。"

庄宝安出去后把王芬家的门关死，到了刘横子家门口，拍了拍门："横子，我去上班了，一会儿让弟妹过去看看王姐。"

"好，好。"刘横子正吃着什么答应了声。

庄宝安回家简单收拾了下，咬着根黄瓜就去上班了。他走到单位北面的停车场的时候，发现拆迁的那辆吉普车停在里面，从上面下来一个人，正是上午和大家一起去上访的那个刘记者。庄宝安心里一个激灵，怎么这个记者和拆迁的人接触上了呢？他见刘记者和车里面的人摆了摆手，就上了停在旁边的一辆轿车。庄宝安闪在一旁，瞅着刘记者开车出了停车场向东开了，黑色吉普车紧随其后，然后向西拐。两辆车后边还有一辆车缓缓地跟了上去。

庄宝安想了半天也搞不明白，难道这个记者"两头吃"？他一边心里盘算着，一边往上班的地方走，才走几步迎面差点儿撞上人。他止步一瞅，冤家路窄，又是昨天去找他的那两个东北小子。

"咋样？老庄，看到我们贴的通告了吗？"

"看到了，不是限期七天吗？"

"你要是想明白了，今天签也行。"

"我没说吗，别人签了我也签，我不打头也不撒后。"庄宝安心说，在大街上你们也不能把我怎么样。

"我们把你情况都摸清了，你不签，你儿子签也行，你儿子签了就当你签了。"

"你们找我儿子干吗？他做不了我的主。"

"行，你儿子我们也了解了，你不为自己也得为你儿子想想。"

"我告诉你们，你们有事儿说事儿，真打我儿子的主意，我非和你们拼命。"

"你拼××，你有什么跟我们拼？"其中胸口文身的小子用手推了老庄肩膀一把。

"你别碰我！"

"咋，我碰你咋啦，有种你还手，打我，打我。"对方非常嚣张。

庄宝安气得脸色蜡黄，只得往后退了一步，他退一步，对方就逼近一步。

"我们要弄你就跟捏个虫子一样……"

27

庄宝安退了一大步，把手往口袋一伸："你再说一遍，我给你录音了。"

"哎哟，还录音。"其中一个就抓他的手腕。

庄宝安大喊道："来人呀，有人抢劫，有人抢劫呀。"

过往的人都驻足观看。俩小子一看这个状况，嘴里骂了几声："你老小子等着，七天，七天不签你看着。"说完两人闪进一旁的胡同溜了。

庄宝安擦了擦脸上的汗，瞅了眼围拢过来的人们，心还是止不住地怦怦跳。他庆幸自己刚才还算机智，否则说不定被这俩家伙纠缠到什么时候。他想给那个于公安打个电话，但想起老于告诉自己，有事先打 110，不要轻易打他电话。

庄宝安想还是打 110 备个案，万一以后发生什么事儿有个安全保障。他就拨了 110，110 接警的是个女的，听庄宝安啰哩啰嗦地说了半天也没说明白，就告诉他稍等，有出警民警会联系他。庄宝安就挂了电话等着，才放下手机没一会儿，就见手机备注"于文生"的电话打过来了。

"刚才是你报警吗？"

"于队长是我，地毯厂的庄宝安。"

"你告诉我位置，我马上到。"

几分钟后，老于就开着警车带人赶过来了。

庄宝安心说，赶事儿上还是警察能够说来就来，指望别人成吗？

老于问："怎么啦？你报警说不清楚。"

庄宝安数着手指头把刚才的经过说了一遍。

老于说："你要不去所里录个材料，我们记下来归档合并案子。"

"得多长时间?"

"一个半小时。"

"那就算了,我还得接胡木的班。"

"那我们给你登记下来。"

"那行。"

于公安登记完了,说:"我们还得出别的警。"又叮嘱老庄,"出门谨慎,尽量别和对方发生正面冲突,他们就是来找碴儿的,对方豁出去了,咱不能豁出去。"

于公安走后,庄宝安想,于公安给他的印象还是蛮正能量的,像老于这样的警察真不错。

庄宝安进了保安室,胡木迎面就说:"拆迁的又来找你了,我说你没上班。"

"我在路上和他们打照面了。"

"打照面了?"

"打照面了,我拿手机给他们拍照、录音,把他们吓唬跑了。"

"可得提防他们。"胡木对庄宝安说。

庄宝安一下午心不在焉,其间保安公司的经理给他们几名保安开了个小会,还是严肃考勤、纪律等问题。小经理是从一线城市聘过来的,管理上有一套,挑问题贼准,庄宝安和胡木几个年过五十的人让他批得一无是处。按照胡木的话说,恨不得一头栽台阶下自杀算了,为了挣点儿钱,真不易。

点名批到庄宝安时,庄宝安不是低着头就是点头,还能怎么样?先混吧!

等小经理走了后,大家各怀心事回到各自的岗位。

胡木说:"宝安,都是审批局那个王副局长打的小报告,呸,这个奸臣。"

庄宝安说:"唉,咱这个环境……"说完他找个没有监控的地方给刘横子打电话,刘横子不信庄宝安的话,问他是不是看错人了。庄宝安说不会的。刘横子说看来咱们这两千块钱白花了,要这样咱们连记者一块儿告了。

好不容易等到下班,庄宝安一路警惕地回到家,先是去了王芬那里,王芬和刘横子几个人正商量事情。看到王芬安然无恙,他才算放宽了心。

他稍坐了会儿,也说不上话,便回家做饭。进了冷冷清清的房子,想起儿子这几天没什么音信,就要打电话联系儿子,才掏出手机,外面大门"哐啷"一声响,他探头一瞅,是儿子回来了。

儿子肩上搭着外套进了屋,撩撩眼皮瞅了父亲一眼,就推开自己小屋的门倒在床上。

庄宝安试探着问:"你这两天在哪里待着呢?"

"网吧。"

"天天在网吧待着干吗?"

"不去网吧,去哪?"

"都二十好几了,得找个事儿干。不能像胡木的小子青青似的,那是什么样子,身上刺得乱七八糟,满口脏话。"

"现在流行文身。"

"流行咱也不文,让人一看就是二流子。"

儿子没说话,趴在床上捣鼓着手机,不知道在微信上和谁聊着，说道："爸，咱们家的房子协议签了吗？"

"不签，现在签吃亏。"

"青青来找我，说咱们这里好多户都签了，就剩咱们这两排了，他说让咱家先签了。"

"青青？他算干什么的，联系你干吗？"

"青青负责咱们这片的拆迁，他找我来，让我给他个面子，说晚上叫我去旺角吃龙虾。"

庄宝安心说，怪不得胡木不像前两天那语气了，原来他儿子在拆迁公司了，没准儿扔炮仗、弄死王芬家的猫还是青青干的呢。

"不去，你小孩子甭掺和。"

"咱家早晚得拆，为什么不给青青这个面子呢？"

"青青有多大的面子，小流氓说拆就拆了？他没这么大面子。"

"听他们说，他们弄了咱们这里好几户人家呢，要是往咱家来怎么办？"

庄宝安瞧了眼儿子的手机，解开保安制服的胸口扣子："让他找你爹来，他们陈总都喊我叔，他还大过陈总了？"

"陈总不也是玩黑的起家，人家会拿你当回事儿吗？"

"怎么不拿我当回事儿？他们是拆咱的房子，得求咱，咱继续拖着，拖不过去再说。"

"这就快拖不过去了，青青和我说，有几个东北亡命徒，都是公司雇来的，点名晚上要来祸祸咱家，让青青拦了，刚才告诉我，让咱们下周一去公司签合同。"

"不去，青青那是诓你。"庄宝安拿起儿子那花了屏的手机看了看，里面果然有青青和儿子的对话，他咽了口唾沫，"儿子，咱不怕他，下午我看到你大妗子的表弟了，现在是县委办主任，今天去视察大厅窗口去了。二十年前他刚分配工作的时候，在你大舅家我俩还喝过酒呢，那时候他酒量不错。赶明儿给你大舅打个电话，让他给你说说你去交警队当临时工的事儿。等你穿上警服了，看谁敢惹咱。"

"我那个大舅和我妈同父异母，根本没什么感情，这些年也没和咱走动过，我宁肯要饭也不让他看不起咱。"

庄宝安系上围裙给儿子做蛋炒饭，说："你甭和青青这种人掺和在一起，现在别看他们闹得欢，我看电视上外省正在扫黑，这群玩意儿早晚全都进去。"

"现在？"

"总有一天，"庄宝安把米饭放到锅里翻炒着，对儿子说，"总有一天的。"儿子仰头躺在床上，庄宝安喊了声，"别睡了，出来吃饭。"

儿子本来想睡的，鼻子里闻到米饭的香味，肚子里饥肠辘辘，饥饿感就涌上来了。他出了屋，在脸盆里洗了把脸，在餐桌旁坐了下来。庄宝安给儿子把米饭端到嘴边，坐在儿子对面瞅着儿子吃饭。

儿子扒拉了两口米饭，望着两鬓花白的庄宝安，说道："爸，我也愿意给你争个脸面，可这时代没人没钱什么都干不成，走在外面都受气，混社会起码能让别人怕你。那个青青说了，跟着他干，一天给二百块钱。"

"给八百块钱也不去，去了你就不是好人了。"

儿子停下筷子想了想，说："我先在网吧干着。"

"网吧也不是好人待的地方，看吧，儿子，总有一天的。"

"你说大妗子的表弟给咱办事不？"儿子还是心存美好向往的。

"嗯。"庄宝安迟疑了一下，他心里其实没底，这个拐了弯的亲戚关系，在这个现实社会能有多大概率的保障，他这个草芥是无法预判的，"能，肯定能，在咱这儿很难的事儿，在他那里简单得很。"

"我还说下午去文身呢，青青和我说，他要成立个'青龙帮'，谁加入'青龙帮'在这个县里就没有人敢欺负了。"

"文上那个想做好人都做不了了，别去啊，你从小就想当警察，咱就去当警察。"庄宝安对儿子的态度，没像以前那么急躁，情绪控制得很到位。儿子今天能和自己对话交流，那就说明自己这个父亲在儿子心里还是有分量的，在儿子眼里心里有价值，那么自己在外人眼里心里同样是有价值的。庄宝安忽然心中产生出一种久违的成就感来。

庄宝安打定主意，明天就给孩子大舅打个电话。

庄宝安收拾碗筷的时候，还叮嘱了儿子一句："不去文身啊，总有一天的。"

一夜无话。

庄宝安起来见儿子还在小床上沉睡，他熬了锅粥，切好咸菜，自己草草吃了些，给儿子安排妥了，心里想，应该给王芬大姐弄点儿粥捎着在路上吃。

他出门看到齐敏正在门口梳着头发，还没等老庄说什么，齐敏就说："早走了，五点多就走了。"

"哦。"

"这不，条又贴上了。"齐敏指着大门上的告示说。

庄宝安想，自己怎么没注意自家门上贴没贴呢。他嘴上说："我刚看了，都贴上了。"他走过去一瞅，那纸条上写着：还有六天期限。

齐敏"哼"了一声："多张狂会儿吧，别揭，都给他们留着。"

庄宝安突然打了个喷嚏："弟妹你身上真香。"

齐敏一撇嘴："死去，你个庄老蔫。"抬脚踢了他腿一下。

庄宝安脸一红走开了，鼻息里满是洗发水的香气。他脑子里冒出一丝无耻的念头，心想，自己是不是有点儿老不正经呢？

第二天

庄宝安到了单位先是做了下卫生，夜班的胡木说："半夜那个经理还有这边王局10点多查岗来了，幸亏我正好去楼上巡查，否则白天又得开闲会。"

庄宝安知道胡木又去三楼和几个值班干部打扑克去了，他劝过胡木两次，别和机关的人员掺和，极有可能就是这些人向那个王局反映的。而胡木不以为然，他觉得和值班的人处得非常融洽，自己相当受欢迎。庄宝安见说了也是白说，就不再说了。

胡木问："晚上怎么样？"

"什么怎么样？"

"拆迁的没有什么动静吗？"

庄宝安明白胡木现在不再是自己的同事了，他已经站在拆迁公司的立场上了，就因为他的混账儿子成了祸害地毯厂业主的一员，胡木将自己也作为他的工作对象了。

"等着吧！省里、中央都知道了。"

"中央都知道了？"胡木支棱着耳朵问。

"嗯，王芬大姐以前认识的省领导现在是中央委员了，他们一直都有联系，有人把她家的猫弄死了，看吧，事儿大了。"庄宝安故弄玄虚地说给胡木听。

胡木嘴一撇："快得了，为了扒个房子还找中央委员，中央委员就下来管个百平方米的房子？"

庄宝安用墩布拖了几把地，说："不信你就等着瞧吧！"然后拎着水壶去打开水了。

打完水，他先是去了公安窗口那里，找到辅警罗子，问罗子去交警那儿当辅警谁说了算。

"交警大队长呗！"

"那让县委办公室主任说句话能成不？"

"那得看和交警大队长关系处得怎么样，按说县办主任比大队长官大。"

庄宝安心里又衡量了下，下了决心，就找个僻静地方给孩子大舅打电话。还不错，"嘟嘟"响了两声，孩子大舅就把电话接了。

庄宝安先是干咳几下掩饰自己的尴尬，毕竟好长时间都没联系了。

"大哥，您在家呀？"

大舅哥有些意外："哦，你呀，在家。"

"都挺好的？"

"都挺好的。"

"那天在大厅这儿看到二娃了，说大学毕业了，往这里存档案来了。"

"嗯呢，毕业了。"

"什么时候结婚，你通知我。"

"哦，早呢。"

庄宝安听大舅哥不是多热乎，就赶紧进入正题："大哥，小飞大专也毕业了，天天在家，我这样的也找不来别的事儿，你看能不能和二娃的表舅说说，听说他是县领导了，前几天还来大厅检查工作来了，咱托托他给小飞办去交警队、派出所上个班。"

"去交警队、派出所？人家都是分配的国家干部。"大舅哥有点儿不耐烦。

"我知道，我知道，正式的是分配的，咱当个临时的，我看好多不都是临时人员嘛。"

"临时的也不好进吧。"

"我知道不好进，所以才找他表舅出面。"

"行呀，"大舅哥语气缓和了下，"我和他说说吧，他也挺忙的，管着全县这么多事，让小飞干点儿什么不好，去上这个班有用吗？"

"我说也是呢，他看到别人去了，非得穿那身官衣。"

"不知自己值几斤几两吗？"

庄宝安脸上让大舅哥说得火烧火燎，但没办法，听着吧，俗话说人穷志短。

"是呢，我也是说，不能天天在家晃荡，再入了黑道。"

"就你家人能入黑道真就还行了。"大舅哥的话越发伤人。

庄宝安把手机离着耳朵远了点儿。从老婆去世后，大舅哥带着家族人出殡的时候闹了丧，他发誓再也不和他们来往，可现在为了儿子低个头不算什么，庄宝安自己宽慰自己。

大舅哥说了会儿，就止住了话锋，对庄宝安说："行了，我一会儿给二娃舅打个电话……"

"好，好。"庄宝安答应着。

电话刚放下，就听旁边有人喊："老庄，你又跑这儿偷懒来了！"

庄宝安一抬头，正是审批局的王副局长。

"哦，王局，我打个电话。"

"你这个人看着蔫巴巴的，其实呀，太奸诈，奸懒馋滑说的就是你这种人。"王副局长拿手指点着他。

庄宝安刚才让大舅哥叨叨了一通，本来就堵心。王副局长总这样挖苦他，换平常他认了，今天才受了大舅哥的气，想忍也忍不了，他怼了一句："看你说的，我奸懒馋滑，你说什么就是什么，我就是打个电话。"

"你们这种人，早晚开了。"

庄宝安转身就走出楼梯口，听王副局长还在外面喊他："哎，哎，我还有事儿……"

他连头都没回，心中暗骂，你能有什么事儿呀！

回到保安室，见胡木正陪着两个人说话，其中一个庄宝安认识，是曾去家属院挨户做拆迁工作的自称王总的那个人，他是四海公司的副总。胡木见他进了屋，忙对那两个人说："这不宝安来了，宝安，四海公司的王总他们找你，呵呵，我回避，你们慢慢谈，我去前面盯着。"

庄宝安明白，这是黑道白道一起上。

等胡木走了，王副总说："庄师傅，咱们接触过一次了，这么些天过去了，公司补偿协议你也看了，该打听的你也打听了，咱们这个公司的实力你也摸清了，我们再挨个走访一次，和你商量商量这协议什么时候签。"

庄宝安心里早有草稿，和对方说："协议我看了，地毯厂宿舍当初建的时候，土是我们职工们用小车推来的，一块砖一块瓦也是我们自己建起来的，一家一户多少钱平摊多少钱，全部分摊在宅基平方米数上了，你们连胡同公厕都不算补偿面积，这个不科学。"

王副总递过来一根烟："你们这个地方，咱们改造后得建设水池、绿地，哪个公司也不能把胡同算在各户里呀。"

"我们业主们也咨询了别的县市，还有别的小区改造，人家都算，有算得多的有算得少的，像你们这样一点儿不算的没有。"

"各个社区改造有各自的不同政策条件，咱们是大公司……"这个王副总是个说客，滔滔不绝口吐莲花。

庄宝安心说，你就是把观音菩萨说到我跟前我也不听你忽悠。

等王副总说累了，庄宝安说："王总，前几天你们那几个东北的过来找我，我也说了，我不当头一个也不当最后一个，有五户签了我就签……"

旁边那个一直没有出声的人，从怀里变戏法似的拿出个档案袋："这里有七八户签的字，你看看签了吧！"

庄宝安有些后悔，自己应该说有十五家签了自己就签。他脸上一红："我不看，我知道肯定没这么多。"

王副总一笑："你怎么知道没这么多？"

"准没这么多。"庄宝安心一横。

"庄师傅，你这个人怎么不听劝呢？"

"我怎么不听劝？我自己的房子，我为什么非得听别人看别人呢？"

王副总的表情有些发僵，嘴角抽动了两下，说道："庄师傅，我们也过来了，道理也讲了，政策也和你说了，还有五六天时间，你们不签的（户）影响县里建设，到了日期，县里也会出来强制执行。再者你一个在这儿上班的保安，和四海公司实力相比，以卵击石，真没有必要和那些糊涂人搅和在一块儿。"

"我不糊涂，"庄宝安说，"我准拆，都同意我就同意。"

旁边那人拍着档案袋说："这儿都同意了，你还说什么呀？"

"那个我不信。"

"你这是故意的，你这样的非得让道上的人过来跟你谈了。"对方终于露出真实面目。

庄宝安不能让他们几句话吓倒："让道上的找我来呗，我没说吗，我准签，但得等大多数签了。"

"你出门小心点儿，别让人废了。"那人说。

王副总示意那人不要再说了。

庄宝安瞅着两个人走出审批大厅。在门口的胡木主动和这两个人握手告别，然后跑过来看庄宝安脸色不对，就知道没谈拢。

"宝安，差不多得了，你鸡蛋何必碰石头，再者又不光你一户，都这样。你顺顺当当地拆了，两个小房一住，儿子到时候也好找对象，你也可以找个好女子。"

"我也想快点儿拆了算了，拆迁是好事，可你瞧瞧，这黑道白道不是来做工作的，全是来威胁人的。"

"谁叫咱没钱没势，有钱有势也不干保安呀，拎个鸟笼子，牵个德国黑背（狗）逛逛公园，泡泡澡堂子，再找个小娘儿们，也不是咱这个主儿呀，你要是局长，你要是个科长，也没人敢这样呀，人得认命。"

庄宝安听不进胡木的话,他心麻耳乱,一口白开水灌进肚子。

下午临下班庄宝安正在屋里写工作日志,吴二黑风风火火地跑来了:"宝安哥,走,给你打手机打不通,咱们全部去城区派出所集合,横子、王芬大姐他们从省里回来了,现在正办拘留手续呢,咱们多去些人向公安要人,不能让他们把人拘留了。"

"啊!"庄宝安听了大惊失色,"怎么会这样?"

"别说了,赶紧点儿,大家都往那里赶呢。"

"好的,我赶紧过去。"庄宝安一看手机没电关机了,他喊道,"老胡,我去趟派出所。"没等胡木回话,他就跟着吴二黑出了大门。

审批局的王副局长和他擦肩而过,王副局长对胡木说:"这老庄还没到点又去干什么?"

"有急事吧!"

"这种人,必须得开除。"王副局长指着庄宝安的背影说。

刘横子、王芬、秦师傅被关在留置室。王芬和秦师傅没有经历过这个,一个劲儿地埋怨刘横子不应该和省委大门的值班干部发生口角。

刘横子说:"等会儿公安给咱们录材料,你俩就全往我身上推,没你俩什么事儿。"

王芬满脸惆怅:"横子,把你拘留了我们也不好受……"

秦师傅耳朵尖:"听听,我刚听到是齐敏的声音不?在外面呢。"

楼外家属院的人们喊开了口号:"我们要求放人,马上放人……"

派出所唯恐出现突发事件，向县里、局里做了汇报，局里抽调了几十名警力过来支援，工业局也派了干部过来做业主的劝解工作。

庄宝安瞅见给他做工作的王副总开车进了派出所大院，他是代表拆迁公司来的。庄宝安一眼看见了那位老警察于文生，于文生也在院里看到了他。庄宝安想问问于文生刘横子几个人怎么处理，于文生向他摆了摆手，让他往远处走走。两人走到离人群远些的地方。

庄宝安迫不及待地问："老于队长，你们真想拘留我们那三个人？里面王芬大姐可是省劳模。"

"上面还没说呢，但是这三人今天造成的影响确实不好。"

"没人管我们这个事儿，可不得上访呗。"

"县里已经答应七天后给答复，你们却越级到省里上访，县里领导非常生气。"

"把我们坑了，他们才高兴？"

"我也不是领导，我只是告诉你，劝劝你们这些人别再做出格的事儿，不要以为人多就要挟县里和公安，到时候只能多捎带几个人，你，老庄，带头儿集资上访。"老于说完就往回走。

庄宝安一听连自己带头儿拿钱这事公安都问出来了，脸上汗"唰"地下来了，忙对老于说："于所，我不是……"

庄宝安心想这真麻烦了，哪知道后果这么严重呢。别人好说，真要拘了王芬多不应该啊！

"于队长，你和领导们说说，别拘人，我们再商量商量。"

"行，你去说，先看你能不能说下来吧！"老于扭了下头说。

庄宝安回去把齐敏、吴二黑几个人叫到旁边，把老于对自己说的向他们几个人重复了一遍。

齐敏哭丧着脸说："我不管，不放了横子我就闹，我一会儿就躺派出所门口去，让他们抓我。"

吴二黑闷着头不说话，一会儿瞅这个一眼，一会儿瞅那个一眼，也担心自己被连带上。

此时天色灰暗下来，看着每个人无奈的样子，庄宝安有种叫天天不应叫地地不灵的感觉。

正在这时，吴二黑捅了他腰眼一下："宝安哥，你瞧，那个记者来了。"

庄宝安几个人扭头一看，从南面路口开过来一辆轿车，正是刘记者开的那辆车，车在远处的车位上停下来。刘记者向他们几个挥了挥手，示意他们几个人过去。

齐敏擦擦眼泪："他想干吗？"

吴二黑说："走，过去再说。"

刘记者是拿着四海公司的协议来的，庄宝安几个搞不懂他现在到底处于什么立场。刘记者说四海公司的不晓得怎么知道了自己的手机号，有几个东北黑社会的也威胁他了，四海公司也同时找自己报社的领导，让他不要过问拆迁这个事儿。庄宝安想这个就对上了。

刘记者说："现在四海公司的意思是只要大家把字签了，所里关的几个人肯定不会做处理，如果不签……"

吴二黑听完就骂开了街，含沙射影地把这个记者给捎带上了。

记者对这个浑人也没脾气，解释道："我就是这么分析，主意你们自己拿。"

人们在这里像无头苍蝇，进退两难，有的赞成签字，有的则觉得现在签了等于中了拆迁公司的圈套。

庄宝安找了个旯旮抽烟，心里惦记着王芬在里面别受了罪。

齐敏的性格是点火就着，老头儿在派出所关着吉凶未卜，她早就豁出去了。她一步跨上派出所的大门台阶，双手叉腰，高声叫道："今天公安不放人，咱们连夜就去市里……"

齐敏疯了似的号叫，果然产生了连锁反应。于文生上楼向所长、队长以及工业局和县委办的领导汇报："都疯了，这帮人看来是不达目的不罢休，全部拘留算了。"

所长气得拍桌子骂大街说："全拘留没问题，出了大问题哪个领导负这个责任？派出所可担不住，不能因为虱子烧了棉袄。"

大家把目光放到"虱子"四海公司王副总脸上。王副总原是某市商业局书记，退下来后给四海公司打工。他更不敢拿主意，需要经济支持他只管给陈四海打电话，其他的他是不方便参言的。

工业局、县委办、公安的领导和家属院的代表们谈话，只要服从县里安排，上访人员可以不拘，但一定要认识到错误。人们一听人不拘了也就达到目的了。

到了晚上 11 点，刘横子、王芬、秦师傅三个人在保证书上签字。刘横子拿起笔就写，连里面的内容都没瞅，而王芬看着保证书上的字却迟迟不肯签字，手一个劲儿地哆嗦，眼里不住地流泪，说这辈子爱党、敬党、拥护党，自己的权利无法保障，还写这个什么保证书，自己这个老党员劳动模范实在接受不了。

派出所的警察们看老人这个样子,心里都不是滋味。于文生找到所长说别让王芬签了,她心理压力太大。治安大队长说该签就签。于文生把庄宝安喊进留置室,让他劝劝王芬。

王芬一见庄宝安就放开了哭声。庄宝安担心她心脏病又犯了,忙搀扶她坐下来。趁王芬面对庄宝安的机会,于文生把保证书递到庄宝安眼前眨了下眼,暗示让他签上字算了。等王芬被刘横子搀扶出去,庄宝安赶快在保证书上面签了王芬的名字。

地毯厂住户们把三个人从派出所迎出来,吴二黑带头鼓掌叫好,然后全体上车回家属院。

庄宝安把王芬送到家里,给王芬热了粥,瞅着王芬吃下去上了床,不大会儿王芬就昏昏沉沉地睡着了。庄宝安坐在王芬床头椅子上打了个盹儿,醒来时天光大亮。

第三天

王芬一早就醒了。

庄宝安说:"大姐,你可没事儿了,吓得我够呛。"

"小庄呀!我以为我活不了了呢,长这么大没进过公安局,到老了快走不动了……你说我图啥,孩子在外地不让我掺和事儿,我也不缺吃不缺花,横子打电话让我算个数,我说来吧,来了你们就推我当了这个代表……等盖上楼我这多病的身子,还能住得上吗?"

王芬说着说着就哭了。庄宝安心里特别不是滋味儿,王芬说的真是这么回事儿,这么些户偏偏让人家这么个老太太去县里跑省里,这不纯拿她当枪使吗?像自己这样的男人却窝在后边吃现成的。

庄宝安劝慰王芬:"进派出所不也没怎么样吗?"

"可那个保证书在他们那里我总觉得在我心里压着,我得要回来。"

"那个东西就是一张纸,什么也代表不了。"

"那是罪证,死了都会带棺材里。"王芬忧心忡忡,任庄宝安怎么劝,她晃荡着脑袋就是听不进去。

庄宝安给王芬端了一碗粥,劝王芬喝下去,王芬说现在头疼又上来了,让庄宝安在口袋里给她拿两片降压药,然后劝他回去。

保安胡木给庄宝安打了个电话,说:"那个王局找你的碴儿,8 点准时开会,不到的当时解聘。"庄宝安骂了一句"王局太混蛋",挂了电话和王芬说了下就走了。

他先是到了家,看儿子正在做饭,对儿子说:"我不吃了,昨天和你大舅说了,你大舅应该联系你妗子的表弟了,估摸这两天就有消息。你哪里也别去,省得青青他们又勾引你。"

他到了单位还差几分钟 8 点,王副局长正在保安室和胡木几个保安说着话,问庄宝安怎么现在才到。

庄宝安说:"8 点开会,还差几分钟呢,为这个都没吃饭。"

王副局长就开始给保安们开会,啰哩啰嗦讲了一大堆。庄宝安也没听进去。等散了会王副局长对胡木说:"你把我刚才的意思传达给老庄吧。"

庄宝安说:"有事儿您就直接说吧!"

王副局长扭屁股上了楼,胡木说:"王局和我说,原来他和四海公司的那个'亲日派'王总是亲兄弟。"

"怪不得是一个德行呢。"

"还是那个意思，就是劝你快点儿签字，四海公司下了死命令，下周动工，不搬就得强拆，现在主动配合搬迁的给予奖励。"

"那我再考虑考虑吧！"

"点到为止，早也是签晚也是签，何必晚签呢，便宜弄不上，没准儿还整个腻歪。"

庄宝安没说话，这时候手机响了，他一看号码是大舅哥打来的，心想该来好消息了。

大舅哥果然是因为孩子的工作打来电话，他说和二娃的表舅说了，也把小飞的名字报给交警大队大队长了，下周一就差不多上班去，先要集训一个月，让孩子在家好好待着，周日再等电话。

庄宝安特别高兴，他问："给二娃的表舅表示点儿什么？"

大舅哥说："他什么都不缺，你就给交警大队大队长买箱好酒吧！"

庄宝安痛快地答应着，放下电话有点儿兴奋，问胡木："什么酒好呀？"

"茅台、五粮液好呗！"

"还有没有便宜的？"

"郎酒、西凤、水井坊。"

"这几样多少钱？"

"一瓶五六百。"

庄宝安一听哪样都不便宜，心里又小气了起来。

庄宝安将这个消息在电话里告诉了儿子，让孩子也提前高兴高兴。儿子听了确实欢喜，但又发愁给大队长买多少钱的酒。儿子说他在网吧应该挣了一千多块钱，就可着一千多买就行。庄宝安觉得还是少点儿，他认为给大队长多投入些值，以后少不了受他的照顾，少了人家记不住你。

庄宝安说："买一箱五粮液，多贵都行，我晚上给你钱，你去买了后给你大舅送过去。你大舅也不能忘了，等你真的赚了钱，有了大本事再报答。"庄宝安以前对孩子大舅种种的怨恨就此一扫而光。

他越想孩子的事儿越高兴，精神头越足，当班也就主动勤谨了。胡木以为老庄想通了什么，还一个劲儿给老庄戴高帽："以后你行了，平房一拆两个小新房一住，你和你小子一人搂个女子，他在楼下压床，你在楼上压床，爷儿俩就像是打快板，吧嗒吧嗒吧吧嗒……"其他保安被逗得哄堂大笑。

庄宝安心里一舒畅这思想也开始变通了些，这么和拆迁公司拗着有什么意义？多十平方米和少十平方米又能怎么样？顺顺当当的比什么都强，都说退一步海阔天空，退一步就退一步，过安稳日子不窝囊。

他想着想着嘴里哼哼起来"社会主义好"，才哼哼几句就被电话铃声打断了，是派出所老于打过来的。

"老庄，你在哪儿呢？"

"在班上。"

"你来趟派出所吧，那个王芬来派出所两个小时了，而且躺派出所不走了，说什么也得把她那个案子撤了。"

庄宝安吃了一惊："王芬大姐怎么去的？"

"走来的，你快过来吧！"

庄宝安对胡木说："我这个班真上不踏实了，还得去派出所。"

胡木说："你快成暴发户了，真的也丁不长了。"

庄宝安打个三轮去了派出所，还没下车就见王芬大姐躺在派出所门口台阶上，闭着眼睛哼哼着。

庄宝安过去扶起王芬："大姐，不是让你在家歇着吗?"

王芬嘴角发青，脸色发白："小庄，是横子和警卫闹，我和秦师傅没有，悔罪书不是我写的，是你写的。"

"那不是悔罪书，大姐。"于文生在一旁说，"我们那个就是个手续，什么都影响不了。"

"那就是悔罪书，我没有犯法，我一辈子都为了党的事业奋斗，我当了一辈子好人，我没有罪，小庄，大姐我没有罪。"说完王芬放开嗓子号啕大哭。

庄宝安想自己这样也弄不走王芬呀，就给刘横子打电话："横子，你立马开辆车过来，王芬大姐在派出所呢。"

刘横子和吴二黑赶来后，王芬已经处于半昏厥状态。

那名年轻的队长害了怕，抹着脸上渗出的汗对于文生说："老于，你跟着送回家。"

老于一抖手："我跟着干什么去?"

"送医院吧! 你们赶紧送医院。"

庄宝安几个人送王芬去了医院，等办理完住院手续，几个人都默不作声。

庄宝安打破了沉默，对刘横子说："横子，咱们再和拆迁的谈谈，能不能各退一步?"

刘横子说："我不退，要退你退。"

刘横子和吴二黑走了。庄宝安不想和他们较真儿，王芬对自己确实比对别人好，老婆都是王芬介绍的，包括老婆得了癌症，王芬没少给钱、给礼品，其实王芬对厂子里的人哪个都好。

庄宝安趁着中午吃饭的工夫从银行取款机取了几千块钱，一千块钱补交住院费，剩下的钱晚上准备给儿子。他给班上胡木打了电话，告诉胡木下午和晚上他不能值班了，夜班二百块钱的补助谁替自己值班就给谁。

胡木说："主要是那个王局不好对付。"

庄宝安说："你告诉王局，让他转告王总，我正在和大家商量签字的事儿，现在大家的思想有点儿转变。"

胡木那边先是一愣，随后说话就响亮了许多："行，行，快签了得了，其实我儿子青青也没少给你们说好话，他现在也在拆迁公司。好，我这就告诉王总。"

换以前庄宝安得埋汰胡木几句里勾外联、吃里扒外，可现在他身心俱疲。他倚在楼道长椅上吸口烟。

"你去那边吸去，都多大人了，不懂事儿呀，这是医院。"年轻女护士喊他像警察喊贼的语气。

王芬被护士的喊声给吵醒了，庄宝安向王芬尴尬地笑了笑。

"小庄呀，给你添事儿了，咱要不回家吧！"

护士说："不行，你这个血压可不稳定，心率也快，出院可危险。"

王芬也害怕了："小庄，你给我表妹打个电话，让她过来服侍我还方便，你总在这里也耽误你上班不是。"

"要不让孩子们回来吧，你这样有个三长两短的……"

"别瞎说。"王芬打断了他的话，老人们不爱听这种丧气话，"孩子本来就不支持我来城里，要让他们知道我在医院了可不行，你就给我表妹打电话。"

老庄问了手机号给王芬表妹打电话，通电话的时候老庄心里还像小伙子搞对象似的有些难为情。那头儿一听王芬住院了,不大会儿工夫着急忙慌地赶过来了。

王芬介绍说:"玲子,这个就是我和你提的小庄,现在不是小庄了,成老庄了。老庄是过日子的人,这两天多亏他了,没他我也就见不到你了。"

表妹说:"庄师傅,你先回吧,我在这里就行了。"

"我再待会儿,待会儿。"庄宝安仔细瞅了瞅王芬表妹两眼。

毕竟是女人,眼里有活儿,手底下利索。便盆、手纸、枕头、暖壶,不大会儿玲子就全弄齐整了。

庄宝安守了会儿,见自己在这里确实不太方便,就说:"我回单位瞧瞧。"然后走出医院。

他脑子里空荡荡的,漫无目的,不知不觉竟然走到了四海房地产开发公司门前。这是典型的一个公司两副招牌,"四海拆迁办事处"的牌子挂在转门的另一侧。一辆黑色的奔驰和一辆黑色的吉普车停在路边,胡木家的小子青青和东北的几个人站在车旁正在嘻嘻哈哈地说着什么。

庄宝安正想自己是过去还是原路返回,就听门口那里走出来几个人,正是刘记者和那个王局的兄弟王副总。刘记者夹着公文包,脸上挺严肃,王副总对刘记者说着什么。刘记者先是上了车,在车窗处和王副总理论了几句,然后说咱车上说。他们没有注意有个人就在车后偷听。

刘记者说:"王总,你们这个陈总太不讲究了,你就看对方怎么告你们,这个问题是涉黑涉恶,我这么给你们掩着盖着,你们这也太对不住我了。"

王副总说:"刘记者,您是大报记者,我们小县城小公司你担待，俩数确实不多，但来日方长，您勤过来勤过来。"

刘记者假意叹了口气："我可说好了，我能压就压，不能压我也没办法……"

王副总又是假意敷衍了几句，最后下了车和这个记者挥手告别。

庄宝安就知道刘记者这个人也不是好玩意儿。车一离开，他就被远处的青青一眼看到了："庄叔，是庄叔吧。"

老庄一看躲不开了，点了下头："嗯呢。"

"你干什么来了？"

"我路过这儿，正想去接你爸的班。"庄宝安想快点儿离开这个是非之地。

四海公司王副总才到了经理室，那个刘记者的电话就到了，王副总说："您好，刘老师。"

"王总，刚才咱俩说话让地毯厂保安给听到了，你一定不能放他走，他要是给咱们录了音就麻烦了。"

王副总也慌了，马上跑到大门口，正好看到青青和庄宝安在说话，而此时的庄宝安已经走出二十几米了。

"青青，拦住他，别让他走了。"

青青一看王副总的脸色，就知道有事情了，招呼人过去就把庄宝安给拽回来了。

进了经理室，王副总问："你小子看着蔫了吧唧，其实不老实，你刚才偷听我们说话了吗？"

"我偷听你们说话干什么？我是在那里背着风点根烟。"

"我看你扯，你不老实，我，我让他们几个抽你。"王副总一指青青几个人。

庄宝安又害怕又着急，说话都发颤："王总，我真没听到你们说什么，我路过这里，王大姐住院，我舍不得打车，就走回去，正溜达到你们这儿。"

"少放屁，你听到了什么？"

"真没有。"庄宝安拍了下身子。

"来，搜他。"青青和另外一个文身的小子，过来就搜庄宝安，几千块钱、劣质红梅烟、手机、家里钥匙。

"看看他手机录音了不。"

青青过去就捣鼓庄宝安的手机，检查了会儿，对王副总说："没有。"

王副总出去给刘记者打电话："手机没有录音。"

"我回来了，就在门口。"

王副总上了车，说："没事儿，就一保安，快吓死了，放心吧。"

"王总，王总，你这样，我把钱真的给你们，我觉得不管他录音不录音，这钱我真的不能要。"

"你看你这个人，没事儿。"

"不行，"刘记者在车上把一个信封使劲推到王副总手里，"您拿着拿着，我该办的准办。"

"你这样，我没法儿和陈总交代。"

"您转告陈总，我准办好了，这钱就算了。"刘记者把钱塞进王副总怀里，麻利地打开车门推他下了车。

"你看，你看，这事儿。"王副总非常尴尬。

等刘记者开车走了，王副总想起自己屋里还有个人呢，就赶紧往回走，刚到门口就听里面"咣当"一声，什么东西倒地的声音。

王副总敲门，青青给他打开门。

"怎么了？"王副总问。

"才给了几下，人就吓昏过去了。"

"哎呀，怎么弄成这样！"王副总一拍大腿。

青青摁住庄宝安的人中使劲掐了会儿。看到庄宝安苏醒过来，王副总才出了口长气，喊道："老庄，老庄，你这是干什么呢？没怎么着你，你快吓死人了。青青，赶紧给你庄叔弄个红牛饮料，你说你们几个，怎么能够这样干呢。"王副总指着屋里青青几个人，"我和老庄，还有青青的爸爸，我们老关系老交情了，你们能这么下手吗？"

庄宝安喝了口饮料，说："王总，我真没有录什么，你们放了我吧，孩子好几天没着家呢。"

"今天这事儿，老庄，你就当什么也没发生，行吗？"

"没有，什么都没发生，那哥儿几个打我几下也没伤着，过去就算了。"

王副总摆手把青青叫出来："你让你爸过来接他走，真坏咱这里就完蛋了。"

"行。"青青出门给他爸胡木打电话。

胡木一听这事儿，先把儿子骂了一顿，然后找辆三轮车把庄宝安接回了单位。胡木让庄宝安什么也别干，就在宿舍躺着。

过了一会儿王副局长过来了，问："老庄师傅回来了吗？"

胡木说："回来了，在床上躺着呢，家里有病人，累了。"

"让他休息会儿吧，人没事儿吧？"

"没事儿。"

王副局长踏实地走了。

庄宝安躺在保安室里屋迷迷糊糊地睡着了，他做了个梦……

庄宝安醒来的时候，胡木正在挖着甜瓜吃，对他说："你睡蒙了，刚才说梦话了。"

庄宝安摇了摇头问："快下班了吧?"

"还差几分钟，晚上你值我值?"

"我值吧！老胡你回去和青青说说，他说到了日子先拆我那屋，你跟他说说，让他放过我，先弄别人家行不行?"

胡木一摇头："我估计说了也白说！"

这时候吴二黑一脚就迈了进来："宝安哥，晚上咱们在横子家再集合下，6 点半就过去。"

庄宝安和胡木对视了下，他对二黑说："我不能去了，我这不得晚上值班嘛，老胡为我顶了好几天了，我天天耽误也不是个事儿呀。医院那里我还得去，咱们都不傍影了，把王芬大姐一个老婆子扔医院也不落忍啊！"

"反正我告诉你了。"

"你们商量完了，有什么内容告诉我就行了。"

胡木瞅着吴二黑的背影说："还集合呢，总想一下把半拉县都划给你们，得长那个脑袋呀！弄来弄去不拆了，县里不开发了，让你们还挤在小憋屈屋里就全美了。"

晚上庄宝安给玲子打了个电话，问了问王芬如何。玲子说："还在输液，血压还是有点儿高，心率平稳了。"庄宝安还想找个话题，玲子那边就把电话挂了。

这一天儿子也没有打电话，庄宝安就给小飞打手机，处于关机状态。他想这小子总是这么不让人省心，等到周一快点儿上了班，就不用这么操心了。

第四天

胡木早晨接班告诉庄宝安青青一晚上没有回家，打电话占线，不定在哪里又喝大了，这种情况常有。胡木给庄宝安说这些话的时候特别狂气，庄宝安听到耳朵里，心说你家儿子，地地道道的社会败类。

庄宝安说："那我先收拾收拾家去。"他也是把话说给胡木听，他不信胡木没有看到他儿子，他觉得身边的人都不可信了，只有王芬大姐一个好人了，不对，王芬的表妹玲子也是好人。

桌子上手机铃声响了，庄宝安一看是派出所老于。

"老于，你有事儿呀？"

老于说："你等着。"

"爸，我在派出所呢，你过来吧！"是儿子的声音。

"怎么啦？小飞，你怎么在派出所？"

"别说了，让于警官和你说吧，你过来吧。"

老于说："老庄，你过来下吧，你儿子涉嫌盗窃，被我们昨天晚上弄所里来了，关了一宿了，手续我们办得差不多了，马上就拘留了。"

"盗窃？盗什么窃？"

"他昨天拿了人家网吧一千块钱想溜，被人家抓住了，人赃俱获。"

"我儿子不可能，我家再穷他也不可能偷人家东西。"

"你过来再说吧!"

庄宝安一听儿子被抓进派出所了,脑子就像炸开了一样,他骑上车子就冲出了门。

两千米的路程,庄宝安骑自行车几分钟就到了。他扔下车子就往派出所门口闯,有个辅警拦住他:"你干什么?"

"我找老于所长。"

"老于。"辅警喊了一声。老于披着件警服不紧不慢地从楼上走下来。

老庄说:"老于,于所,我儿子肯定不会偷东西,他什么人品,我们爷们儿什么人品,你看面相也能看出来。"

"老庄哥,我们警察搞案子不是靠算命算卦,要那样还要法律干什么,开个卦摊儿算了。"

"现在你说怎么办?不能拘留,我儿子周一就去交警队上班了,这一拘留就前功尽弃了。"

"去交警队?只要我们采取了处罚措施,你找个扫大街的工作都甭想了。"老于说得非常严肃。

庄宝安急得在地上直跺脚:"这怎么办呢?这怎么办呢?我见见孩子行不行?我再问问怎么回事儿。"

"不行,你不能见面,刚才给你打电话,我就是看咱俩互相瞅着对眼的面子了。"

"于所长,你是个好人,你看这个怎么办?花钱,我们赔偿对方行不行?"

"盗窃不同于打架斗殴,调解不了,调解了公安也得受处罚。"

"那就是没招了呗。"庄宝安急得都掉泪了。

老于看出来他这个老实人真着急了,就松了语气:"这个事儿你这样，你有什么关系不？县里局里有亲戚朋友吗?"

"我们这样的如果有好亲戚还用得着上访呀？真有好亲戚也都躲得远远的。"

"没人办真不好说。"

"于所，你给办办，你放心，我忘不了你。"庄宝安说着就从口袋里掏钱。

"你这是干什么呀？这到处都是监控，你这是行贿公务人员，我们可得处理你了。"

庄宝安吓一跳，心说自己也太冒失了，马上把钱收起来："于所，我儿子这个事儿你给费费劲吧，孩子不能因为这点儿事儿毁了一辈子。"

老于走出门口。庄宝安忙跟在老于屁股后面，走了一段。老于扭身对他说："我一会儿给对方做做工作，拘留了你孩子，他什么也得不到，还把你孩子毁了，结了仇。"

"对对，拘留了孩子没什么用。"

"不过这个事儿……"

庄宝安盘算去找谁能够调解调解。他脑子转了十圈，只有几个人可选。首先是孩子的大舅，大舅再去找二娃的表舅。再一想不行，孩子本来求他办事儿，你弄个盗窃，人家怎么说，也是打孩子大舅的脸。再就是找审批局的王局，这个"亲日派"是个副局长，直接管着自己，有事找他，他应该能够给说这个话儿。再一想，孩子的事情如果让他知道了会不好，等于整个大厅的人都知道了，传出去以后孩子怎么找工作、找对象呢？不行，庄宝安把他从人选里去掉了。他想了又想，对了，陈四海！

找他，以他的影响一定没问题。不就是提前拆房子嘛，这房子肯定拆了，明天下午我就把家搬了，让他们后天拆。

庄宝安气喘吁吁地冲上了四海公司的三楼，接待员在后面撵着他："你哪里的？干什么的？"

"我找陈总有急事儿。"

庄宝安一把推开陈总的经理室，陈四海正和两位女士聊天，见门被推开了，非常生气。

"陈总，我找您……"

"混账，滚出去，什么东西，人事不懂呢！"陈四海非常生气。

庄宝安让陈四海骂得狗血喷头，后面两个保安把他推了出去，有一个还捶了老庄胸口几拳。

庄宝安一个劲儿央求："我来找陈总有急事儿，有急事儿，确实不对，确实不对，担待担待。"

过了二十分钟，陈四海下了楼，踢门进来就训斥庄宝安："我说你这个人真是不懂事儿，你到哪个单位不得敲敲门，你作为保安不懂进门喊报告吗？"

"陈总，我错了错了。陈总，我来求你了。我儿子让派出所抓起来了，说他盗窃，我儿子肯定是被冤枉的，您能不能帮帮我？"

"哦，这个呀，偷了人家多少？"

"一千块钱，不是偷，肯定不是偷。"

陈四海松了口气，说："我问清是怎么回事儿再说，你快起来。"

庄宝安直起身子。

"行了，你去吧，只要是你说的一千块钱就没事儿。"

"你费心陈总，房子我准第一个拆，我忘不了你的恩德。"

陈四海对那两个保安说："你俩领着老庄去签协议。"随后摇晃着身子出去了。

老庄不动地方，保安说："你快走吧。"

"我不走，我等陈总联系完了再走。"

十分钟后，保安接了个电话，对庄宝安说："你签字吧！陈总联系完了。"

庄宝安心里还是有些犯嘀咕，这时裤袋里的手机来电话了，派出所于文生给他打来电话："你过来领人吧！"

在派出所门口，于文生对庄宝安父子俩说："保证书不让你写了，你们谁也别提这件事儿……"

"我领孩子回家我再过来，放心吧，老于，我不能欠你这个人情。"

"不用，不用，以后见到我喊声'老于'就挺好。"

儿子出了派出所对庄宝安说："爸，你交钱了？"

"别管了，反正没事儿了。你呀！总让我不省心呢。"

"爸，我压根儿没偷网吧的钱，是青青和老板算计我，见我不干了就想耍弄我，把钱偷偷放在我的眼镜盒里。我装眼镜盒自然也没打开看，才出门他们就报警了。"

庄宝安脑子里也转了个弯："这个事情真的很蹊跷……"

"我一直没有承认，他们不能拿我怎么样。我在学校也学过法律。"儿子想回派出所理论。

庄宝安一把拉住他："算了，说不清，有人给你做证吗？"

"可我不是白给他们打了 个月工，还倒赔了他们？咱不能认！"儿子攥着拳头说。

庄宝安心里想儿子说的自己何尝不明白呀,可有意义吗?折腾起来没有什么结果。

庄宝安看时间过了晌午,说:"咱们去医院看看你王芬姨。"其实他去医院探望王芬,是想让儿子见见玲子,让玲子也瞧瞧自己的孩子。

到了医院玲子刚给王芬喂完饭,王芬说:"小庄呀,看样子你和孩子没吃吧,你带着玲子去外面吃吧,现在也不输液了,我自己躺会儿歇歇脑子。"

庄宝安说:"不饿,不急。"

儿子说:"爸,我三顿没吃了,真饿了。"

玲子笑了:"阿姨请你们吃饺子。"

王芬说:"玲子,不用你,让小庄请,正好孩子也在,你们也了解了解。"

儿子听出王芬话里的意思,瞅了眼玲子,低下头走出病房。

庄宝安对玲子说:"小飞这孩子可听话了,没事儿。"

玲子微微笑了笑。

庄宝安想起自己签字的事儿,对王芬说:"大姐,我和你说,和别人我不能说,我把拆迁协议签了。我看到你因为大家伙的事儿弄成这样,我不想折腾了。"

王芬想了想,也点了点头:"签了吧!我也想了,别把命搭进去呀。你签,我也签。快去吃饭吧。"

三个人出了医院在附近找了家小餐馆,庄宝安点了四个菜,儿子先要了两碗米饭,菜一上来就风卷残云般地吃起来,两个菜上来孩子就吃饱了。

玲子说:"慢点儿吃。"递给儿子一瓶矿泉水,儿子也不客气，吃完抹嘴说了声再见就回家睡觉了。

庄宝安和玲子两个人各怀心事。

庄宝安说："听说还有个儿子跟你身边？"

"嗯呢，还有个老公公呢。他带着女子走了，可公公没人伺候，跟着孩子姑一年，今年孩子姑那边生孩子，没法儿照顾就弄回家来了，跟着我了。怎么也是孩子的爷爷，我也有赡养义务。"

"你不养也行呀。"

"不养哪行。"

"那你真的不容易。"

"就这样呗。表姐和我说了后，我也没打听你人咋样，别人可能坑我，自己的表姐能吗？以后真要是能够什么了，我在家把老人伺候走了，还能找个事儿干，给人做个保洁，小饭店找个临时工，没问题，来吃吃。"

庄宝安一听脑子就有些乱。最后吃完饭，庄宝安跑着去结账，发现进门的时候玲子早就把钱付了，他说："怎么能让你花钱呢？"

玲子爽快地说："咱俩别分谁跟谁了。"

庄宝安拧了下眉头，没说什么。他刚才收到了儿子小飞发给他的短信：你要跟她过，我就走。

两人一前一后地往医院走，刚进大门，一辆急救车风驰电掣般从庄宝安身边擦过去。车子在急诊室门前停下，司机喊道："保安，保安，过来抬人。"

司机见庄宝安穿身制服，以为他是医院保安呢。庄宝安也明白这个事儿，他对玲子说："你先去病房，我去帮个忙。"

车上有三个负伤的，庄宝安和护士抬下一个问："这是怎么了?"

"车祸,小车撞大车上了。"

庄宝安抬进最后一个伤者的时候,这个人肠子都出来了,但一声不吭。庄宝安见不了这个血淋淋的场面,正想转身走,那人喊了一声:"你是地毯厂家属院的,对吗?"

庄宝安下意识"嗯"了一声,再一看,"啊"了一声,竟然是那个刘记者:"你是刘记者?"

刘记者疼得点了点头,说:"老兄,你过来。"

庄宝安凑过去:"您有事儿就告诉我,我给您单位、家里打电话。"

"那两个是我爱人和孩子,他俩怎么样了?"

"没事儿,没事儿,就你严重。"

"那我就放心了。你是庄师傅吧?"

"对。"

"我胸口这根钢笔,你送到我单位,有你们需要的东西,对……你们……"

"钢笔?"庄宝安颤颤巍巍地将刘记者的钢笔拿出来。

"现在你赶紧放起来,别和任何人说,他们马上就到了。你明天把它拿到北京,我们一家人就能活,你们的事情就能办。"

"哦,哦。"庄宝安没经历过这个。

正在这时,有两辆吉普车开进了院子。

刘记者说:"你赶紧走。"

庄宝安一看,青青和那几个东北的从车上跳下来,直奔急诊室这边跑。

庄宝安从另一个门走开了。

庄宝安没有去王芬病房，他推着车子从医院后门溜出去，生怕有人跟上他。他提心吊胆地往家走，刚到刘横子家门口就看到齐敏在那儿戳着。

"哟，你这个蔫巴人回来了，昨天大家开会你值夜班，你值哪儿去啦？"

"在班上待着呗。"庄宝安有心事，忙向家走。

"姓庄的，我可和你说，你是不是把字签了？"

"没，谁跟你说的？"庄宝安装糊涂。

"签不签我们都知道，你签了就签了，但你背着我们就真不够揍了。"

"弟妹，你瞧你说的什么话。"

"我说什么话？前几次开会说了，谁要提前签字谁就是这家属院的仇人，谁见了谁骂。"

"厂长、会计早签了，也没见到谁骂。"

"他们不够揍，你也跟着不够揍呗？"

"谁跟……弟妹你这样，不和你说了，我还有事儿，得回家睡会儿，我刚从王姐那里回来。"

"你去看王芬大姐，就你有什么好心，你是去看人家表妹吧？"

"你……这个人怎么这样？"庄宝安没有嘴劲儿，论嘴皮子这个家属院谁也说不过齐敏。

庄宝安低着头推车子向家里走，后面齐敏就放开嗓子："蔫坏损，臭色棍，扒人家门缝的臭流氓……"话是越来越难听，好多人都出门看热闹，庄宝安被骂得无地自容。

庄宝安进了院子插上门，耳朵里灌满了齐敏的骂声。那一刻，庄宝安这个五十四岁的男人像个无助的孩子，他抱着头呜呜地痛哭，直到儿子被他的哭声闹醒。

儿子走过来，蹲在庄宝安对面："爸，爸，咱不在这个地方住了，我讨厌这个家属院。"

庄宝安点了点头："嗯，和爸想的一样，咱不待了。"

"爸你手里拿的是什么？"小飞注意到庄宝安手里捏着一支特殊的钢笔。

"儿子，我正想和你说呢，你看，认识这是什么东西吗？"

儿子拿过来端详了会儿："爸，这是一支录音笔。"

"录音笔？"

"对，比一般的录音笔还先进，肯定是日本的，网上没见到过，你等等。"儿子去房间里拿出笔记本电脑，"你从哪里弄来的？"

"你先别问，你就看看怎么回事儿。"

"哟，真厉害，不光有录音，还有录像，还可以当作优盘使用。"儿子兴奋地说。

"小点儿声，小点儿声。"庄宝安对儿子说。

"这个录音笔只要放到笔记本附近，一摁这里，爸，喏。"儿子指给庄宝安看，一摁它就自动下载笔记本里的文档。

"是吗？"庄宝安觉得挺新鲜。

录音笔的内容被打开了，是一张张陈四海和别人在一起吃饭喝酒唱 KTV 的照片，在里面庄宝安看到了……庄宝安明白了什么，再打开其他文件，有陈四海和别人来往的账目。

庄宝安看不懂，小飞说："爸，爸，这个是四海公司的账，就是给谁谁送礼送东西的记录。"

"陈四海没事儿记这个干吗？"

"爸，你不懂，有了这个，陈四海会抓住当官的把柄，让他们做什么他们就做什么。"

"你说的对，儿子。"

"可上面怎么也会有陈四海乌七八糟的东西呢？"庄宝安说完，猛然想到昨天下午看到刘记者和王副总在车上那个事情。

"这个东西应该是刘记者从王总那里得来的，刘记者接触不上陈四海，但王总暗中监视陈四海，这个东西可能是刘记者从王总电脑里盗来的。"

"应该是，应该是。那个刘记者让我今天去北京。"

"那咱去北京吗？"

"咱不管，咱平常老百姓管那个干什么。"庄宝安真的不想沾太多的事儿，自己就一窝囊的下岗职工，虽然穿着保安服，但谁都保护不了，就别再多摊事儿了。

庄宝安说着找电壶烧水洗脚。他刚把脚放盆里，王芬手机就给他打来电话，里面传来王芬表妹玲子的声音："庄师傅，你到家了吗？"

"到家了。"

"刚才表姐说能不能找四海公司和派出所说说把那个悔罪书要回来，我看表姐真把这个事儿当个心结了，真要不回来她得天天念叨。"

"找四海公司他们管用吗？我明天再找找于所。"

"行，"玲子说，"那我就挂了，你早点儿休息吧。"

"玲子，有这么个事儿，你去急诊看看，刚才那个出车祸的和我认识，你问问人怎么样了，要是有别人你就别问。"

"行，我一会儿再给你打过来。"

庄宝安洗完脚擦干了才起身，儿子从屋里跑出来："爸，你这个钢笔上有单位的电话、地址，不行我送北京去。"

"别去，跟咱没关系，这么大的事儿咱可不掺和。"

"爸，我觉得这里面事儿不小，人家交给你的事儿，你答应了，现在又反悔，我觉得不是大丈夫所为。"

"要是在市里我说送就送去了，北京，老远老远的，可不费那个劲儿。你说这个也没错，我们明天给派出所于所长，交给他，等于还他个人情，让他把王芬姨的保证书还回来，一举两得。"

"行吗？派出所他们能送吗？"

"警察不送谁送？"

庄宝安说着，玲子的电话就打过来了。

"庄师傅，那个男的没救过来，母子还在急救室。"

听玲子说完，庄宝安心里咯噔一下。

"对了，"玲子又说，"我刚去急诊，有几个黑道的和医院的几个保安打起来了，说他们要搜死者什么东西，派出所的都过来了。"

"是吗？那你快回去看大姐吧，就这样。"庄宝安放下电话见儿子正看着他，"回去睡吧！"

第五天

天刚蒙蒙亮，庄宝安起来就去了单位，早走的原因自然是怕邻居们看见他。他在单位门口的小吃店找了个旮旯，要了油条、豆腐脑，细嚼慢咽磨蹭时间，吃完还是差半小时到点。他又去了两个烟酒店，五粮液酒贵得吓人，自己口袋里的钱都快捏碎了也没舍得出手。

到了单位胡木调侃他："宝安，家里如果有那些青花、五彩的古董该送人送人，黄花梨、紫檀的老物件我照单收。"

"我那个当劈柴都没人收，还黄花梨、紫檀，有几个尿盆倒是能过继给你。"

"你就是铁公鸡。"

两人正说着，王副局长一步迈进来："老庄，晚上你得安排。"

"我得安排?"庄宝安搞不懂他什么意思。

"昨天和县委办徐主任，还有交警大队长坐一桌上了，徐主任说来个辅警，说来说去竟然是你家小子。"

庄宝安这才明白过来："你们在一块儿呀……"

"你老庄真是能装，还有这么大的后台，我昨天也给你美言了，晚上你怎么也得安排。"

胡木也跟着说："不简单，宝安现在喜事连连。"

庄宝安摆着手："人家是大领导，咱见不着见不着。"

下午等胡木走了后，庄宝安偷偷给派出所老于打了个电话，庄宝安觉得老于这个人还是值得信赖的。

"老庄，你又麻烦我什么?"

"我想让你把王芬那个保证书拿出来。"

"不行，你别想，派出所的东西说拿就拿吗?"

"于所，我有个东西特别宝贵，我拿这个东西换。"

"别扯，你拿金子跟我换也不行，这个是原则问题。你有正事儿不? 没正事儿我睡了，昨天在医院待了一宿。"

"老于，昨天医院那场打架就是因为我手里的东西。"

"是吗?"老于立马精神头儿上来了,"我马上就过去,你在哪里?"

"你别来我这儿,我们找个地方,审批局西面小公园,你带着保证书。"

"嗯,行。"老于麻利地说。

庄宝安换上便服偷偷来到西面公园等老于。十几分钟后,老于开了辆私家车来到公园,把车停得远远的,走过来,又往周围看了看有没有什么可疑人员。

"老于,你带来了吗?"

"带来了,你那个东西呢?"

庄宝安拿出录音笔:"给,这个,都是四海公司的罪证。"

"你看了?"

"我看了,否则不给你,你拿到这个可以立功了。"

"不错,给你保证书。"

庄宝安拿过保证书瞧了一眼,就揣进了口袋:"老于,人情我还你了。"

庄宝安扭头才走了几步,老于在后面喊道:"老庄,你回来。"

庄宝安很奇怪:"怎么?"

老于拿出录音笔:"给你,我不要了。"

"你不要了?"

"我不要了。"

"我答应过那个刘记者,把它交上去。"

"你怎么答应他怎么干去吧,我不管。"随后老于扭头大步走了。

庄宝安有些想不通这么有价值的东西老于为什么会放弃。

庄宝安脑子有些乱，想这个录音笔怎么处理，又想起刘记者叮嘱自己的话，弄得他精神恍恍惚惚的。

回到家，儿子正在收拾东西，院子屋里弄得这一堆那一堆。庄宝安站在院子里发呆，一只正在结网的蜘蛛在眼前飞速掠过。

庄宝安有些迷离，他在南房柜上拿起老婆的遗像用手摩挲着："小飞妈，咱该搬家了，搬到很远很远的地方，我不想在这个地方待了，我要带着你，还有儿子找个不欠人情的地方，没有人欺负咱，没有人取笑咱，没有人骂咱、算计咱的地方，咱平平安安地过一辈子，到老了那天我找你去……"

庄宝安黯然神伤，眼泪慢慢地流淌，他住了近三十年的房子，承载了他一家人的苦乐悲欢。

"快来人呀，打死人啦！"外面传来刘横子和他老婆齐敏的叫喊声，将庄宝安从另一个空间里生生地拖拽回来。

庄宝安侧耳听了听胡同内厮打的声音，儿子从正屋跑出来："爸，外面打起来了。"

"别出去，"庄宝安拽住儿子，"你别掺和。"

"我听着好像是青青他们几个人的声音。"

"他们打谁了？"

"好像是横子叔。"

"我去瞧瞧，你别出来，少惹点儿事儿。"

庄宝安仗着胆子出了屋，就见胡同那几个人正在蹿来跳去。他才站稳脚跟，刘横子一眼看到了他："庄哥，过来一起揍他们。"

庄宝安心里后悔得要命，自己在家再沉一会儿多好。他走过去，见青青一把揪住刘横子的脖领子正推搡着，齐敏被几个人推倒在地。

庄宝安喊道："你们这是干什么呀？怎么还动手呢！"

青青脸上都是横肉："你别管，要管连你一块儿揍。"

"青青你这是干什么，有事儿说事儿。"

刘横子跺着脚喊："宝安动手呀……"说着就被青青和旁边一个小子给了几个嘴巴。

"你这个流氓，刚才为什么对我对象动手动脚？"青青指着一旁站着看热闹的女孩儿说。

庄宝安说："怎么还有耍流氓的事儿？"

刘横子说："别听他们放屁，这个女的刚才非得坐我出租，说我摸她了，就她那样儿的我摸小姐也不摸她呀。"

那女孩儿说："去你妈的，你就是摸了我，你看给我大腿拧的。"然后女孩儿就当着好多人的面撩起自己的短裙。

庄宝安说："青青，算了行不？横子和我挺好的。"

"你算什么呀？他调戏我对象，我不光揍他，我还得报刑警队告他骚扰。"

"你这个骚货，你们下套勾引我老头子，不就是为拆迁的事儿吗？老娘说什么都不拆。"齐敏可没吃过这种亏。庄宝安看到她衣衫凌乱满脸是土。

齐敏大声号叫："都出来呀，拆迁公司打人了，大家都出来，二黑，老秦，马姐，顺子，你们在哪儿呀？"

人们都打开了大门，人逐渐多了起来。吴二黑从人群里冲出来，把青青扑倒在地，从旁边过来两个小子用镐把就照他身上打，几下就把他打地上了。

庄宝安用身体护着刘横子，不让对方的拳脚打上他，自己身上被踹了几脚，他抱着头喊道："青青，怎么着呀，你们怎么连我一起打呀？"

青青说："谁挡横车，就揍谁，就是奔着你们不签字来的。"

人们吓得都躲开了。

"别打了！"庄宝安拦了这个拦那个，却都被推开。

青青叉着腰，站在吉普车上指挥着。

"你们别打我爸！"小飞从家里冲出来，抄着个板凳一下把青青砸倒了，又把一个痞子打翻在地。

青青爬起来拿起镐把就照小飞头上抡，庄宝安冲过去推开了青青，又有两个痞子冲过来，把小飞摁在地上。

"别打了！别打了！"庄宝安疯了似的冲过去，被青青几个人推开。

胡同外传来警车鸣笛的声音，两辆警车呼啸而至，老于带着派出所的人赶到了。

庄宝安、刘横子几个人晚上 10 点多才出了派出所。庄宝安很感激老于，要不是老于，今天还真是没法儿收场。走出派出所大门的时候，发现人群中玲子在里面。

玲子过来说："庄师傅，你没事儿吧？"

"没事儿，你怎么来了？"

"表姐听说你到派出所了，不放心……小飞呢？"

"回去了。"

"那就好，表姐说了，你明天要没事儿，跟着租房的把表姐的东西搬搬。"

"行，我明天请好假了。"

71

"那我就回医院了。"

"你怎么回去?"

"我溜达着回去,不远,路灯还亮着呢。"

庄宝安看着玲子的背影想说几句话,又生生咽了回去。

第六天

早晨,庄宝安洗了把脸,听到外面有三轮车进了胡同。他喊儿子赶紧起来,一起帮王芬那边搬东西。

租房的这户带了两个帮手,加上庄宝安父子俩,还不到 9 点所有大物件全上了车。小飞给大家买了几瓶水,几个人边喝水边聊天。

这时,青青和昨天那几个小子开车又来了,家属院的人都赶紧关了门。庄宝安几个人瞅着青青他们几个,青青皮笑肉不笑地说:"庄叔,昨天那事儿你掺和什么呀?"

"得了,青青,不掺和你把人打坏了,合适吗?"庄宝安搬着东西回答。

青青笑了笑,踢了一脚三轮车的轱辘:"快点儿搬,搬完咱就拆。"

租房户不想多事儿,干笑着说:"这不正干着嘛。"

青青晃荡着身子进了院子,瞅了瞅,说了一句:"还真麻利。"

庄宝安对大家说:"咱要不走着,我和小飞也跟你们过去卸车。"

三轮车司机眼珠活,明白庄宝安是让大家快点儿离开,他跳进驾驶室说:"那敢情好,走着。"

等庄宝安卸完车回来已将近中午了，庄宝安打电话告诉玲子说："只剩下些小东西了，等人们全搬的时候再搬。"

庄宝安和小飞看胡同内有两辆铲车和挖掘机，他们还纳闷这是要拆谁家呀。

庄宝安看到秦师傅、吴二黑、祥子瞅他的眼神怪怪的。他以为都在嫌他签字，可又觉得不对："祥子，你们在这儿围着干吗？"

祥子摸了摸后脑勺没说什么，庄宝安更奇怪了，就往人群里挤。等他穿过人群，就看到青青正在指挥着挖掘机扒房子。他一看房，惊呆了，王芬家已经被拆成了一片废墟。

庄宝安上去就将青青从车上拽了下来："青青，你这是干什么？"

青青仰着脖子："拆房，你的协议签了就得拆。"

"王芬的签了吗？"

"王芬签不签我管不着。"

"没签，你把房子拆了？"庄宝安急了。

"这，这不是你的房吗？"

"这是王芬大姐的房子，她还没签字，屋里还有东西呢。"

"啊！"青青傻眼了。

刘横子一听王芬没有签字，房子却扒了，对左邻右舍的喊道："看到了吗，四海公司强拆，侵犯公民住宅权，这个事儿大了……"

业主们高声喊道："没有王法了，不能让他们跑了。""车都得扣留，报警！"吴二黑掏出手机给110打电话。

王芬从人群外让表妹玲子搀扶进来，一抬头，看到房子被扒了，顿时背过气去。刘横子拿手机录着像："看到了吗，房主人气死过去了，真太欺负人了，现在我马上联系记者，曝光，曝光……"

玲子捶打王芬的后背，王芬好半天才上来口气，对庄宝安说："庄，你是怎么给我办的事儿呀？把房子怎么拆了？"

庄宝安紧着解释："我也不知道呀，都是四海公司这些小子们干的。"

青青给公司打电话，让陈四海骂了一顿。他见势头不妙，招呼工程车辆赶紧跑路。王芬猛地从地上站起来，双手薅住青青的头发："你们不能走，谁也不能走。"

青青恼羞成怒："你这老不死的，滚开！"他将王芬往远处一抡，王芬立马被甩出去，一头栽倒在铲车后面。那铲车司机正盯着前面倒车，没想到车轮子从王芬的身体上轧了过去。

人们被这一幕惊呆了，庄宝安脑子充血，拿着砖头把青青给砸地上了："你妈的！"

刘横子喊了一声："四海公司杀人了，咱们拼了吧！"

人们忍到一定限度，真就忍无可忍了，就开始打四海公司的人。派出所接到报警赶来后也无法控制事态，老于的帽子早被掀飞了，他拿出对讲机请求支援："四海公司强拆民房，轧死了个业主，事态难以控制，请求上级支援，请求支援。"

一个逃出来的痞子给陈四海打电话："工程车轧死人了。"

陈四海大吃一惊。

王副总进办公室听说死人了，脸色煞白，一句话也说不出来。过了两三分钟，他对司机说："你送我去医院，去市里医院，我心脏难受，难受……"

陈四海赶到了现场。庄宝安身上的衣服被扯破了，他气血上涌，晃了晃身子，心头泛起一股怒火。他不能忍了，他受够了……想到此，庄宝安大喊一声："陈四海，你们再动动试试！"

庄宝安跳到废墟的高处，对着四海公司的打手们掏出了录音笔。

整个混乱的场景突然停住了，所有人的目光都集中到了庄宝安手里这支录音笔上。

陈四海眼珠都快瞪出来了，陈四海先反应过来："他手里的笔，抢过来。"

青青和东北那几个人放下别人，向庄宝安扑过来。

"谁也别动，我一摁全中国就都知道里面的东西了。"

青青几个人愣住了，陈四海瞥了眼青青："想法儿把他弄到公司。"

"好的！"青青擦了下脸上的血渍，走过去，"庄叔，你看你，没你事儿走走，去公司。"

庄宝安双眼通红："你们谁杀的王姐，给我站出来，站出来，我要你们偿命！"

四海公司的所有打手被庄宝安的气势给吓退了几步。

"你们谁杀的？敢不敢站出来？"

没人说一句话，警察老于将头上的警帽戴正。

"陈四海，你出来，你给我出来，出来！你们杀了王姐，我庄宝安和你们完不了，这东西你们休想拿走！"

陈四海在车里招了招手，四海公司的人全部撤走了。

家属院的秦师傅在王芬的尸体上盖了一张被单："来人，把王姐先送太平间。"

老于对家属院的人说："老庄，你们在现场的几个人先去派出所。"老于把他们几个人先弄到派出所是保护他们，最重要的是先把庄宝安保护起来。现在庄宝安脑子里一片空白，他不知道下一步该怎么做。他想好了，只要他和小飞在派出所这里，老于，不，是公安就能保障他的安全。

其他人晚上 10 点多被派出所送回了家，而庄宝安和儿子小飞被老于安排在所里。

庄宝安在派出所该吃就吃，该喝就喝，换了个人似的。

"于所，真的感谢你。"

"我只能留你一晚，明天你想好怎么办了吗？"

"我把这个东西交给陈四海。"

"你想好了？"

"想好了。"

"你不怕陈四海杀你灭口？"

庄宝安轻蔑地笑了笑，没说什么。

"你儿子你就放心吧，他暂时留在我们所里，没人敢来派出所怎么样。你，我真的没有办法。"

庄宝安勉强笑了笑："已经够好了。老于，我给你一套房怎么样？"

"你给我个墙头吧，还给我套房？"老于揶揄他。

"真的，我这个可以换两套，匀给你一套，什么时候楼盖起来，按照当时的价格给你。"

"太好了！你是报答我还是想收买我？"老于听出来庄宝安没有忽悠他。

"我其实第一眼看到你就觉得面熟，咱俩以前见过面。"

"我也觉得,"老于随口一说,"这么个小县城,碰头磕面是免不了的。"

"咱这样的人活活就让生活给忘了,咱们也忘了以前那种生活,想像以前那样活着,咱们也能拼回去,要不想回去,就这么苟延残喘地忍着受着。"

"你这话貌似有点儿哲理。"老于觉得庄宝安有点儿像永别前的回光返照。

庄宝安和老于两个人彻夜长谈。老于觉得庄宝安在交代后事,他能够给的就是自己所有的保障,而庄宝安觉得他没有什么可以报答老于这个警察。

第七天

早晨,庄宝安洗了把脸,说:"老于,谢谢你,我走了。"

老于眼圈一红:"你见见小飞不?"

"不见了,我回不来,你就把我写的委托书给小飞看。"说完和老于握了握手,庄宝安就出了派出所。

庄宝安大踏步向北走,阳光照耀在他的身上,仿佛披上了一层金光,后面一辆吉普车缓缓地跟着他。庄宝安大口大口地呼吸着新鲜的空气,一直走到县城外,扭头候着那辆车过来。

吉普车开到了庄宝安面前,庄宝安问:"你们是拉我去四海公司,还是去别的地方?"

"你想呢?"一个中年人问。

"去你们公司。"

"好。"吉普车载上庄宝安掉头奔向四海公司。

远处的车上，于文生望着这一切，拿出手机拨了个号码："是市局扫黑办吗？我举报舒城县四海公司经理室陈四海私存枪支，仿五四手枪两支，就在他办公桌右手第二个抽屉，千真万确亲眼所见。"老于说完挂了电话，将手机从车窗扔进了路边的水沟。

在四海公司陈四海经理室，陈四海对坐在他对面的王副总破口大骂："你说，庄宝安手里拿的东西是怎么回事儿？你给我说明白了，本来那个刘记者和我说要赞助费二十万，你却和我说两万，老王，你安的什么心？"

王副总说："陈总，我这不是想给公司搞个节约吗！"

"放屁，以为我四海公司是你们商业部门穷光蛋？不送钱怎么能摆平事儿？不开重金能让这个记者为咱们出力吗？这车祸怎么回事儿？谁安排的？"

一个东北小子站得笔直，说："陈总，你说不能出纰漏，青青就安排东北三子几个弄了个事故，哪知道这个记者骨头太不经撞。"

陈四海说："我去你妈的，你们自己兜着！"

东北小子眼珠转了转，看了一眼显示屏的监控，一辆吉普车停在了楼下，车上下来三个人，忙说："陈总，来了来了，姓庄的弄过来了。"

"赶紧弄上来。"

庄宝安上了三楼，陈四海非常客气，指挥东北小子倒水。庄宝安现在是第三次来四海公司，他很清楚今天就是豁出去了。

陈四海等不及，对庄宝安说："老庄，那个录音笔怎么在你这里?"

"是刘记者给我的。"

"里面的东西你看了吗?"

"看了。"庄宝安实话实说,"我本来不想掺和里面的事儿,我还想把这个东西还给王总。"庄宝安瞅了眼王副总,王副总点了下头。

"还给王总,你什么意思?"

"因为这是王总的东西。"

"王总的东西?记者说是他从我公司偷去的,你这话是说他是和王总串通好的吗?"

"陈总,我不知道记者是怎么回事儿,我看应该是王总平时弄的。"

陈四海盯着身边的王副总:"你说说,我有点儿糊涂。"

"陈总,你糊涂什么,我从来你公司那一天,我就将你平常给谁送礼行贿过谁,招待过哪位领导,雇佣黑社会做了一些什么事儿,做了个记录。"

"你做了个记录?"陈四海歪着脖子注视着这个陌生的王副总。

"我做了个记录,您不是也做了记录吗?我就是从你那里拷贝了一份而已。没办法,你陈四海是什么人我可清楚,不留后路哪行。"

"你呀你!你拷贝完了就和记者串通毁我?"

庄宝安说:"陈总,还有胡青青,你们几个人作案的视频都有,我都看了,我儿子也做了一份,只要我们爷儿俩有什么不测,就有人发到网上。"

东北小子咬着牙指着庄宝安和王副总说:"你俩今天等着瞧,

都甭想活着出去。"

"混账,"陈四海上去就抽了这小子一个耳光,抽得对方转了个圈,"说不让这个活不让那个活,全世界的人杀得光吗?"陈四海转向庄宝安和王副总说,"你们开个价,老庄,你要什么条件?王总你说个价!"

庄宝安说:"我昨天说了,把王姐隆重发送了,肇事司机交给公安,按照县里出台的拆迁补偿政策给我们家属院补偿。"

"没问题,保证你满意。"陈四海说,"王总,你,你是现金还是支票?"

王副总满脸无奈地说:"陈总,我就想如实交代,从轻发落。"

随后,跟着庄宝安上楼的穿黑色西装的男子过来,从公文包里掏出传讯证:"陈四海,我们是邻市扫黑除恶办公室的,受省里指派异地对你涉黑涉恶以及行贿国家公务人员等案件进行处理,你跟我们走一趟吧!"

陈四海满脸诧异地说:"你这是?"随后像泄了气的皮球一样耷拉下脑袋。

庄宝安怔住了,他没想到会发生这种事儿。

陈四海呆了几秒,喊了一嗓子:"抄家伙!"他想夺路而逃,突然从外面冲进来十几名全副武装的特警,把四海公司的人全部控制住了。

庄宝安搞不懂怎么个状况。

那名扫黑办的同志拍了拍他的肩膀:"让你把时间提前了。"随后从陈四海抽屉里拿出来一支手枪,摇了摇头,自言自语地说,"又多了个罪名。"

庄宝安从四海公司走出来，看到外面停着几辆外地牌照的依维柯警车，四海公司涉案人员一一被带上了警车。

老于从远处走过来，说："以为你去北京了。"

"还好没去。"

"王总没想到刘记者会从他这里偷走东西，刘记者想敲诈陈四海，结果让四海公司的开车撞死了。你要去北京，将录音笔交给报社，你想会怎么样？"

"我就想让陈四海完蛋。"

老于摇了摇头："总之，老庄，你这个保安比我这个警察爷们儿，敢玩命。"

庄宝安看到远处的玲子还有儿子小飞在路口向他摆手，他说："我也不想这样，给你你不干。"

"我越活越回去了，马上退了，太平过一辈子算了。"

"我和你一样，想过太平日子，我发现这个社会还有希望。"

"有希望，现在还舍得离开舒城吗？"

"离开，老于，我想我那房子肯定值钱，舍不得卖给你了。"

"房子说好的，改不了，协议都写了。"

"那委托书和四海公司签的那个协议一样，都是被逼无奈，不算数。"

老于上了警车，说："我不管，对了，那网吧老板把钱退回来了，钱在孩子手里了，你又欠我个人情。"

地毯厂家属院的业主们陆陆续续地开始搬东西，浩浩荡荡的场面像春节赶庙会。收破烂儿的、跑运输的大车小车挤满了条条胡同巷口，随后装得满满登登分散到县城的四面八方。那些其他家属院区没有拆迁的人家看着这熙熙攘攘的景象，无不艳羡垂涎，当然他们想自家迟早也会有这么一天的。想到这里，每个人脸上都洋溢着幸福感！

补偿协议一上午就在信访局签订完了，人们不约而同地聚集在王芬家的废墟前。庄宝安走到人群前面将老于给的那张保证书从口袋里拿出来："大姐，保证书拿回来了。"说完，他一下一下将保证书撕扯成碎片，抛到空中，一股风过来刮走了。

齐敏随后哭出声来："王芬姐，你一辈子为了大伙儿，临死也是为了大家。没有你，我们还不知道会怎么样。对，还有宝安哥，你们都是好人。"

秦师傅说："大家别忘了，今天为了我们，有个好人离开了。大姐，你在这里给咱厂子活着的人，还有走了的人守住家属院啊。有你在这里，我们住着放心，我们过得踏实。您没有走，您就在我们这些老同事们心里。我们给您鞠躬了，您一路走好。"

地毯厂家属院所有的人肃立默哀，为王芬三鞠躬。

结局

两年后，地毯厂家属院小区三栋现代化的楼房交付竣工。

家属院的人们始终没有见到庄宝安搬进新楼，后来人们发现原本庄宝安名下两套房的名字一个改成了于丽丽，一个改成了李亚玲。李亚玲就是王芬的表妹玲子，而于丽丽这个人，直到派出所老于几年后住进来，人们才明白庄宝安把房卖给了老于的闺女。

老于有一次和人们在楼下聊天，说庄宝安人老实讲信义。老于有时候也想起王芬，那个包里总是装满奖章、奖状的妇女，总觉得有一天她会再次出现。

老于有一天整理自己以前的物品，在相册里翻到二十世纪八十年代杰出青年表彰大会的合影，他猛然发现里面有个似曾相识的面孔，那人戴着大红花就站在自己身边。

他怕认错了，又仔细瞅了瞅，是他，真的就是他。

于文生猛然想起庄宝安那天说的那些话，他在脑海里寻思了许久，忽然笑了起来，像年轻时那样，笑得非常自信。

（楸立，本名崔楸立，河北大城人。供职于河北省大城县公安局。中国作家协会会员，河北省作家协会理事，鲁迅文学院学员，全国公安文联签约作家。出版小说集《红孩子》《倔强的青春》《鲍哥的草原》《凤还巢》和长篇小说《满江红》，另有小说发表在《啄木鸟》《山东文学》《广西文学》《星火》《飞天》《小说月刊》《北方文学》等省部级期刊，多篇小说被转载并入选年度精选本、名家排行榜。作品曾荣获浩然文学奖、河北省优秀作品奖等奖项）

该死的人性

洪顺利

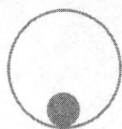

引子

清明节刚过，古城市公安局重案队大队长丁一川应邀前往古城警察学院给学员们讲课。开车的是新调入重案队才一年多的女刑警王娜。王娜二十几岁，每天都显得朝气蓬勃。

汽车一直向北驶去。

郊区公路上两侧的钻天杨显得很有气势，绿葱葱的，沐浴着春风，一派春天的景象。

王娜开着车，从后视镜里看了一眼坐在后排的丁一川，说道："丁队，古人写清明的诗，当推杜牧的《清明》吧?"

丁一川笑了笑："那也未必!"

"此话怎讲?"

丁一川卖了个关子："不瞒你说，《全唐诗》我还真精读过一遍，其中唐代一个叫熊孺登的诗人，写过一首叫《寒食野望》的诗：拜扫无过骨肉亲，一年唯此两三辰。冢头莫种有花树，春色不关泉下人。"

王娜听罢,一脸的崇拜:"丁队,没想到你看书还真不少!"

丁一川笑道:"这有什么。办案子的人多看点儿闲书,终归也不算什么坏事。不瞒你说,没事儿时我还挺爱看推理小说的,看多了,潜移默化,兴许在办案中还能用上点儿推理智谋哩!"

"丁队,你今天给警察学院学员们讲课的主题是什么?"

"题目就叫《推理小说与侦破谋杀案的关系》。"

在警院最大的阶梯教室里,丁一川走上了讲台。

台下坐满了前来听课的学员。

丁一川先把自己今天演讲的题目介绍了一下,然后便直奔主题:"同学们,大家好!能与大家见面,很高兴。在这里我想把我一个老刑警的办案感受跟大家交流一下。我二十岁当警察,一入职,先干了五年普通刑警,跑龙套,后来调入重案队,主要负责凶杀案、谋杀案的侦破工作。我认为:一般的凶杀案,比如张三与李四发生口角,一言不合,动起手来,张三用木棍将李四敲死,这叫激情杀人!对我们而言,这似乎没有太高的技术含量。谋杀案则不同,技术含量相当高,超出了一般人的认知。我以为:谋杀案是刑侦工作中的一种顶级存在,是天花板级别的一种客观存在。"

此时,一个相貌文静的女学员举手向丁一川提问道:"丁大队长,我是一个推理小说迷。您认为推理小说对您办理谋杀案的侦破有帮助吗?"

丁一川听了这个女学员的提问,心里很高兴,说道:"你的提问引起了我的共鸣。首先,办案过程中,在分析案情、研判侦查走向时,是有极大帮助的。在实际工作中,我们把这叫推论、推导，这与推理的意思是一致的!"

女学员又追问道:"丁大队长,在您看过的推理小说中,您最喜欢谁的作品呢?"

丁一川侃侃而谈:"我认为阿瑟·柯南道尔、阿加莎·克里斯蒂、松本清张这三个人对我的影响较大。我认为:阿瑟·柯南道尔塑造的福尔摩斯这个形象是成功的,作品中推理部分也相当严谨。阿加莎·克里斯蒂在《尼罗河上的惨案》《东方快车谋杀案》中大段的推理,也是值得人们称道的。而我更爱看松本清张的作品,我认为:松本清张在推理小说中,大胆地将现实生活背景引入小说中,有很强的现实主义的意味……"

就在此时,王娜急匆匆地从教室边门跑上讲台,悄声对丁一川耳语道:"古城首富张全富被人杀死在家中……总队让咱们马上出现场……"

丁一川听罢,心中不由得咯噔一下。他连忙向台下的学员解释道:"同学们,非常抱歉,又有现场了,我要马上过去。等我忙完了这个活儿,再给你们补上这一课。"

1

王娜跟丁一川一同驱车出了警院大门,径直朝北驶去。

丁一川问王娜:"现场在哪儿?"

"往北五公里左右就进北山了,是一个叫'北山山庄'的私人会所。"

丁一川看了一眼手机上的时间,说:"队里的人可能要比咱们晚到半个多小时,甭说那么多了。"

王娜不时地看着车上的导航,车子在一个岔路口驶出大路,左拐后右转驶入一条乡间小路，穿过一个桃花盛开的桃园，"北山山庄"到了。

丁一川下了车，转头四下看了看。这个山庄选址还真讲究，山庄建在半山坡上，坐北朝南，会所前是一条小溪，背靠北山。山形格外吸引人眼球，山不太高，山上植被茂盛。丁一川望了一眼大门，只见上方写有"北山山庄"四个大字。

此时，早已在此等候多时的北山分局主管刑侦工作的副局长王大兴迎上来："丁队，您这么快就到了？"

"事有凑巧，刚才我恰巧在警院给学员们讲课。走吧，先看看现场。"

丁一川一边走，一边扫视山庄的建筑格局。

这是一座典型的中式仿古民居建筑，高墙灰瓦。走进院门，一个照壁映入眼帘，上面镶有一个福禄寿的砖雕，做工很是精美。转过照壁，里面是一个大四合院。

王大兴介绍说："这里在明清时期建有古寺，名为'长寿寺'，只是早已荒废。我刚才转了转，这个会所是三进院落，最后面是一个小花园，仿江南园林建造，有点儿意思。"

院子里有十余名警察，分别是当地派出所民警和分局赶来的办案人员，大家正在忙碌着。

地上躺着两具尸体。

其中一个看上去是身材不高、身体微胖的中年男子，四仰八叉地躺在院子里的草坪上，身旁的小草已被鲜血染成了暗红色。

另一个看上去是六十岁上下的老头儿，头东脚西侧卧在进大厅的台阶上。

丁一川对王大兴说："这个矮胖子是张全富吧？"

王大兴听后一脸惊讶道:"丁队,您是神人呀?!"

"我见过这个人。他的长相、身高容易让人记住。"

这时,王娜向丁一川报告说:"丁队,咱们的法医和王洋、郑家桥他们都到了。"

"让他们进来,干活儿吧。"丁一川一边审视着张全富的尸体,一边对王大兴说,"你让派出所的同志到外面负责警戒,外面的人一律不准进入现场!"

说话这工夫,王娜领着重案队的十余人,还有法医王瑾等十余个技术人员进了院子。

丁一川对手下的三员大将王洋、郑家桥、唐继烈吩咐道:"家桥,你等会儿跟我一同访问报案人;王洋,你带人进村找一下书记;继烈,你带人到山庄外开展走访。"

女法医王瑾朝丁一川打了声招呼。她四十多岁,干这行已有二十余年了。她穿着白大褂,戴着一副专用手套,对躺在草地上的矮胖男尸进行勘验。其他的技术人员也开始对现场痕迹、现场状况进行着全方位的拍照、录像……

丁一川转身问王大兴:"报案人现在何处?"

"就在二进院的卧室里,我们的人正在对其进行询问。"

"你们对死者及报案人的身份、关系弄清楚了吗?"

"大致做了了解。张全富是咱们古城响当当的首富人物,我就不多说了。报案人叫陈梦好,今年才二十四岁,据传闻是张全富包养的'二奶'。那个死了的老头儿叫赵长发,今年六十岁左右,是张全富请来的家厨,外带看门、护院!"

"这个山庄的产权应属当地村里吧?"

"对,产权归靠山村所有。这事我们已经了解了。靠山村距离案发现场约有三公里的样子。"

说话这工夫，丁一川转身看到女法医王瑾正在勘验张全富的尸体。

这是个技术活儿，外行人看不出门道。

王瑾围着尸体转了几圈。只见死者上身穿一件蓝色半袖 T 恤衫，下身穿一条黑色健身裤，脚上穿着一双黑色塑料拖鞋。左脚的拖鞋还套在脚上，右脚的拖鞋被甩在他身后一米远的草坪上。

在死者的心口处有一大片殷红发黑的血迹。

王瑾快速地从工具箱里取出一把专用剪刀。她俯下身小心翼翼地用剪刀轻轻剪开了死者胸部的 T 恤衫，然后，用酒精棉仔细擦干净了死者胸部的血渍。她略显惊讶地对丁一川说："这凶手干得也太专业了！"

丁一川也看出了这里边的门道。

王瑾又把尸体的其他部位都仔细地勘验了一遍，并未发现其他伤口。她站起身对丁一川说："死者身上就一刀！"

丁一川点了点头。

王瑾接着说道："丁队，你看见死者胸部的刀口了吗？"

丁一川摇了摇头。

"根据刀口的外观形状分析，凶手使用的可能是一把锋利的三棱刮刀！凶手下手稳、准、狠！从这一点上可以推断，凶手就是一个专业的杀手！"

丁一川俯下身，仔细端详了一下刀口，确实，这个出血点没有太大的刀口，仅有一个微乎其微的小三角状的口子。

丁一川微笑着对王瑾说："你也快成神仙了！说得没错。"

王瑾又转过身，径直走到第二具尸体旁。

只见死者脖颈处缠绕着一条黄麻绳。

丁一川说："外行人都可以猜出个八九不离十了。"

王瑾说："对，死者是让凶手勒至窒息死亡的。"

"能大致推断出死者的死亡时间吗？"

"从两具尸体的尸僵状况来推断，死者的死亡时间大致可以定为二十个小时。"

"现在是中午 12 点多了。昨天是 4 月 5 日，今天是 6 日，照此推断，咱们可以得出结论了：案发时间应是在 4 月 5 日下午 4 点到 5 点之间。"

王瑾竖起大拇指，笑着说："丁队，你也不是一般人呀！"

丁一川问王大兴："这北山山庄内外装有监控探头吗？"

王大兴摇了摇头："经查，没有。"

丁一川又问一个搞痕迹的技术员："现场有能提取的足迹吗？"

技术员也摇了摇头："目前还没有提取到有价值的足迹。"

丁一川站在原地，若有所思地自言自语："奇怪了，这山庄里怎么连个狗影儿都不见呢？"

王大兴说："丁队，这个我刚才问过陈梦好了，她说她不喜欢狗，天生怕狗。"

这时，郑家桥从后院走了过来，悄声对丁一川说："丁队，我刚刚带人到后面二进院及后花园都仔细勘验了一遍，没发现什么有价值的线索。房间里的东西井然有序，摆放整齐，没有被翻动过的痕迹；后花园亦是如此。这么说来，可以得出结论：凶手并未进入后面的二进院及后花园。"

丁一川没有答话，带着郑家桥、王娜走进了一进院大厅。这种格局是典型的中式会客厅。

会客厅中间摆放着一张八仙桌，左右各一把大太师椅。八仙桌上方挂着一幅竖轴山水画，画的左右配有一副对联：世事多因忙里错　好人半自苦中来。

丁一川看后脱口而出："此联出自曾国藩之手。"

王娜多少有些吃惊："丁队，您这是饱读诗书，通古达今呀。"

丁一川笑了笑："这人呀，没有白学的不是。咱们干刑警的，平日里也要多读书，没坏处的。苏轼云腹有诗书气自华嘛！咱们虽然干的是刑警，也不能让人说咱们是只会办案的糙老爷们儿。"

丁一川带众人将大厅两侧的房间仔细地查看了一遍，陈设都没有被人翻动的迹象。

丁一川又带人来到二进院，找到了报案人陈梦好。

第一眼看到陈梦好，丁一川脑子里瞬间弹出一个字：美！

这个陈梦好看上去也就二十三四岁的样子，身材苗条，皮肤白皙，确有闭月羞花之美，沉鱼落雁之貌，活脱脱一个美人坯子！

只不过也许是惨案突发，她尽显惊恐万状之色，本来就白皙的脸这下更加煞白了。

在她的卧室内，问询开始。

丁一川说："你不要害怕，说说报案的经过吧。"

陈梦好说："半个月前，我回老家，帮忙筹备我弟弟的婚礼。婚礼办完后，我在老家住了几天。今天早上起了个大早往回赶，11点左右，我和阿姨带着我两岁的女儿回到家。我们到家门口时，只见大门紧闭，阿姨按了门铃，但没有人应答。她推了一下门，我们谁也没想到大门竟没锁，我们走进院子，顿时就被吓坏了，同时跌坐在了地上。只见全富和长发大爷都躺在地上，一动不动。吓得我们跌跌撞撞地爬起来，抱着孩子跑到了外面……缓过点儿神之后，阿姨带着哭腔说：'赶紧打电话报警吧！'当时，我吓得站都站不稳，手都是抖的，就对阿姨说：'你赶紧打电话吧！'"

"阿姨叫什么名字？她是哪儿的人？多大年龄？"

"阿姨叫王凤兰，今年四十岁，就是山庄后面靠山村里的农家妇女。"

"说一下你回去参加婚礼的经过吧。"

"我弟弟叫陈梦强，比我小两岁，今年二十四岁。我有一年多没回过老家了，今年3月，我回去帮他筹备婚礼，之后，又在老家住了几天。今天赶早开车回到了山庄……"

"你老家离山庄有多远？"

"一百多公里。开车得三个多小时吧。"

"你与张全富是什么关系？"

陈梦好低下头没有说话。

郑家桥插问了一句："实话实说吧！现在还有什么是不好说的？"

过了好长时间，陈梦好从牙缝里挤出了这么一句："爱什么关系就什么关系吧……凑合着混呗……"

郑家桥来了个单刀直入："那就是民间所说的你是张全富包养的'二奶'？"

陈梦好脸一红，火气也随之腾地就上来了："甭说得那么难听！你们又不了解情况！"她抬头瞪了郑家桥一眼，又不出声了。

丁一川见陈梦好急了，可谈话还是要继续的，就用平稳的口气说道："你别急，还是把事情详细地说说吧。"

陈梦好平复了一下心情，缓缓地说："你们只是看到了事情的表面，其实我跟张全富是有感情的。虽然认识他时就知道他有家室，但我还是坚持要嫁给他。"停顿了片刻，陈梦好继续说道，"他已于半年前向他的妻子提出了离婚，只是因财产分割正在商议中，离婚手续还没有办理。他向我承诺过：只要一离婚，他立马与我结婚。我相信他，耐心地等待着结果，有什么错吗？再者说了，就算像你们所说的那样，可这种事，也没犯什么大法吧？退一万步说，也没有坐牢、枪毙的罪过?!"

丁一川明白，现在无须讨论这种事，他连忙岔开话题："你知道张全富是哪天回到山庄的吗？"

陈梦好说："他昨天给我发过短信，说他昨天下午已经到山庄了。"

"那他是怎么回到山庄的？"

"一般都是他的司机张雷给他送回来。"

"那司机会留下吗？"

"张雷一般不住在山庄。"

"张雷知道你与张全富的关系吗？"

"这事儿都到这份儿上了，他肯定知道！老板的事一般都瞒不了他的司机。"

这时，丁一川的手机响了一下。他低头一看，是市公安局局长周天正的秘书小黄发来的短信：周局与市政法委副书记王一鼎，半个小时后到现场。

丁一川对陈梦好说："先到这里吧，后续还会联系你。"

说完他站起身，带着手下的人朝屋外走，转头间猛然发现对面的屋子里有一个人，他下意识地问了一句："你是谁？叫什么名字？"

此时，那人也站起身。这是一个年轻人，年龄与陈梦好相仿，他慢条斯理地答道："我叫王鹏，是梦好的发小。"

"你在这里干什么?"

"我来是想让张全富帮我安排个工作。"

"你什么时候来的山庄?"

"是我开车把梦好她们送回来的，前后脚进的山庄。"

过了半个多小时，局长周天正和市政法委副书记王一鼎赶到了现场。

周天正和王一鼎走进现场看了一圈，然后向女法医王瑾详尽地了解了一下现场勘查的情况。王瑾如实做了汇报。

周天正对丁一川悄声说道："政法委副书记亲自来看现场，这说明了什么?"

丁一川回道："的确没有先例，用闻所未闻、见所未见来形容一点儿也不为过。我明白，张全富被杀一案，是古城七十多年刑侦史上的大案!"

周天正将丁一川介绍给王一鼎："王书记，这是我们局刑侦界的扛把子，他叫丁一川。"

王一鼎热情地与丁一川握了握手："丁大队长，你的大名我早有耳闻，辛苦啦!"

周天正对现场所有刑警说道："同志们，今天发生的这起特大命案，影响非常大。大家也知道，死者之一张全富，是古城市太阳集团的老总，也是我市的首富，是古城市有相当影响的人物!我希望同志们要不负重托，发扬拼搏精神，不畏艰难险阻，争取早日破案。市委、市局的领导等待着你们缉凶破案的捷报!"

王一鼎也给众刑警鼓劲道："望大家早日破案，早传捷报!"

待领导们走了之后，丁一川马上将他手下的干将召集到山庄大门外的一棵大树下面，向他们布置了工作。

丁一川对王洋说："你马上带人到太阳集团了解张全富的基本情况，所能接触到的人，重点找矛盾点。"

郑家桥问："我干什么?"

丁一川说："你马上带人去了解张全富妻子姚萍萍及司机张雷的情况!"

唐继烈说："我呢?"

丁一川说："你在这儿继续干活儿。对了，还有刚才我们看见的她那个发小王鹏，要把这二人的基本情况初步摸清楚……还有，今天晚上大家回队后，晚上 8 点在会议室开会!"

2

下午 3 点左右，丁一川突然接到一个电话，打电话的是他的发小孟小龙。他在电话里说："听说张全富被人杀了! 我挺心痛的。有一事你不知道，我与张全富自幼习武，结拜为兄弟。他这一辈子，我大致有所了解，想向你提供一些情况，都是有关他的一些鲜为人知的事，包括他的脾气秉性、他的私生活……你若有时间，一会儿我就到你们重案队，咱们当面聊。"

丁一川问："你是怎么知道张全富死了的? 谁告诉你的?"

电话那头儿的孟小龙回了一句："丁大队长，这年头儿，古城市地面上发生这么大的事，还有密可保吗?!"

丁一川转念一想，孟小龙说的也并非虚言。而特别引起丁一川重视的一点是：他居然声称跟张全富是结拜兄弟，这事还是头一次听说。俗话说：宁可信其有，不可信其无!

丁一川回了一句:"你来吧,咱们好好聊聊。"

大约半个小时后,办公大楼传达室保安打来电话说:"丁队,有一个自称叫孟小龙的人要见你。"

丁一川说:"好,我马上下来。"

在办公楼传达室外,丁一川见到了许久未见的孟小龙。

打过招呼后,二人一同走进了丁一川的办公室。

沏茶、泡水,一通寒暄。

落座后,孟小龙也不客套,直言道:"丁大队长,张全富这个案子让你上头了吧?"

丁一川并不与他计较,他知道此人的性格。他们二人从小学、中学到高中一直都在一个学校上学,更巧的是,他与孟小龙还一同走进了公安的大门,都当上了警察。只不过,孟小龙一入职便被分配到了派出所当片警,他则当上了刑警。十五年前,孟小龙辞去了派出所的工作,出了警局。听说他在文学创作的道路上有了长足长进。后来,听人说他写了几部小说,名声大振。

丁一川说:"听说你成作家了,现如今是名声大振呀。"

说话间,孟小龙从书包里掏出两本推理小说集,递到了丁一川手上:"送你两本我新出的推理小说。"

丁一川眼前一亮,双手接过书,心说:自己还真是看走眼了,想不到小龙这么有成就。他问了一句:"你现在都有哪些名号呀?"

孟小龙故作谦逊道:"没什么好夸耀的,不过是中国作家协会会员、中国诗歌协会会员、中国散文诗协会理事、中国法治文学会签约作家,都是虚名,不值一提。"

"这么说来,你们挣稿费也能养活自己喽?"

"一言难尽。当下,稿费低得可怜。说句不好听的,提起这事就想骂人，还真是有辱文化人的斯文。"

"言归正传。我想听听你和张全富的事。"

"说起来还真是有点儿话长。我上小学四年级时结识了张全富。那时，我拜了一个太极拳师父，他是陈氏太极拳的传人之一。在我学太极拳一年后，我师父又收了一个徒弟，他就是张全富。其实我俩同岁，但因他拜师晚，所以管我叫师哥。他是西山区张家庄人，父母都是农民。一来二去，我俩跟着师父练了五年多太极。在我上初三那年，张全富不知何故不练了，师父对此非常不满，常对我抱怨，说他看走了眼，这孩子干事没长性，成不了什么大气候。但话又说回来了，谁也没想到，人家张全富高中毕业后，就开始走上社会，创业打拼，还真不知道他怎么一下子就成了古城的一方首富。"

"你能大致说一下他的创业史、发家史吗?"

孟小龙沉吟了片刻，说道："据我了解以及他本人自述，他的发家史大致经历了三个阶段。第一阶段，他先后开办了家具厂、石材厂、门窗厂、中药制药厂、乳胶厂。别说，这些厂都为他带来了不少利润。就拿中药制药厂来说，干了这么多年，起码没赔钱。再说他建的乳胶厂，光每年生产避孕套就没听谁说赔过钱。你想啊，这买卖能赔吗?! 男女之恋，干柴烈火，到什么时候也不过时啊。"

"他发家的第二阶段干了什么?"

"他大举进军房地产，可以说挣了个盆满钵满! 赶上了好时代呀。"

"那第三阶段又向何处发力呢?"

"电动汽车领域……"

丁一川听到此处，不由得点了点头，然后换了一个话题："据你了解，他个人的婚姻状况都经历了哪些变故？"

"丁队，你还真问着了。这小子在情感上不是什么省油的灯。他前后有两段婚姻，第一段婚姻是二十多年前与本村一个叫王淑芬的姑娘结了婚，婚后他们有了一个儿子，今年也该二十多岁了吧。"

"那第二段婚姻你了解吗？"

"我听张全富跟我聊过这事。他说，自打他开始创业之后，接触的人也多了起来，受各方面的影响，意识上渐渐地起了变化，开始看老婆不顺眼了，找各种理由不回家。头十多年当老板、当老总的兴起了一股高薪聘请女秘书之风。当时社会上不是有一句流传很广的话，男老板总是希望身旁有个漂亮的女秘书，有事秘书干，没事干秘书！大概就是在那个时候吧，张全富与他妻子离了婚，娶了一个比他小十多岁的女秘书，这个女人就是他现在的妻子姚萍萍。婚后有个女儿，今年也十多岁了……"

"这事你是听张全富亲口说的？"

孟小龙语气非常肯定地答道："没错。这是我们在一起喝酒闲聊时，他亲口对我说的。"

"你对张全富这个人怎么评价？"

孟小龙沉思了片刻，长叹了一口气道："要说他这个人，本质上不坏，人性也不差。他在挣钱、经营上还是很有一套的。胡雪岩、沈万三的经营之术，他是熟烂于心；曾国藩、张之洞的为人处世理论，他也自学了不少。所以，他才有了今天的财富和声望，听说他还是人大代表。"

"你具体说说吧。"

"自打有了钱,他经常做善事、行善举,每年都给贫困地区捐资助教,每年的重阳节都会派人去养老院慰问。听说光他的太阳集团每年上缴的税款都是古城市头把交椅,这是他对国家作出的贡献!"

"你这么一说,我还真想起一件事来:前几年我们局治安总队一个三十多岁的民警得了肝癌,他听说之后,亲自带人到医院看望这位民警,还向他捐了三十万元现金。"

"据我了解,他这种善举每年都要做一些,并且从不张扬。"

"张全富这个人性格上有什么特点?脾气如何?"

孟小龙想了想,说道:"他属于脾气耿直的那种人,不太会绕弯子,做事果断,不太爱听不同的声音和意见……我在来的路上还想了这么一个问题:他被人杀害,会不会是得罪了什么人?至于得罪了谁我无从知晓,但有一点可以推断认定:他得罪人的原因可能就出在他的嘴上。"

"此话怎讲?"

"你想呀,他那耿直的性格,那张嘴若不是把人惹毛了,顶在了墙角上,哪会有人下此狠手呢?!要我说,这还真应了那句老话,啄木鸟死在了树洞里——吃了嘴的亏!"

丁一川听罢,不由得对孟小龙赞叹了一句:"难怪你是写推理小说的高手,此论据还真是贴切、靠谱,连我这常年办案的人也是受益匪浅呀。"他一边说一边随手将孟小龙刚才说的话记录在了他的工作笔记上。

孟小龙多少有些不解:"我说的这些话有那么重要吗?"

丁一川笑了笑道:"这是我的工作习惯。对了,张全富有什么嗜好和爱好呢?"

孟小龙听罢，毫不犹豫地答道："抽烟、喝酒。对了，我认为他最大的嗜好就是挣钱，挣大钱，每天都跟中了毒、打了鸡血似的。"

"那他有什么爱好呢?"

"他呀，最大的爱好就是喜欢女人，漂亮女人！对了，有个事儿你还不知道吧，张全富前几年包养了一个'二奶'，还给他生了一个女儿。"

丁一川"嗯"了一声，说："见到了，的确漂亮。"接着又问道，"你是怎么知道的?"

"每年我都会与张全富小聚几回，他这事也不瞒我。他说他打算把姚萍萍蹬了，说姚萍萍太贪，整天就惦记着他的钱和财产。还说离婚后准备跟那个包养的'二奶'结婚。他也曾向我抱怨过那个'小二奶'，说她成天和他闹腾，要名分！他为这事也是成天不得安宁，不胜其烦！要我说呀，他张全富，不是死在他那张口无遮拦的嘴上，就是死在了女人身上！"

丁一川换了一个话题："你说与张全富打小就练太极拳，那么可以说你俩都是习武之人了?"

孟小龙听罢一拍大腿："咳！甭提了，自打他投身商海开始创业后，早就不练拳了。这叫自废武功！"

"那你现在还练吗?"

"练呀，一直坚持到今天。"

"那你也算是大师级的了吧?"

"那还没有。其实我习武只是为了强身健体。对了，我的丁大队长，你能告诉我张全富是怎么死的吗?"

丁一川想了想，决定还是将张全富的死讯告诉他。因为到了现在这个份儿上，隐瞒此事似乎意义不大了。他答道："张全富是让人用刀扎在了心脏上而死的，在现场我们进行了初步勘验。凶手只用了一刀就直接毙命，看来非常专业。"

"就一刀?"孟小龙有些惊讶地问道。

丁一川点了点头。

孟小龙用近似肯定的口吻对丁一川说："天下武功，唯快不破。我敢大胆地推测：凶手绝对是习武之人，最起码也是个练家子。"

3

当晚 8 点，在重案队会议室召开了张全富、赵长发二人遇害案的案情分析会。

会场气氛有些过于凝重。因为今天讨论的这起案子，过于重大。这起案件给每一位办案刑警都带来了一种无形的巨大压力。

参加分析会的人员有女法医王瑾、技术队队长周浩，还有重案队的骨干人员。王洋是重案一队队长，两个副队长是郑家桥、唐继烈，这二人今年都四十多岁，也算是身经百战的"老干探"了。王娜算新人，但她对办案的悟性极高，上手很快，似乎天生就是干刑警的料。

丁一川见人都到齐了，就先来了个开场白。

他对众人说："各位，今天咱们忙碌了一天，确实很累。没办法，咱们今儿还得'开夜车'，要连续作战。为什么? 因为今天这起案子太大了。这起谋杀案是古城市七十余年以来发生的一起前所未有的特大谋杀案! 死者张全富是古城市首富，又是人大代表，影响力似乎在咱们古城市无人能及! 能不能破案，缉获真凶，那就要靠咱们在座诸位的齐心努力，迎难而上了。我们争取早日破案，给市委、市局领导一个交代，给死者家属一个交代，给全古城市八百万人民一个交代。"

郑家桥当即表态："丁队，你放心，我们不会掉链子的！再者说，案子这么大，既是压力也是动力嘛。对办案刑警来说，兴许一辈子都赶不上这样的案子，如果真的被我们拿下了，赶明儿退休了，就有跟后辈吹牛的话题了。"

按照老规矩，丁一川先让王瑾介绍了一下现场尸检的情况。

王瑾将一份打印好的尸检报告单分发到在座的每一位刑警手里。

王瑾介绍道："我先汇报一下1号尸体张全富的勘验结论。该死者身高1.63米，体态较胖，体重大致在九十公斤。经现场勘验和将尸体拉至解剖室进行全面尸检后，得出如下结论：张全富全身上下只有一处致命伤，就在心脏部位，系机械性暴力所致的死亡！特别需要指出的是：凶手只用了一刀，捅进心脏，导致张全富当场暴毙！在此，我特别向大家提示：刀口呈三角状，只在胸部留下了一条小眼儿。由此，我们初步判断，凶器就是三棱刮刀！"

丁一川问了一句："伤口的深度是多少？"

王瑾道："伤口深度大致在十厘米，直接插入心脏。"

唐继烈道："要我说，凶手一定是个练家子！只一刀，又快又准，八成是个职业杀手！能干这种活儿的，绝不是善茬儿。"

王瑾接着介绍道："2号尸体赵长发，死因相当明显，他是被凶手用麻绳勒在颈部窒息而亡。他身上并没有其他外伤。"

丁一川问："两个死者的死亡时间可以确定吗？"

王瑾说："从两个死者出现尸僵的状况来看，死者的死亡时间大致在 4 月 5 日下午 4 点到 5 点之间。"

技术队队长周浩介绍了现场勘验情况："经勘验，北山山庄的大门完好无损，没有人为破坏的痕迹，由此可以得出结论：凶手是由大门进入现场的。由于现场过于凌乱，没有提取到有价值的足印。另外，对现场四周进行勘验发现，现场四周并未安装监控探头，不具备利用监控探头还原案发时场景的条件。"

丁一川听完汇报，对在座的刑警道："大家说说看法吧。"

郑家桥首先发言："我先说说我个人的看法，共有五点。一是凶手至少有两个人。原因很简单，一个凶手同时要干掉两个人，是不太切合实际的。甚至可能还有一个同伙在山庄大门外放风。二是如果凶手是由山庄大门进入现场，又是怎么叫开门的？是熟人作案吗？如果不是熟人，那又是用怎样的理由让山庄的人认可后打开门？这有待下一步甄别。三是两名凶手训练有素，一人对付一个，分工明确，作案工具都是事先准备好的。四是对张全富下手的凶手，可以说是标准意义上的职业杀手，只一刀就让张全富毙了命，没有补刀。五是作案时间极短。我推断：凶手从进入山庄大门到行凶结束，前后不会超过十分钟。"

王洋听后补充了一句："我同意家桥的观点。我想说的是凶手是老手，作案时机把握得相当精准。第一，凶手了解山庄案发时的人员状况。第二，凶手了解山庄外面及庄内没有安装监控探头。第三，凶手了解山庄内没有养狗。综上三点可以推断：凶手是做足了'功课'的，对山庄的内部情况了然于胸，肯定事先踩过点。凶手之所以敢在光天化日之下动手，十有八九有山庄里的'内鬼'提供信息。"

丁一川听罢，点了点头："分析得都很到位，那么大家对本案的性质有何高论？"

唐继烈胸有成竹地答道："我认为本案的性质就是仇杀！"

丁一川问："何出此言呢？"

唐继烈说："我认为凶手是冲着张全富来的。或许是他得罪了什么人，对方的选择只有一个，就是让张全富死！于是，他的仇家选择了雇凶杀人！本案的性质就是仇杀。"

王洋说："我同意继烈的观点，但从我对死者赵长发的初步调查结果来看，我认为凶手是冲着他来的。"

王洋此语一出，众人不由得一愣，有些茫然。

王洋介绍道："今天出现场，我带人到赵长发的村里找到了书记，他向我提供了一个有价值的信息。他说：'这个赵长发是十里八乡有名的乡厨，谁家摆宴，都请他主厨。他今年六十岁，膝下无子女，老婆因病去世好几年了。他和同村的王凤兰都在山庄给陈梦好帮忙，王凤兰是保姆，赵长发干家厨，同时负责外出采买和看家护院。这二人在山庄里已干了有四个年头了。也不知从什么时候开始，村里有人传，说赵长发勾引王凤兰，二人好上了！这事也不知怎么传到了王凤兰丈夫高有福的耳朵里，这下高有福可炸了庙，还进山庄把赵长发打了一顿，死活要拉老婆回家，可王凤兰坚决不从。原因很简单，人家陈梦好给的工资高呀，月工资一万多块钱哪！村里人都知道，这个高有福曾多次扬言：'早晚我要把赵长发剁了。'"

丁一川听罢，点点头："你说的这个观点我也认同！咱们办案子什么时候都不能先入为主，想当然！王凤兰的丈夫高有福闯入山庄，杀了赵长发、张全富，也不是没有这种可能。"

郑家桥赞同道:"我认为这种可能性也是有的。"

丁一川话锋一转:"我把此案定性为'405'谋杀案。下一步咱们的侦查走向,我看还是对张全富的单位、家庭、相关有矛盾点的人员开展调查,以人找案、以案找人,甭管是什么叫法,先从最基础的地方开展工作吧。"

王洋说:"丁队,你就派活儿吧。"

丁一川开始布置工作:"这样吧,王洋、继烈,你们带人到太阳集团开展全面摸排,对了,对张全富前妻的情况也进行一下摸排。家桥、王娜你俩跟我到北山山庄对陈梦好、王凤兰、高有福三人开展调查。还有,大家在调查中有什么新发现,咱们及时沟通。"

郑家桥一挽袖子:"就按丁队说的办。两横一竖——干!"

4

第二天上午,丁一川、郑家桥、王娜三人驱车从古城市区出发,再次来到了北山山庄。

王娜上前一步按响了大门上的门铃,给他们三人开门的是王鹏。

丁一川有些诧异道:"你怎么还没走?"

"出了这么大的事,梦好一时半会儿又没地方去,我陪她一阵子。"

丁一川一想,他这话也合情合理。随后,在王鹏的引领下,他们三人来到了陈梦好的住处。

陈梦好的脸色依然很不好看,她似乎还未从昨天的惊吓中缓过劲儿来。

谈话开始。

丁一川说:"我们今天来找你,是想让你谈一谈你与张全富的事。另外,张全富被人杀害了,你能提供什么对破案有价值的线索吗?"

陈梦好抬起头,瞧了瞧眼前的三位刑警,看得出她心里多少有些顾虑和紧张。

郑家桥劝导道:"你不要紧张,也不用有什么顾虑,实事求是地把你经历的事情向我们说清楚就好。"

陈梦好点点头,开始讲述起她与张全富相识相好的全过程:"四年前,我大学毕业,二十二岁。经亲戚介绍,来到了古城市,期望在这个城市开创自己的事业,闯出自己的一片天地。我小舅在古城市搞房地产开发,我就到他的公司做销售员。那时,房地产已不算太景气了,活儿也不多,工作比较轻松。"

丁一川问:"你是如何认识张全富的呢?"

"大概是我到古城三个月之后,一天,我小舅带我参加了一个饭局,在酒桌上我认识了张全富,知道了他是古城大名鼎鼎的首富。全富这个人很随和,没什么架子,说话风趣幽默,给我留下了不错的印象。就在这次饭局过后的一个星期吧,我小舅找到我说,张全富给他打来电话,说他的秘书要辞职,问我是否有意向去他的公司当秘书。我当时有些犹豫,小舅看出了我的心思,开导我说:'这机会不错,你先去试着干干,觉得不行就回来。你知道吗,人家可是大公司,月薪一万八,待遇也好,这样的机会可不多,好好考虑一下,机会不等人哪,毕竟人家是太阳集团的老总嘛。'"

"你就这样当上了张全富的秘书?"

"是的。在我给张全富当上秘书之后，前半年我们之间相安无事，只是工作关系。随着时间的推移，接触多了，渐渐地我发现他的确是一个与众不同的商业奇才。对他的仰慕之情慢慢地沉浸到我的心里。后来我发现他对他老婆姚萍萍非常反感，还时不时地骂她是家贼，两眼成天就知道盯着钱。"

"据你所知，张全富在死时，他的资产是多少?"

陈梦好听罢愣了一下，稍后答道："本来这是张氏家族的秘密，与我无关，但现在他人已经走了，我向你们透露一下也没什么大不了的。据我所知，对外他宣称资产达一百亿，其实，并非这个数。"

"那他实际上有多少资产呢?"

陈梦好伸出一个手掌："至少五百亿。"

郑家桥、王娜听到此处，都吃惊不小。

丁一川问："那你是怎么和张全富走到一起的呢?"

"日久生情吧……当然了，是他先主动展开追求的，时不时地送花、送礼物，制造各种惊喜，只要我喜欢他都会毫不犹豫地满足我……这个阵势，我一个小女子哪能抵挡得住呀! 后来我也想明白了，人这一辈子图什么呢? 无非就是'荣华富贵'这四个字呗。好在他这个人本性不坏，生活中还是挺有趣的。一年之后，我怀孕了，他让我把孩子打掉，我死活不同意，坚持要把孩子生下来! 我们俩僵持了两个多月，最后他妥协了，在我怀孕三个月后，他把我送到了北山山庄，保胎待产。"

"这么说，早在三年前你就住在这里了?"

"对。后来我生下一个女儿，而后面发生的事连我都始料未及。女儿出生后，我就向张全富提出了名分的事，问他什么时候离婚，我们什么时候结婚。我对他说，人都是有尊严的，我不能一直这样不明不白地跟着他，让人指指点点，说我是'小三'，是被包养的'二奶'，我也要有名分，女儿也要有正式的身份！但没承想，这事一拖就是两年光景！而事情的反转发生在半年前，也不知张全富怎么想通了。半年前，他正式向姚萍萍提出离婚。姚萍萍大吵大闹了一番，死活不同意。张全富一纸诉状递到了法院，向姚萍萍起诉离婚，还请了古城市有名的律师，下个月就要开庭了。"

丁一川听到此处，嘴里冒出这么一句似乎是不着边际的话："如果法院判了张、姚二人离婚，姚萍萍能得到多少财产？"

"这个不好说，以近年来张全富对她的态度看，能给姚萍萍一套别墅再加一辆豪车就不错了，她不会分到更多财产了。我听律师说，这些巨额财产都在张全富名下。"

"如果张全富死了呢？"

陈梦好听到此处，不由得心里咯噔一下，惊愕地自言自语道："要是这样，这事可就大了！按继承法规定，她姚萍萍是第一顺位继承人了！天哪！我怎么从来没有想到这个问题呢——杀夫夺财？！能是真的吗？张全富可是她的丈夫啊……"

丁一川又向陈梦好提了一个业务问题："从你的角度看，你认为会是什么人对张全富下杀手？你能提出什么嫌疑人吗？"

"按照刚才的推断，她姚萍萍就是重大嫌疑人！"

"除此之外呢？"

"对了，我还想起另外一件事。半年前，全富与一个房地产开发商打了一个官司。在五年前，全富借给东阳房地产开发公司老板田野一个亿，至今拖欠未还。全富气不过，将田野起诉了，这个月就要开庭了。"

"你是说田野为了赖账，杀了张全富？"

"也不一定是他亲自动手，雇凶杀人也是有可能的。这年头，人心不古，什么邪事干不出来？老话说得好，人死账烂嘛！"

5

今天上午总算没白来。

丁一川心里有了点儿底，最起码从陈梦好嘴里聊出来两条有价值的线索。下一步，他要向陈梦好了解一下保姆王凤兰及厨师赵长发的有关情况。

丁一川说："你向我们介绍一下保姆王凤兰和死者赵长发的情况吧。"

陈梦好道："自打我住进山庄后，王凤兰就一直跟着我，一晃也有几年了。她是山庄北面靠山村人，今年四十岁了，她丈夫叫高有福，也是同村村民。凤兰姐把我和孩子都照顾得挺好，我挺满意的。"

"死者赵长发是个怎样的人呢？"

"赵长发今年快六十岁了，也是后面村里的人。他是我们这一片十里八乡有名的乡厨，做饭手艺确实好。他是四年前被聘到山庄的，当时的主要工作是护院。我住进山庄后，他就开始负责我的饮食，同时兼着护院。他老婆十年前因病去世了，他们没有孩子，这个人本分，话不多。"

"赵长发与王凤兰的关系怎么样？"

"两人是一个村的，关系挺融洽的，每天都是有说有笑，没事儿就逗个嘴……我怎么感觉您这话问得有点儿话里有话呀？"陈梦好看了丁一川一眼，满腹狐疑。

"我只是随便问问。"

"您眼力真好，厉害！其实他俩这点儿事与我毫不相干。我能说的只是他俩关系不错，顶多是有点儿暧昧。但是，今天你们问到了，我还是要向你们说明一下。"

"什么事？"

"在前天，我们住在我老家，还没返回山庄的那天晚上，王凤兰悄声对我说了一句：'妹子，我刚才给高有福发了短信，正式向他提出离婚！'我回了她一句：'你自己的事自己拿主意，别因为这事出什么岔子就行。'"

"那高有福知道王凤兰与赵长发关系暧昧这事吗？"

"这世上哪有不透风的墙呢，我想高有福多少还是知道一些他老婆与赵长发之间的事的。"

丁一川听了此话，当机立断，对陈梦好说："这样吧，今天我们就先聊到这儿。你现在去把王凤兰叫过来，我们向她核实一下情况。"

陈梦好站起身向外走去，临出屋时她回头说了一句："你们可别说她离婚的事儿是我说的呀。"

工夫不大，陈梦好把王凤兰领进了屋，然后转身走了出去。

待王凤兰落座后，丁一川上下打量了一下眼前这个农家妇女。此人个子不高，体态均称，保养得也挺好，皮肤也不黑，这兴许是她这几年在山庄当保姆，风吹不着日晒不着的结果。

丁一川开门见山道："我们是刑警，这是第二次来山庄了。有个问题我们要向你核实一下，听说你已经向你丈夫高有福提出离婚，有这事吗?"

王凤兰听罢，丝毫不怯场，淡淡地反问了一句:"是有这事，这是我个人的私事，跟你们警察有什么关系?"

"赵长发死了，你是知道的吧?"

"知道。这跟我有关系吗? 又不是我杀的。"

"先说说你为什么要提出离婚。"

"我丈夫他不是人! 经常打我，只要一喝酒，话不投机，就对我拳打脚踢。为这事我报过警，人家民警来了，顶多也就好言相劝几句，抹抹稀泥也就走了。谁替我想呀! 都什么年头儿了，我的幸福我要自己做主!"

"你与赵长发关系怎么样?"

"赵哥呀，好人一个……可惜他走了。我的命怎么这么苦啊……" 王凤兰双手捂着脸低头抽泣起来。

"你与赵长发关系好，你丈夫高有福知道吗?"

"我想他也听说了什么吧。上个月，他来山庄大闹了一回，还把赵长发打了。"

"你向高有福提出离婚，他有什么反应?"

"他放话了，说要先宰了赵长发，然后再收拾我……你们可要给我做主呀!"

王凤兰此语一出，丁一川、郑家桥、王娜都立马警觉起来。

郑家桥对丁一川说:"莫非是这个高有福在前天下午闯进山庄，报复杀人?"

事不宜迟，丁一川马上给北山分局主管刑侦工作的副局长王大兴打了个电话，让他马上通知派出所，让民警将高有福传讯到所里。

大约过了半个小时，王大兴回了电话："丁队，派出所去人传讯高有福，他不在家。据邻居反映，他已经有两天都不在家了，去向不明。我让民警继续蹲守，一有消息，马上向你汇报。"

跑了？

高有福的疑点陡然上升！

丁一川让王凤兰先出去了，然后对郑家桥、王娜说："今天没白来吧，没有白干的。"

王娜问："丁队，你说真有这种可能吗？他高有福一人杀俩？"

郑家桥坏笑了一下，说道："他就不兴再找个帮手？"

丁一川听后也笑了，说道："别瞎猜谜儿了。有枣没枣打三竿，这叫宁可信其有，不可信其无。办案子的人，什么时候都不要先入为主，想当然……"

说话这工夫，丁一川的手机响了。

电话是派出所长打来的："丁队，人我们抓回来了，这小子刚进家，就叫我们给捂了。我们已经回所了，您马上过来吧。"

派出所里，丁一川带人开始讯问高有福。

这个高有福，身量挺高，起码一米八，一身的横肉。他留着络腮胡子，一脸的惊恐，头发凌乱，身上的衣服也很脏，特别是脚上穿的一双运动鞋，沾满了尘土。

丁一川上下打量着惊恐万状的高有福，用平缓的语气问道："你身上怎么这么脏？这几天你躲到哪儿去了？"

就这一句"你躲到哪儿去了"着实像一枚重磅炮弹重重地砸在了高有福的头顶，只见他身体一抖，额头上渗出来虚汗。

高有福猛然向前一倾，本能地想要站起身，不想却被讯问室的椅子锁住了。他双手攥着拳头，用力地摇晃着，带着哭腔大声地向丁一川求饶道："你们放了我吧。人不是我杀的呀！我是进过山庄，可人真不是我杀的呀！"

他进过山庄？这是怎么回事？

在场的刑警们不由得振奋起来。

丁一川说："你别急，如实交代一下这几天的去向，从头说来。"

高有福看着坐在对面的刑警，开始交代道："这事还要从四年前我老婆王凤兰到北山山庄当保姆时说起。一开始，她到山庄干活儿，我也挺支持的，人家给的工资不低，月薪八千，现在已经涨到一万了。终究人家是有钱人，不是一般的小门小户。刚开始挺好的，钱多，活儿也不累。后来，我听村里的人说赵长发也进了山庄，给人家做饭、看门，我心里就有点儿硌硬了。您不知道，这个赵长发是个光棍儿，他老婆因病死了好几年了，又没孩子。这是其一。其二，赵长发名声不太好，是个色鬼，没事儿就跟村里的妇女、小媳妇逗嘴，拉拉扯扯，讲一些荤段子，行为不太端正。为此，我多次提醒过王凤兰，要她留个心眼儿，提防着点儿。"

"这又能说明什么呢？"

"嘿！这可是原则问题。这几年，村里都传开了，说赵长发跟我老婆关系不错，我听了很恼火。为这事，我酒后打过王凤兰几次，劝她改邪归正，好好过日子……最让我没想到的是，王凤兰从外地给我发了条短信，说她郑重地向我提出离婚……我看到短信后立马就急眼了，给她打电话，她竟然关机了。"

"你不同意离婚？"

"当然了！这在农村是多丢人的事啊！"

"于是，你就要采取自救措施？"

"嘿！您真有水平，说到我心里去了，我就是这么想的。王凤兰要跟我离婚，那肯定是要嫁给赵长发了！你想跟他做永久夫妻，门儿都没有，我让你们成不了！我先把赵长发打残了，让他死了这个心。只要把他打服了，打了退堂鼓，我看你王凤兰跟谁结婚，结个鬼呀！"

"于是，你就真动手了？"

高有福把脖子一梗："男子汉大丈夫，遇上这种事绝不含糊！"

"你是怎么动手的？"

"我知道陈梦好要回老家帮她弟弟筹备婚礼，王凤兰也要一起帮着照看孩子，这样，山庄里就剩下赵长发一个人看门护院了。去山庄前我准备了一根擀面杖，藏在了衣服袖子里。4 月 5 日下午 5 点多钟，我到了山庄大门外，按了一下门铃，过了好一会儿，里面没有反应。我有点儿好奇，顺手一推门，门没锁，被推开了。我轻手轻脚绕过照壁，眼前的一幕让我的头发都竖起来了：只见院子里躺着两个人！一个是赵长发，他躺在台阶上，脖子上绕着麻绳，口吐白沫，翻白眼了；另一个矮胖的中年男人，躺在了血泊中……"

"你在现场还干什么了？待了多长时间？"

"我还能干什么？当时把我吓得腿肚子都快转筋了，我转身飞快地跑出了山庄。一直跑到了几公里外，在我的桃园窝棚里躲了起来，一直没敢回家。"

丁一川站起身，走到高有福面前问道："你说你没有杀人，可你也承认你进过现场，看到了两具尸体，是这样吧？"

"千真万确。我要说半点儿假话，你们现在就可以把我拉出去毙了。"

"你为什么不报案？"

"我当时想，这下我可是沾了'大包'，跳什么河也洗不清了……我哪还敢报案，我怕说不清啊！"

丁一川冷笑了一下："我看你能当悬疑剧的导演了，你的话又有谁能信呢？！"

高有福哭丧着脸对天发誓道："老天在上，我要有半句谎话让雷神劈了我！"

高有福被依法刑拘了。

高有福被押上了警车，坐在警车里的他自言自语道："这真是人努力天帮忙呀，赵长发让人杀了，这叫替天行道！我看她王凤兰还和谁结婚！"

郑家桥听罢不由得两眼一瞪，心说：这孙子是什么人性啊？！

6

转过天的上午，阳光灿烂，春风扑面。

丁一川带着郑家桥、王娜驱车向古城西北区一个叫桃花谷的地方疾驶而去。那儿有一座气势恢宏的古堡——阳光古堡，是张全富的豪宅。

郑家桥一边开车，一边看着路上的风景，惬意地吹起了口哨，心情不错。

王娜不经意似的问丁一川："丁队，这个高有福确实是进了山庄现场，可他又不承认杀了人，这事可信吗？"

丁一川笑了笑："傻丫头，这事不需要想象和太多的推理。一切都要从实际出发。你想，高有福的目的是想打残赵长发，他跟张全富无冤无仇，怎么会平白无故地对其下手呢？这是第一。第二，高有福有这个能力吗，一人杀两人，干净利落?!"

王娜听了竖起大拇指，称赞道："丁队，你可真不是一般人！这么说，高有福的杀人嫌疑可以排除了？"

"不急。先让分局的刑警再审审这小子，晚点儿放人也不迟。"

汽车开到了阳光古堡的大门外，张全富的司机张雷早已在大门处恭候丁一川等人的到来。来之前，丁一川让手下的刑警给姚萍萍打了电话。

丁一川问张雷："你们张总哪天出殡呀？"

"11日开追悼会。"

这时，丁一川看到他身后又陆陆续续有车开到古堡大门外。

丁一川问张雷："你们古堡里设灵堂了？"

"是。这几天来人不少。"

说话这工夫，丁一川看了看古堡，别说，这个阳光古堡建造得还真是与众不同。三个建筑呈品字形，高仿欧洲中世纪古城堡样式，在西山苍松翠柏的掩映下，多少有了些欧洲风情。

说话间，张雷领着丁一川等人走进其中一座古堡，姚萍萍已在大厅门外等候。

丁一川朝她点点头。

郑家桥介绍说："这是我们重案队队长——丁一川。"

姚萍萍说："丁队，你好。可给你们添麻烦了。"

丁一川问："这两天前来吊唁的都是些什么人呀？"

"有政府方面的、商界的朋友，还有一批是自发来的各界人士。"

"来的人还真是不少哇。"

"很是感谢大家。历朝历代，无论是大户人家，还是平民百姓，都是难买灵前吊唁，全富若是九泉有知，定会安心了……"

姚萍萍将丁一川领进了一间大书房。

丁一川眼前一亮，这间书房足有六十多平方米，四墙排列着整齐的大书柜，顶天立地直到房顶。墙的一角，摆放着一把梯子，不用问，那是登高取书用的。

这时，一个身穿蓝色旗袍、臂戴黑纱的年轻女孩儿走了进来，给客人沏好茶，然后悄声退出了书房。

丁一川问道："这是你们古堡的服务人员？够六星水准了！"

姚萍萍自嘲似的淡淡一笑："我们家全富要门面，应酬多，聘用了十名礼仪公司的女孩儿，她们有事就过来帮忙。"

"那古堡里还雇了什么人吗？"

"有六名保安，由集团派来的。保洁十人，厨师、花匠、其他人员有十多人。"

"别怨我开玩笑，像你们这种奢华的生活，是普通人一辈子也想象不到的。"

"见笑了，丁队。说实话，我也不想过这种日子。没办法，全富是个要面儿的人。"

落座后，丁一川仔细打量了一下姚萍萍。她看上去不到四十岁，保养得很好。或许是家中突发如此巨大的变故，她的脸显得很苍白，说话的语气都显得有些虚弱无力。

丁一川问她："我们今天来，是想向你了解一下有关张全富的基本情况，这对我们破案很有帮助。"

姚萍萍点点头:"我明白,这是我们死者家属的应尽之责。"

"从你的角度,你认为他得罪过什么人吗?有没有什么仇家?"

听了此话,姚萍萍长叹一声:"他得罪人?老话说,人红是非多。他成了古城首富,本身就是得罪人,社会仇富心态自古有之!这种例子举不胜举。"姚萍萍喝了口水,平复了一下心情,继续道,"这事突发之后,头两天我脑子都是蒙的。当我缓过点劲儿,也寻思过这事,是什么人有这么大的仇,非要置全富于死地呢?思来想去,有两个人绕不开,那就是田野和江涛。这两个人跟全富有过结。"

"你能分别说一下这两个人的情况吗?"

"先说一下这个田野吧。这事说起来也算全富交友不慎。五年前,全富借给东阳房地产公司老板田野一个亿,用于房地产项目。当时二人过往甚密,称兄道弟,好得像穿一条裤子。借钱时,田野给的利息也不低,说好三年后还账。可是时至今日一分钱未还。在去年年底,全富请律师起诉了田野,这个月就要开庭了。"

丁一川点点头。她说的这个情况同陈梦好所说是一致的。

想到此处,丁一川问:"据此你怀疑田野有谋杀张全富的可能?"

"一个亿不是小数目,人死账烂,民间百姓都明白这码事呀。"

丁一川话锋一转:"你再说说江涛吧。"

"这个江涛是西山区的区长,上个月,市里上市了一块地,位置就在西山区,这其中还包括了旧城改造。各路开发商跟恶狗扑食似的往上扑。全富的集团也看好这块地,决心拿下。我听全富说过,为这事他还亲自找过江涛,江涛要么推诿,要么避而不见。最后还是听别人说了实情:这块地给他小舅子了,你就别想了。全富也不是善茬儿，哪能就此甘心，他找到江涛，挑明了说：'江区长，你记性不好吗？你可别忘了咱们之间的事，你是清楚的！要是哪天我不留神走了嘴，你这个大区长可就要喝一壶了……'"

"你说他们之间的事，指什么？"

"早在五年前，那时江涛还是西山区副区长，全富就给他打点过不少钱。"

"多少钱？"

"多少钱，我没问，女人不问政。"

"照你的这种说法，江涛算是让张全富给逼到墙角了！"

"当今，中央反腐的力度多大呀，他江涛就不能铤而走险，萌生杀机吗?!"

在丁一川与姚萍萍交谈时，他无意间注意到，在书房北墙的大书架上，整齐地摆放着一大排小相框。照片中有一人面相似曾相识，又一时对不上号。

这张照片是张全富与一个年龄在五十岁左右的男人的合影。丁一川用手指了指照片，问了一句："这张照片中，与张全富合影的那个人是谁呀？"

姚萍萍抬眼一瞧："他呀，他是王一鼎，这是四五年前照的。当时王一鼎是河北区区长，去年升上去了，现在是市政法委副书记了。"

"还想问一点儿私人问题，你不介意吧？"

"不介意，你说。"

"你与张全富的关系怎么样？"

"丁大队长这是话里有话呀。我们已经是老夫老妻了，还能怎样?"

"他在外面有女人吗?"

姚萍萍笑了:"这事呀?!你说的是他在外面包养的那个叫陈梦好的小娘儿们?"

丁一川点点头。

姚萍萍一脸的不屑,说道:"这又算得了多大的事。他在外面拈花惹草,那是我家男人有面儿,我不生气。为这点事我还犯不上雇凶杀人,太好笑了。对了,半年前全富提出要跟我离婚,我不在乎,我就是不离,我耗死他。反正张氏家族的财产都在我手上掌控着,像我这样身份的人,那钱都不是钱,是纸……"

姚萍萍的这一番高谈阔论,让在场的刑警都吃惊不小。他们没想到姚萍萍还真是一个城府很深的女人。

丁一川笑着对姚萍萍说:"今天我们就先聊到这儿吧,麻烦你把张全富的司机叫进来,我们再向他了解一些情况。"

姚萍萍看样子有些心情不大好,面无表情地走出书房。

郑家桥对丁一川说:"今天我可是开眼了。"

王娜不解:"开什么眼?"

"这是我头一回亲眼见到这么虚的女人!"

"虚吗?我倒觉得这是她的真实想法。"

"你想想,姚萍萍同意离婚,她要想得到太多的财产,就要看张全富的脸色行事,到时她就被动了。"

王娜似乎还是没太明白:"人家张全富提出离婚,她干耗着又有什么用?就是耗点时日罢了,最后法院肯定会判离的。"

"这就是了。走到这一步,人要是被逼急了,就不会铤而走险吗?"

"你是说,姚萍萍指使人杀了张全富?"

"难道没有这种可能吗?"

"天哪!"

"如果真是这样,若按继承法的规定,那她姚萍萍可是第一顺位继承人呀,那她可就能获得巨额财产啦。"

丁一川一直没有作声,他听着两人的对话,沉思着。此时他用赞同的口吻道:"家桥的推论也成立呀!在真凶浮出水面之前,不能轻易放弃我们的推论……"

这时,门外传来了敲门声。

进来的是张全富的司机张雷。

丁一川示意张雷坐下,问道:"你今年多大了?给张全富开车几年了?"

"我今年三十二岁,给张总开车八年了。"

"你们是亲戚对吧?"

"对。我是张总的侄子,我爸是他的亲弟弟,我管张总叫叔。"

"张全富被人杀死在北山山庄,这事你已经知道了?"

张雷点点头。

"我们是办案人员,希望能早日破案,缉拿真凶。你是他侄子,在这一点上,我们的目标是一致的。"

"是呀,我叔死得太惨了!他是一个在古城市有影响的人,谁有这么大的胆子,干出这种惊天血案?!"

"破案是我们的事,你只需要配合我们的工作就行。我们问你的问题,只需要你实事求是,实话实说,好吗?"

"您问吧。"

"你叔叔包养陈梦好,住在北山山庄这件事,姚萍萍知道吗?"

张雷说话有些支吾:"她可能知道吧,或许不是十分清楚。"

"你这话说得有些含糊呀。张全富每次回北山山庄,不都是你接送吗?"

"是。您别急。这事是这样:一开始,我叔叮嘱我,他与陈梦好住在山庄的事,不让我告诉姚萍萍,也就是我婶子。可架不住日子一长,难免集团里的人露出一星半点儿的。有一回,我婶子跟我急了,骂我是白眼狼,有事背着她,我没招儿了,就说了实话。"

"她知道真相后有什么反应?"

"好像没什么反应,还大度地说:'这不算什么了不起的事!玩呗,玩谁不是玩呀。'这事就这么过去了。"

"一直就这么风平浪静的?"

"是呀,我也想不明白,她对这事为何这么大度,不急不恼的,让人摸不着边际。"

丁一川听罢,把张雷刚说过的这段话记在了笔记本上。然后,他又问:"张全富是做大生意的人,与地方官员打交道,免不了要请客送礼吧?"

"这种事常有,多数都是我开车送他去。也有个别的时候,他自己开车。"

"他没有保镖吗?"

"没有。特殊时候会花钱雇两个保镖。这种事不太多。"

"还记得你参与过的送礼、送钱,有几次吗?"

张雷低头不语。

"你不要有什么顾虑。你叔被人杀害了,你难道不想知道凶手是谁吗?"

"我明白您的意思。我只帮他送过一回钱，是两百万元，送给了西山区区长江涛。"

"你具体说一下送钱的经过。"

"那是两年前的冬天，我叔为了拿下西山区的一块地，找到了区长江涛。为了把事情办成，他宴请江区长，喝完酒已经挺晚的了，分手时，在停车场，我从车后备厢搬出一个纸箱子，里面有两百万元现金，放在了江区长车的后备厢里。"

"你怎么知道箱子里面是两百万元现金？"

"钱是我白天从银行提前取出来的。"

7

从阳光古堡回来的下午，丁一川召集手下的刑警，在重案队会议室开了一个碰头会。

参加碰头会的人并不多，只有丁一川、王洋、郑家桥、唐继烈、王娜五人。外行人似乎不太懂这里面的规矩，这么一起惊天大案，为何调查、议事的实际人员并不多呢？其实，这是缘于保密的需要。每个人负责调查对象的过程、内容，一般情况下是绝不会在私底下"交换情报"的，因为这其中涉及不少当事人、调查对象的个人隐私或绯闻真相。

丁一川上来半开玩笑地调侃道："这两天大家都挺累的吧，连续作战，累是累点，可也不至于累成三孙子吧。"

唐继烈说了一句："差不多了，谁累谁知道。"

王洋说："累有所值，累得其所，无怨无悔啦。"

王娜则小声嘟囔了一句："还行，体力尚支。就是头有点大，这么大的案子让我赶上了，脑子里是一片雾水，眼前还看不到破案的亮光。"

丁一川笑了笑:"这很正常。别说你头大,我现在头也大着呢。谁也不是神仙,掐指会算。"

大家相视一笑。

丁一川说:"玩笑归玩笑,我现在跟大家定性一下'405'案的性质。案件性质就是报复性仇杀!凶手在两人或两人以上。其中杀害张全富的凶手,下手凶猛,动作利索,是个练家子,一刀就要了张全富的命!我也向习武的人询问了一下,证实此前的推断没错。能有这种杀人水平的凶手,绝非一般人,很有可能是习武之人,是练家子……大家对此案的定性有无异议?"

众人听后都异口同声地表示赞同:"没有异议。"

丁一川又向大家介绍了调查陈梦好及抓获高有福的简单经过:"我们基本调查清楚了陈梦好被张全富包养的过程。她向我们提供了张全富已向其妻姚萍萍提出离婚一事,并向我们提供了保姆王凤兰与厨师赵长发关系暧昧一事,此事引起王凤兰丈夫高有福的强烈不满,因为王凤兰向他提出离婚,高有福扬言要将赵长发打残。据此,我们派人传唤了高有福,没料这小子跑了……"

唐继烈说:"这小子疑点上升。"

丁一川说:"对。当地派出所民警在他回家后,将其抓获。经审问,高有福承认他在 4 月 5 日下午 5 点多闯进了北山山庄,准备将赵长发打残。但当他进了现场,见到当时的惨状后,就惊恐万状地跑了出去。他坚称自己没杀人!"

王洋问道:"这事听起来跟悬疑片似的,能信吗?"

丁一川说:"我信!为什么这么说呢?从情理上推断:这个高有福为了达到不离婚的目的,报复赵长发这个作案动机成立。但关键是单凭他高有福一人杀二人，他没有这个能力！至此，我认为高有福不是杀人凶手，他的嫌疑可以排除。大家对此怎么看？"

众人听后点头同意。

丁一川又对唐继烈说："下面你介绍一下太阳集团及张全富前妻的情况吧。"

唐继烈介绍道："好，下面我就说说了解到的情况。我带着四名刑警到太阳集团走了一趟。经查，太阳集团是一家综合性企业集团，目前有石材厂、门窗厂、中药厂、水泥厂、橡胶厂、蔬菜及中草药种植基地、葡萄酒产业基地、房地产开发公司、芯片制造、新能源汽车制造等一大批实体企业。每年产值多达几百亿元，目前有员工十万多人，是一家典型的民营集团。"

丁一川问道："该公司的人是如何评价张全富的？"

唐继烈说："我们在太阳集团听到了大家给他编的一个顺口溜：民营企业家，脑瓜真不傻。古城成首富，地位算老大。有钱就任性，啥钱都敢花。拈花又惹草，员工口碑差。善事他常干，捐款眼不眨。没想命归西，九泉在地下。"

众人听罢都笑了。

唐继烈又介绍了他了解到的张全富前妻与其子的状况："他前妻叫王淑芬，今年五十多岁，农村妇女。其子张长运，二十六岁，现在在集团下属的石材厂当厂长。据熟悉他的人证实：张全富对他前妻及儿子不错，发达后，给了他前妻一大笔钱，他们生活无忧。"

丁一川又让王洋介绍了一下他走访、调查的结果。

王洋介绍道："田野，五十二岁，房地产开发商。他与张全富结识有二十多年了，彼此关系不错。他在西山区拿下一块地盖房子，向银行贷款四个亿，还差一个亿，就向张全富借。当时双方约定，三年后，田野连本带利还款，双方还签订了借款、还款两份合同。结果让张全富没有料到的是，这个田野一直赖账不还，还说没钱，等有钱了再还。张全富跟他翻脸了，请了律师一纸诉状将田野告上了法庭。据悉，开庭时间就在这个月的月中。"

丁一川问："他有什么疑点吗？"

王洋说："还真有。这个田野曾在私下里放出话：老子现在手头紧，真没钱，等我有了钱保准还他。干吗呀，兄弟都不要做了？！跟我翻脸，让我在圈里灰头土脸的，寒碜谁呢？别给我惹毛了，真把我逼急喽，赶明儿我找人把他剁了，给他来个人死账烂，大不了一块儿死……"

丁一川问："这话可信吗？"

王洋说："这个人嘴上没把门儿的，爱叨叨，火一上来什么话都敢说，至少有两个人向我们证实了此事。"

郑家桥说："这个月月中开庭，而张全富又在此时被人杀了，这是巧合吗？他张全富命丧黄泉，又有谁来追讨那上亿元的欠款，谁来打这场官司呢？就依现在法院办事的时效，这案子不知要耗到猴年马月了，且折腾呢。"

唐继烈说："家桥分析得有道理。事已至此，马上传讯田野这老小子，事不宜迟。"

丁一川心里早有了主意，他见大家看法一致，就大手一挥："明天传讯田野！"

8

次日上午 10 点多，房地产老板田野被郑家桥等人"请"到了重案队讯问室。

丁一川坐在讯问桌后面，王娜负责录音、做笔录，郑家桥、唐继烈分列两旁。

田野穿一身国外品牌的高档服装，头发梳得倍儿亮，看上去真不像是五十多岁的人。

"你们传我什么事？"看得出这人是个急性子。

丁一川冷笑了一下："请你来，自然有事要问！"

田野冒了一句："你们就不要跟我打哑谜了，有什么话直说。"

丁一川看着他没有出声。

田野有点儿沉不住气，急躁躁地说："我知道你们为什么找我，不就是我借了太阳集团钱的事吗？我近两天才听说，他张全富让人给办了，你们是不是怀疑我雇人办了他呀？"

丁一川心下暗想，这老小子今儿是有备而来，还他娘的一身正气！

丁一川说："是。先说说你借太阳集团一亿元，拖欠借款未还之事吧。"

"一个亿？不对，我管他们借了两个亿！你们一听钱不少吧，作为我们干大买卖的人，这是很稀松的事，不值一提。"

"你从头说说事情的经过。"

"这事发生在五年前，我在西山区拿了一块地，是商品楼盘。我先向银行贷了三个亿，但是不够，就又向张全富借了一个亿。没料想，我拿的地又外加了盖回迁房的项目，我还差一个亿，所以后来又向他借了一个亿，说好三年后还款。可是三年之后，楼市不好，房子自然卖不顺畅，最后，只能降价慢慢往外甩卖。仅此一项，我就赔了不少钱，再加上补建的回迁房，根本不赚钱，纯粹是给政府帮忙。这是其一。其二，我公司同时还经营着其他业务，也没挣到什么钱，亏损严重。一来二去，我只能先把银行的到期贷款还了，可剩下还太阳集团的钱就难办了！我跟张全富说过，缓一阵子，什么时候钱挣到了，再慢慢还。"

"你一拖两年也没还上一分钱？"

田野哭丧着脸说："我不是存心赖账，想当老赖！我手头上一时半会儿真拿不出这么多钱呀。谁想到，他张全富跟我翻脸了，一纸诉状告了我，还有十几天就开庭了。"

"于是你非常气愤和震怒？"

田野虎着脸说："有这么干事的吗？他这么一干，圈里的同行都知道了，一时间传得沸沸扬扬，这让我今后都没法儿在这个圈里混了！"

"要说像张全富这样的首富，被拖欠一个亿，也不至于上法庭吧？你俩之间是不是还有其他什么事？"

听丁一川这么一问，田野不出声了。

丁一川盯着他追问道："说说吧。"

田野半吞半吐地说了一句："八年前，我还借过他一个亿！"

"怎么回事？"

"八年前，张全富的儿子要办一个仿古门窗厂，缺少资金，他就给我打电话，让我帮衬一下他儿子。那时我手头上还算宽裕，二话不说，就把钱给他儿子打了过去……后来，他儿子到时未还，拖了一年多才还我，我说什么了？这种事在民间投资、借贷、拖延都是常有的事，不足为奇……我是咽不下这口恶气！"

"于是，你就动了歪心思？"

"当初没有。这事是我的司机孙军提示的。"

"他是怎么提示你的?"

"找几个道上的人,找一趟张全富,吓唬吓唬他,让他撤诉,息事宁人。我一听这也是个邪招儿,就应允了,还叮嘱他:'吓唬吓唬就行了,可千万别出人命,违法犯罪的事咱可不能干。'"

"孙军给你办这事了吗?"

"办了。我给了他三十万,算是雇人办事的费用。这事折腾了大概有半年,他们也没办成,结果还让张全富把我告上了法庭。"

丁一川提到嗓子眼的心放下了,问道:"后来呢?"

"没有后来了。我接到了法院的传票,就要开庭了。"

丁一川听到此话,一脸的狐疑。他思忖了片刻,问道:"照你这么轻描淡写地一说,你钱也出了,人也雇了,可事却没干成,就这么简单?"

田野脖子一扬:"千真万确。"

看着丁一川怀疑的目光,田野恍然大悟,急忙说道:"警察先生,你不会是怀疑张全富的死跟我有关吧?"

丁一川没有作声。

看到这情景,田野更急了:"你们可不能冤枉好人啊!我这事顶多就是涉嫌犯罪,或者犯罪未遂吧?"

"孙军雇的是哪里人?"

"听孙军讲是外地的,具体情况他没说,这个人嘴严。"

"田老板,如你所述,你确实涉嫌犯罪了。我们先对你实施刑事拘留。"

郑家桥让田野留下了孙军的手机号码,然后,将他押出了讯问室。

丁一川马上让郑家桥、唐继烈二人带人去传讯孙军。

讯问室里就剩下丁一川和王娜。

王娜整理完讯问笔录，问丁一川："丁队，你看这田野说的是实话吗？"

"实不实的不打紧，只要咱们抓了孙军一问便知。下一步根据孙军提供的情况，再抓他雇的人。"

过了一个多小时，丁一川正坐在办公室里整理这几天的调查记录，突然，他的手机响了。

电话是唐继烈打来的："丁队，我们把孙军带回来了。经讯问，他所说的与田野供述的一致。他雇的那两个人，一个叫小军，另一个叫大范，都是黑龙江人，早已回原籍去了。"

丁一川说："事不宜迟，我让家桥再带上七八个刑警，你们会合一处，现在就直扑黑龙江。"

第二天早上，丁一川接到郑家桥从黑龙江打来的电话。他在电话里汇报："嫌疑人双双被抓了。据小军说：4月5日，他同家人外出扫墓，此事有家人做证，无误。大范因骨折正在家中休养，家人证明他躺在床上已经半月有余了。"

这足以证明二人没有作案时间，田野雇凶杀人的嫌疑可以排除了。

9

山重水复疑无路，丁一川现在依然没有看见柳暗花明又一村。

现在，眼下还有一条有价值的线索，那就是要不要动西山区区长江涛。动他是要先向局长周天正请示汇报的。这是规矩。

思来想去，他还是下定决心。尽管这事办起来有难度，但是为了早日侦破北山山庄谋杀案，再多的困难也要克服。

他把自己的想法对手下的众刑警说了，众人一致赞同他的想法。

一个星期之后，丁一川带着郑家桥走进了古城市公安局局长周天正的办公室。

周天正此时早已在办公室等候了。

周天正见丁一川、郑家桥进屋后，热情地站起身，示意他们坐在沙发上。他握了一下丁一川的手，说："你小子这么多天也没给我打个招呼，肯定是'405'案还没弄出个眉目吧？我可是在等你报捷的喜帖子，等得心急啦。"

丁一川说："周局，这么大的案子压在咱们局头上，您的压力肯定比我们大多了。"

周天正坐在他的办公桌后面，长叹了一声："谁说不是呢？张全富遇害一案，不仅惊动了咱们古城市，省委书记都对此做了批示。省公安厅长也给我打来电话，他要求咱们限期破案！"

"期限是多长时间？"

"一个月。他说就给一个月的时限，到时若是没破案，是要追责的！"

丁一川苦笑了一下："谁不想早日破案呢。"

"说吧，找我什么事？有什么需要我出面帮忙的？"

丁一川简要汇报了对涉案调查人员的甄别情况后，提出了准备对嫌疑人——西山区区长江涛实施传讯的工作计划。

"那你说一下传讯江涛的依据是什么。"

"我们在侦查中发现，死者张全富在今年 3 月，为了拿下区政府上市的一块地，曾找过江涛，想让江涛从中帮忙，将这块地给他，江涛一口回绝了他的要求。为此，张全富非常生气，就威胁江涛说：'你若不肯帮忙，我就把你落在我手里的把柄抖搂出去!'"

"这个张全富手里攥着江涛的短儿?"

"正是。经我们调查后确认，张全富曾给江涛送过两百万元。"

"你传讯江涛的理由是什么？你要达到什么目的?"

"理由是他在受到张全富的威胁后，会不会有这种可能——他雇凶杀人!"

"这个推论成立，你接着说。"

"我要达到的目的是，通过讯问江涛，确认他是不是雇人杀死张全富的主谋。如果是，案子就破了。如果不是，也可以将他从涉嫌人员的名单上排除。"

"你手里有证据吗?"

"有。我们找到了张全富的司机张雷，那两百万元现金是张雷亲自装在江涛汽车后备厢里的，有时间、地点，一清二楚。"

周天正用赞赏的口吻说道："好！你小子干得不错。有一个事你也许清楚，像江涛这样的区级官员，我们是不能直接传讯的，此事要向市委汇报。上面批了，咱们才能动手。另外，这种事一般也是由市纪委出面主办，因为江涛有受贿事实。这样吧，由咱们局起草好请示，我下午正好到市政府开会，我把材料交给市委书记。什么时候让你们动手，听通知吧。"

此事过后的第三天，丁一川接到了市纪委肖云鹏的电话："丁大队长，我刚才与你们周局通过气了。今天下午我们对江涛正式开始谈话，你们打头阵，主审他受贿一事，因为你们对此事调查得很翔实。"

丁一川听罢，心里挺开心："肖书记，放心吧，咱们下午见。"

下午 3 点，丁一川接到了肖云鹏的电话，他让丁一川马上赶到市纪委专属的谈话地点。

接到电话后，丁一川马上带上郑家桥、王娜赶往谈话地点。

汽车往北山区疾驶而去，路经北山山庄又向北行驶了大约二十分钟，在树木的掩映下，有几幢灰色的办公楼，大门处有武警战士站岗。

此时，早有纪委的同志在大门外等候。双方一见面，打了招呼之后，纪委的同志就将丁一川等人领了进去。

一行人走进一幢办公楼二层的一间办公室，肖云鹏迎了出来，和丁一川握了握手："丁大队长，欢迎啊。"

落座后，肖云鹏详细地听取了警方调查江涛的经过，肖云鹏问丁一川："丁队长，你们手里有什么证据吗?"

丁一川说："有。"说话间，他将一份张雷给江涛送钱的讯问笔录复印件递到了肖云鹏的手上。

肖云鹏看后非常满意："谢谢你们，刑警同志，这是铁证了!最近，我们也陆续接到了几份举报他受贿的材料，数额都不太大，我们想再过一段时间找他谈话。这回给他来个一锅烩吧! 走，咱们去一楼给江涛'开会'。"

肖云鹏带着丁一川等人来到一楼，走进了一间谈话室。

丁一川一进谈话室，只见两位纪委的同志正在与江涛谈话。

肖云鹏走过去，对那两位纪委的同志耳语了几句，那二人转身出去了。

丁一川、肖云鹏坐在了讯问桌的后面，郑家桥、王娜在两边坐下。

这位江涛区长，身材匀称，五十岁左右，人显得很精干。

肖云鹏用手一指丁一川："这位是古城市公安局重案队的丁大队长，他有几个问题，要向你核实一下。"

江涛有些不耐烦："刑警找我干什么？"

丁一川也不客气，给他来了个单刀直入："你认识张全富吧？"

"当然认识了，他是古城首富。对了，我听说他死了。"

丁一川没有接江涛的话茬儿，继续道："两年前，他给你送过一笔钱，有这回事吧？"

江涛一摆手："没，没有。这是没影儿的事。这是谁在害我呢？给我栽赃呀！"

丁一川心里清楚，像贪官这类人，其实心理素质同刑事犯罪分子相比较而言，差得可不是一星半点儿，用不着拿出对付刑事犯罪分子的招数。

丁一川话锋一转："这天底下的事白的黑不了，黑的也白不了。你自己办的事你自己清楚，你瞎扛什么？"

江涛不言语了。他垂下头，双手不停地搓着。

时间一分一秒地走着，三十分钟后，江涛抬起头，喃喃地说道："我说，我全说……"

他承认两年前收受了张全富送给他两百万元现金的事实。

丁一川问道："听人说，你们西山区上个月又有一块地上市，张全富也想抢这块地？"

"确有其事。我回绝了，因为这块地通过市里有关领导已经批给我小舅子了，给不了他，我也无能为力。张全富见我一口回绝，就威胁我说，若不答应就把给我送钱这事给捅出去，让我进大狱！这是他惯用的手段，非常直接、粗暴！"

"于是,你就萌生杀机,一了百了?"

江涛听罢,非常痛快地说:"这事还真让你说着了!可后来我转念一想,这么办风险太大,不值得。我左思右想,心生一计,就在上个月,我让我的司机把那两百万元现金送还到张全富老婆姚萍萍手上了。这样做叫主动退赃吧?老话说喝凉酒,拿赃款,早晚是病。"

"你说你动了杀机,又没有实际实施,谁能信呢?"

江涛有些被逗急眼了:"我连赃款都退了,不就证明我杀机也没了吗?若我真起了杀机,找人把张全富害了,我用得着多此一举给姚萍萍还钱吗?!"

肖云鹏说了一句:"江涛,此事如果属实,收受赃款又退赃款,犯罪事实已经成立。"

江涛哭丧着脸说:"这个我清楚。唉,这次我是回不去了,下半辈子就只能在监狱里度过了……要说现在社会上有的人,人性挺坏。可就是有那么一帮人'围猎'我们这些手中有点权力的官员,什么阴招都敢使,真是防不胜防呀。"见大家不说话,江涛继续道,"肖书记,我对不起人民,对不起党,我有罪。我也是从农村走出来的苦孩子,我也是农民的儿子呀……"

肖云鹏听到此处,猛地一拍桌子:"你是有罪!你们这些贪官,祸国殃民,败坏社会风气,简直就是国贼!"

10

走出纪委办公楼的大门,丁一川、郑家桥、王娜三人上了车,往回城的方向驶去。

一上车,丁一川拿出手机,拨通了唐继烈的电话:"你马上带

138

人到阳光古堡，向姚萍萍核实一个情况：上个月，她有没有收到江涛让人给她返还的两百万元现金？核对清楚了马上向我汇报。"

郑家桥一边开车，一边说："丁队，说实话，我现在的心情比较烦闷。"

丁一川问："你什么意思？"

郑家桥说："该查的都查了，到现在咱们连个亮都看不见，真是不胜其烦。"

王娜也有些沮丧："是呀，丁队。我隐约能感觉到，您对江涛也放弃了，是这样吧？"

"没错。江涛可以从涉嫌雇凶杀人的黑名单上划掉了！"

王娜还是有些不解："那您推断的依据又是什么呢？"

"你们想，由于张全富向江涛拿地未果，他用威胁的言语企图让江涛就范，江涛心生报复杀人的恶念，这在推理上是成立的。但他也不傻，脑子还是够使的，采取了返还赃款的行动，这样做，他是在防着张全富日后再咬他。如此一来，他认为自己就解脱了。另外，即使将来纪委查到他头上，在量刑上起码也会轻一些。由此，我认定江涛根本不可能雇凶杀人。"

王娜点头叹道："丁队，您的判断很有道理。可是下一步该怎么查呢？我现在心里更是一片茫然了，真像走夜路的人，前方一片漆黑，看不到光亮呀。"

"你刚入职，还没上道呢。凡事呢，都是人做的，总有个因果关系。杀手闯入北山山庄，肯定拿了人家的钱财。所谓拿人钱财，替人消灾。那这背后一定是有一个对张全富恨之入骨的人，这个人是真实、客观存在的！尽管到目前为止，我们尚未查到本案的主谋，但只要一步步地查下去，我们肯定会找到这个人。咱们办案的人，一定要有必胜的勇气和信心！"

郑家桥附和了一句："丁队，没错，我就不信逮不着这兔崽子！"

说着话工夫，汽车开了二十多分钟。丁一川随意地向左侧车窗外望去，他看见掩映在苍松翠柏间的北山山庄一掠而过。

他猛然下意识地对郑家桥说："掉头，到山庄找陈梦好去。"

下车后，郑家桥按响了山庄大门的门铃。王鹏开了门。

丁一川问："你还没走呢？陈梦好在家吗？"

王鹏领着三人进了院子，径直向二进院走去："我正帮她整理东西呢，明天我们就回老家了。"

进了陈梦好的房间，只见她正在收拾东西，有好几个纸箱子摆在地上。

陈梦好见丁一川进来，颇有些惊奇和意外："丁大队长，没想到您又来了。"

"你这是要走？"

陈梦好低头说了一句："山庄虽好，毕竟不是久恋之家。昨天，全富他老婆姚萍萍来过了，说让我马上走人，腾房子。"

"她对你态度怎么样？"

"她对我挺好的，态度和蔼，但说不上可亲。"

说话间，她打开了保险柜，里面只有一个牛皮纸的文件袋，其余的已经被清空了。陈梦好从文件袋里取出一张 A4 复印纸，递到了丁一川的手上。

丁一川接过复印纸认真地看起来。

工作记录

10年前3月，给市发改委主任齐家宝100万元。此人后调省里担任省发改委主任。

10年前10月，给副市长赵廷寿100万元。此人已退休。

8年前2月，给市工商银行行长齐万年80万元。此人已退休。

6年前1月，给河南区副区长王一鼎80万元。

4年前8月，给王一鼎200万元。此人时任市发改委副主任。

2年前1月，给西山区副区长江涛200万元。此人现任西山区区长。

2年前7月，给市交通银行行长仇兴和50万元。从其手中成功贷款5亿元。

1年前3月，给王一鼎一幅齐白石的《群虾图》，拍卖市场市值300万元。

1年前5月，王一鼎说我高仿苏州网师园建筑的"江南烟雨"不错，他要借住几年，我送给了他。此宅系6年前建造，成本1000万元。

丁一川拿着这张复印纸，心里像压着一块沉甸甸的大石头，上面所写的每一个字都很戳心。

丁一川问陈梦好："如果我没猜错的话，这张工作记录是张全富交到你手上的。"

陈梦好点点头。

"他为什么要把这么重要的东西交给你?是什么意思?"

"上个月的一天晚上,全富喝了点儿酒。那天一整天他心情都不太好。或许是喝多了,他拿出这张纸交给了我,还叮嘱了我好几遍:'这东西千万要保存好。'他还说了一堆掏心窝子的话……"

"能说说吗?"

陈梦好示意大家坐下:"全富说:'梦好啊,咱俩夫妻一场,有些事你知道,还有很多事你不知道哇。如果我以后有个三长两短,可能就是栽在某些贪官的手上了,我是有预感的……收了我钱的人不帮我办事,我就有了要挟他们的把柄,不怕他们不就范,我这招用得屡战屡胜,少有败绩。不过话又说回来,常在河边走,肯定会湿鞋!这东西你一定要收好,保不准哪天就拿它当炸弹……'"

"他这话意有所指吧?"

"对,或许是他酒喝多了,喝着喝着,他就大骂起王一鼎来。"

"他是怎么骂的?"

"他说:'老子管江涛拿块地,他不给,我找王一鼎要,这孙子也不给,我就威胁王一鼎,你不帮我把这事办踏实了,我就举报你!到时够你喝一壶的……'全富说他出事可能就出在这张破嘴上了……"

丁一川、郑家桥、王娜三人听到此处,都情不自禁地兴奋起来。

"全富被人害了,他这一走,我心里实在堵得慌。毕竟我们也算夫妻一场,我原本打算将这份工作记录交到市纪委,可又一想,弄不好我再被人害了,我女儿怎么办?我心里也是怕得慌。正好,丁大队长，您今天来了，也算了了我的一桩心事。唉，只可惜全富走了……"

说到此处，陈梦好的眼眶里泪花浮闪，她说："丁大队长，你们是好人。你们一定要为全富报这个血海深仇呀！"

丁一川从山庄出来，刚要上车，唐继烈打来了电话："丁队，我们刚才找到了姚萍萍，经与她核实，她证实一个月前确实收到了江涛返还的那两百万元现金。"

回到重案队，在丁一川的办公室。

丁一川喝了口茶，问在座的郑家桥、王娜："你们对这张工作记录怎么看？"

王娜说："我觉得雇凶杀害张全富的幕后主谋就在这张纸上，是谁还一时不好说。"

郑家桥说："开始侦查前，一时半会儿不好下结论。"

此时，丁一川兴奋地一拍手："案子破了！"

郑家桥、王娜吃了一惊，忙问："是谁？谁是主谋？"

丁一川斩钉截铁地说："雇凶杀人者，王一鼎也！"

郑家桥问："你的依据是什么呢？"

丁一川侃侃而谈："从我们的侦查来看，张全富为了拿下西山区那块地，先是威胁江涛，后又威胁王一鼎。在我们的调查中，名单上其他受贿人并没有反映出有什么状况出现。江涛已经被我们否掉了，现在只剩下一个人，就是王一鼎。他就是'405'案的主谋无疑！"

郑家桥又问："这个王一鼎官位可不小，咱们怎么动他呢？"

丁一川自信地说："他官再大，也大不过法律。我们就是要替天行道，为民除害！"

丁一川抓起办公桌上的电话向局长周天正做了案情汇报。

周天正马上又向市委书记汇报了此事。

第四天，周天正把丁一川叫到他的办公室，对他指示道："明天，王一鼎将被留置审查，省纪委特意来电表示感谢，请你带人协助办案。对了，咱们首要的工作就是要让王一鼎交代他雇凶杀人的犯罪事实。"

当晚，丁一川接到周天正的指示，让他第二天下午带人赶赴省城纪委办公地点开展工作。与他同行的还有市纪委副书记肖云鹏。

第二天，肖云鹏、丁一川带人从古城市出发，赶到了省城，与省纪委的同志会合后，对王一鼎开始了审查。

在留置室里，丁一川第二次见到王一鼎。

王一鼎神情有些恍惚，当他看见丁一川走进来时，便低下了头。

讯问开始。

丁一川说："你是大官，咱们见过，在北山山庄，就是张全富被杀的现场。"

王一鼎垂着头，没有说话。

丁一川开门见山："你认识张全富吧？"

王一鼎抬起头："当然认识。我们也算老朋友了。"

丁一川正色道："你们算什么朋友，有对朋友下杀手的吗？我现在正式通告你，你涉嫌策划杀害张全富……"

"你们有什么证据说我雇凶杀人？"

"张全富请你帮忙拿下西山区的一块地，你没答应。于是他就威胁你，企图让你就范，还说要把你受贿的事捅出去，你遂生杀机……"

就这几句话，让王一鼎再次垂下了头，两手不时地在裤子上来回摩擦。

三四分钟后，王一鼎抬起头，对丁一川说："你们真厉害，我低估了你们的智商。是，我是主谋，指使我的司机曹志刚雇人杀了张全富。"

"供述一下你的动机吧。"

"我有两个坎儿过不去了。"

"哪两个坎儿？"

"第一个坎儿是我收的赃款不想白瞎了，此事我存有侥幸心理。第二个坎儿，我在年底可能就要当上副省长，此事对我诱惑太大了。如果张全富这老小子真把我收钱的事捅出去，我就彻底身败名裂了！因此，我横下一条心，只要他张全富一死，我就躲过这一劫了。"

"曹志刚是怎么办雇凶杀人这事的？"

"具体他怎么操办的我没问，我只说要让张全富永远闭嘴。我还给了他六十万块钱。"

"曹志刚跟你来省城了吗？"

"来了。他住在省委招待所里。"

"你马上打电话，让他开车来接你。"

王一鼎给曹志刚打了电话。

十分钟过后，曹志刚被郑家桥等刑警擒获。

曹志刚对其雇凶杀害张全富一案供认不讳。

据他交代,他雇了两个刚从大狱出来的河南人,一个叫老四,另一个叫大驴,他给了这二人四十万块钱。

一个星期之后,老四、大驴落网,二人对谋杀张全富、赵长发一案,供认不讳。

至此,"405"案成功告破。

尾声

半年之后。

古城又发生了一件令人瞠目结舌的事情:太阳集团老总张全富死后半年,其妻姚萍萍与张全富的司机张雷结婚了!这是隔辈婚姻,张雷可是张全富的侄子呀!这段婚姻一时被人们当作茶余饭后的热门话题,人们都说张全富真冤,是在为别人打工,即便成了古城首富,最终的结局也是为别人腾地方。

丁一川再次来到警察学院,他要给学员们补上他上次未讲完的课题。

他先向学员们介绍了一下"405"雇凶杀人案的侦破过程。当讲到最后刑警们从外地将两个杀手缉拿归案的时候,他提高声音,铿锵有力地说道:"毫无人性的案件主谋、凶手,必将受到法律的制裁!"

还是上次那个女生,向他提问道:"丁大队长,您说那些涉案的其他人员,对发生的这一切就没有责任吗?比如商人行贿,官员受贿,'小三''二奶'现象,他们的人性又说明了什么呢?"

……

当丁一川走出警院大门，正准备上车时，也不知道孟小龙从哪儿冒了出来："丁队，我蹲了你半天了。"

"我听说你以'405'案为蓝本，改编了一部悬疑侦探剧。写完了吗?"

"本子写完了，但导演对剧名不满意，建议让我多拟几个，他说我写的那几个剧名太俗，不响亮。"

说着话，他把剧本递到了丁一川手上，只见上面写有"死于非命""谁是凶手"两个剧名。

丁一川翻了翻剧本，思索片刻，他拿出随身携带的碳素笔，在剧本的头一页大笔一挥，写下了"该死的人性"几个字。

后据导演说，这个剧名改得贴切，上市后一定能够热播，因为此剧揭示了当下一些人性之恶……

（洪顺利，北京市公安局退休干部，曾任《金盾》杂志副社长。中国作家协会会员，中国诗歌协会会员。自20世纪80年代开始文学创作，先后出版诗集、散文集、推理小说，共计10余部。2012年长篇小说《第二现场》荣获第三届中国法制文学原创作品大赛二等奖；2016年小说《硬伤》荣获第六届全国侦探推理小说大赛优秀奖）

薪火相传

贺建华

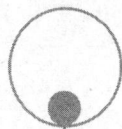

1

经过多方查证弄清了违法犯罪事实后一个晴朗的午后，在看守所的一间讯问室里，面对坐在审讯椅上的特大电信网络诈骗案的犯罪嫌疑人丁琼，高大威猛、身着制式警服的云阳市公安局刑警大队重案队队长李涛想起了几个月前的那个早晨。

丁琼的父亲用两轮拉杆车驮着从超市购买的满满一大堆吃食走出电梯，来到自家门口，用余光朝走廊的两头儿扫了扫。在确定旁边没有人之后，他掏出钥匙扭开门锁，正要进去，李涛一行人如神兵天降夺门而入，以雷霆之势直扑嫌疑人的房间。丁琼的父亲惊恐地意识到厄运已经降临，一边设法阻拦一边用颤抖的声音大声呼喊："你们是干什么的！"得到信号的丁琼如惊弓之鸟般从床上弹起，甚至来不及套上睡袍，慌忙地冲到电脑桌跟前，想要清理相关文档。原本灵巧的手指却不听使唤，怎么也敲不对键盘上的密码字符。她长长地嘘了口气，像泄了气的皮球，无奈地放弃了抵抗，任由密集的香汗从发际间流淌……

此时，一名英姿飒爽、面目清秀的女警官站到她的面前，把一张盖着鲜红大印的逮捕证"啪"的一声拍在了丁琼坐着的审讯椅的横板上面，在宣布相关权利和义务并特别告知可以聘请律师提供法律帮助后让她签字。丁琼呆了片刻，居然一句话也没说，顺从地拿起对方递过来的笔，乖乖地签上了自己的名字，捺上了指纹。

为了侦破这起诈骗案件，云阳市公安局抽调相关警种人员成立专案组，经营了不算短的时间。重案队队长李涛作为专案具体负责人，看上去健硕威猛，实际年龄还不到三十五岁。

今年 3 月，下辖的一个派出所接到市民赵女士的报案，说是炒股被骗了两百万元。因为数额较大，李涛带着徒弟方哲赶了过去。赵女士五十来岁，个子不高，细眉窄脸，涂脂抹粉，看上去很注重保养。仔细看时明显有哭过的痕迹，眼圈发红。落梅着雨消残粉，脸上残粉洗光了还罢，现在却是褶子加脂粉，沟壑纵横，李涛感到有些恶心。问了她几句，她答话时颤颤巍巍，前言不接后语，根本没法儿做笔录。方哲开始以为她有语言障碍，一了解才知道是钱被骗后，心里气急，还没有缓过劲儿来。他让人给她倒了杯水，安慰了她一阵，她才逐渐恢复正常。

赵女士坐立不安，嘴里不停地念叨，这是她给准备结婚的儿子买房子的钱，追不回来，婚就没办法结了，她也没脸活下去了。到了寻死觅活的份儿上，李涛判断她被电信网络诈骗害得不轻。为防止意外发生，他让派出所的同志尽快联系她的丈夫。答复说已经离婚多年了，现在跟儿子共同生活。李涛只得把做笔录的事先放一放，沉下心来，少不了一番宽慰，表示一定尽快设法破案，帮她挽回损失。待报案人情绪稳定后，李涛示意方哲给她做一份详尽的询问笔录。

根据赵女士的口述，在两个星期前，她通过交友网站搭识了一个叫"雾木"的帅气网友，因为有共同的炒股爱好和价值取向，两人相聊甚欢。几天下来感情剧烈升温，形同姐弟。在接下来的时间里，"雾木"投其所好，陆续向赵女士推荐了几支股票，而且都赚了钱，赵女士对这个从未见过面的"弟弟"打心底里喜欢。在"雾木"的循循善诱下，她心潮起伏热血澎湃，像打了鸡血，决心大干一场，为将来的美好生活打下扎实的经济基础。

不久，她又被"弟弟"推荐进了一个炒股群。股票群人气旺盛，热火朝天。股友们意气风发，相互炫耀，话题都是说按群内导师的指导今天又赚了多少钱，表达谢意的红包像天女散花一个接着一个。眼红脑热求财心切的她在导师的一对一指点下，下载了一个专业炒股软件。

眼看账户里的资金一天天增长，她觉得不过瘾，变得贪婪起来。马无夜草不肥，人无横财不富。在"弟弟"的热情鼓励和一夜暴富的心态驱使下，她不再安心小打小闹，而是求亲告友东挪西借，一下子往账户里打了两百万元。正准备大显身手一展宏图，一双无形的魔爪夺走了她通往财富之门的金钥匙，平台里的资金账户在某一天突然打不开了。她背脊发凉心急如焚，感觉天都要塌了，情急之下赶忙微信联系她最喜欢也最信任的"雾木"，收到的回复却是"消息已发出，但被对方拒收了"，方知被对方拉入了黑名单。

她如梦初醒，肯定是遇到了骗子，敢情这"雾木"的出现就是个陷阱，微信群的红包是他们抛出的诱饵。当狡猾的敌人以温柔的方式出现时，后悔就是她付出的代价。只是这个代价太大，她无力承受也承受不起。恍惚中,她仿佛看见债主们前呼后拥一拨拨找上门来,吹胡子瞪眼睛拍桌子掀板凳讨债的画面。膨胀的雄心一落千丈,一筹莫展之际她想到了打 110 报警。

这是一起典型的利用虚假投资平台实施的网络诈骗案。伴随着信息社会的快速发展,新技术、新业态不断演变升级,数字经济的触角延伸到生活的各个角落,互联网在为美好生活插上腾飞翅膀的同时,也为新型违法犯罪提供了土壤。

随着"天网"工程建设的不断升级及其在各领域的广泛应用,视频监控系统已成为公安机关维护社会治安稳定的支柱和核心,防控和识别犯罪的能力得到很大的提升,有效地震慑了违法犯罪。为了逃避打击,一些常见的犯罪在新技术的加持下由线下转战到网上,从现实走向虚拟,社交网站、直播软件、借贷平台变成了诈骗分子违法犯罪的主阵地。传统型案件持续下降,新型网络犯罪逐年增多,网络贷款诈骗、兼职刷单诈骗、虚假购物冒充客服诈骗和"杀猪盘"诈骗成为时下最常见、危害最大、影响群体最广的诈骗犯罪类型,发案数居高不下。这类案件大多无现场、非接触、高智能、无国界,为犯罪分子逃避打击安上了"防护罩"。同时,也对警方打击治理提出了严峻的挑战。

为应对新技术应用给现有法律规范、道德伦理、社会风尚带来的挑战,加快警务流程再造,各级公安机关相继成立反诈中心,把斗争的锋芒对准电信网络诈骗、养老诈骗等群众反映强烈的突出违法犯罪,全力保障人民群众生命财产安全。

云阳市的反诈中心就设在刑警大队。为惩治网络犯罪,净化网络空间,避免更多的人上当受骗,公安机关开展了"云剑""长城""短卡""断流"等专项行动,取得了前所未有的战果。

身穿藏蓝制服的民警走街串巷，经常深入社区、学校、企业进行一轮又一轮的防范宣传。在节假日，他们放弃休息，在人流量高的时段到居民区、闹市口摆摊设点。李涛不止一次参加过这类防范电信网络诈骗知识的宣讲。在崇实女子中学上法治教育课时，李涛提醒学生要提高防范意识，积极关注警方发布的预警信息，避免上当受骗。他还从另一个角度告诫学生要学法懂法守法，管理好自己的虚拟账户和银行卡，不要被别有用心的人利用充当洗钱的工具，避免成为电信网络诈骗犯罪的帮凶。宣传的声势这么高，力度这么大，居然还是不断有人上当受骗，李涛不得不"佩服"诈骗分子手段的高明，人性的弱点在金钱的诱惑下藏都藏不住。

对赵女士的询问结束并采集了相关证据后回到大队办公室，李涛把眼下能做的工作做了安排。他让方哲尽快联系反诈中心的同事，设法搞清楚目前已掌握的涉案人员的信息流、数据流、资金流，为接下来的案件研判做好准备。交代完后忽然想起了一件事，便敲开大队长的办公室，把案情向陈向民做了汇报，顺便告假，趁周末休息，去一趟香草镇。

陈向民爽快地答道："最近一段时间案子多，你经常在外面出差，是该回一趟老家，去看看老人家了。"说完后，忽然想起了什么，"别忘了代我向师父问好啊。"

2

晚立秋热死牛。节气上的"立秋"过去了一个星期，高温还没有消退的意思，温度最高时仍然达到三十五六摄氏度，气象上的秋天迟迟不肯到来。虽然早晚有些许凉意，但白天依然碧空如洗烈日当头，看不见一丝的云彩。白晃晃的阳光用它那童叟无欺的热情拥抱广袤的大地，激发起泥土的湿气形成阵阵热浪，源源不断地膨胀挤压从而汇聚成巨大无形而密不透风的天幕，肆无忌惮地笼罩在这座江南小镇的上空。湿热难耐，令人倍感疲乏烦闷。叫唤了一整个夏天的知了仍没有消停的意思，鼓足干劲把鼓膜擂得吱吱作响，声浪一阵盖过一阵，似乎有使不完的气力。

李国强醒来时已是下午 3 点多。他有睡午觉的习惯，哪怕只睡一小会儿。他本来是打算去镇上的"大兴池"的。那是一家老浴室，每天午饭后他都会去那里泡个澡，与老浴客谈谈天说说地，然后睡一会儿，这也是退休后养成的习惯。今天上午，吴建军突然打来电话，说下午会从云阳市赶过来。李国强怕耽误时间，中午就在家午睡了。跟吴建军见面的时间还有半个多小时，老李跟老伴儿招呼了一声，正准备出门，却被拦住了。

张长英把水杯和遮阳伞递到他手上，说："天这么热，出门什么都不带，晃荡两只空手，不怕中暑啊。记得早点儿回家，儿子回家来呢。"

老李"嗯"了一声，问："李涛要回来怎么没跟我说？"

老伴儿回答道："谁知道你们爷儿俩闹的哪一出，莫不是你又催他了？"

李国强不再多问，出了门，身体立刻陷于热浪的重重包围中，感觉气都短了些。

小镇依香草河而建，因河得名香草镇，绵延一千多米。自隋炀帝开挖江南运河开始就有人居住。元代打通京杭运河时，这里成了南来北往的要冲。到了明朝，成了运河沿岸闻名的药埠。中药草从四面八方运来，以祖传方法制成膏药后再流向全国各地。镇上保安堂、存仁堂、谢同仁、沈记、德济堂等药铺算起来有十几家。名气最响的当数位于镇中距御码头一箭之遥的"唐老一正斋"膏药店。它坐南朝北，为中西合璧式二层楼房，北面为石库门，门旁有两根欧式古典立柱。膏药店始创于清朝康熙年间，祖传秘制的膏药神效灵验，海内驰名，供不应求。除了药铺，还零星分布着油米行、戏院、茶馆、酒店、当铺、寺庙……宴春茶楼、佛印居菜馆、恒顺醋坊、鼎大祥布庄、谢馥春香粉店等老字号穿越千年时光，历经朝代风云，传承至今，经久不衰，显示出强大的生命力，为古镇积淀了丰厚的文化底蕴。

香草镇自古以来商贾云集、贸易发达，当地美食吸引了众多南来北往的观光客。蟹粉狮子头、蟹黄汤包、宴春肴肉、旦阳封缸酒、陈嫂锅盖面等红黄各式的茶旗、酒幌琳琅满目竞相斗艳，分立门侧楣头恭迎着各方来客。小镇开发得早，较好保留了原始的风貌。承载历史印记、穿越时光隧道的斑驳老街低矮狭小，最窄处仅能供两辆马车交会。布满青苔的青石板道路两侧高矮宽紧错落着雕木镂砖的两层楼建筑，白墙青瓦，檐角高翘。临街洞开的大门都由一块块长木板拼接起来，而且编了号。楼上是一溜格子窗户，窗楞子有拼花的，也有条状的，颜色有红有绿，多姿多彩，与鲜艳的酒旗店招争奇斗艳。

近年来，地方政府积极贯彻乡村振兴战略，香草镇一手抓遗产保护，挖掘文化遗存，开发旅游特色资源；一手抓规划整治，做好服务配套。古镇逐渐被越来越多的人青睐。近期受疫情影响，一路上游客并不多，门里店外不时有熟人热情地跟老李打招呼，喊进来坐坐，都被婉言谢绝了。走了没多远到了镇中的十字街口，一座石拱门的古老建筑映入李国强眼帘，它就是有着三百六十年历史的老字号——唐老一正斋老药店。从这里向北不到五十米便是全镇唯一的米市码头，原居民习惯称御码头。紧临码头的是横跨香草河的虎踞桥，它与御码头都属重点文物保护单位。桥体呈单孔石拱，全长三十多米，跨度十二米。原先是座木桥，明万历年间改为石桥。虽经多次整修，桥台、桥拱、桥耳仍完整保留了明代桥梁的建筑风格。李国强在桥顶供人休息的凉亭里歇了歇脚。

午后的桥面上空空荡荡的，除了自己再没有第二个人。李国强心里也空落落的，打不起精神。桥面很高，四周望去，小镇的房屋低矮陈旧，有一览众山小的感觉。水面微波荡漾，在强烈的阳光反射下感到有些刺眼。

跨过虎踞桥，穿过新修建的一段重檐歇山式城楼，就到了位于镇北的运河中心广场。初秋的香草镇天旷地达，碧空如洗。借助大运河文化街区保护，新修建的运河广场公园植被茂盛，绿树成荫。

李国强在重檐八角形的千秋亭停了下来。这是跟吴建军见面的地点。每逢周末，两位故交都要在这里见上一面，风雨无阻，除非有特别重要的事，不过，退休后的这两年还没有发生过这种情况。还能有什么大事？自从岗位上退下来，不用再为案子上的事动脑费神，不再为人事上的安排绞尽脑汁。忙活了大半辈子，现在有了大把的时间，可以自己做主，跑南闯北，览壮阔河山，享人生余晖，让平日里的一切躁动、奔波化作身旁的东流水一去不返。然而，不是所有的事都如愿望那么美好。原本以为可以安享晚年，再也不用起早贪黑，不用为了打出绩效、为起诉人头，过那种无规律的生活，可真正退了下来，脱离了原来的圈子与氛围，生活失去了方向和动力，总觉得人生快要走到了尽头，一点儿乐趣都没有，常常一个人在书房里发呆，情绪低落不堪。儿子李涛看出了名堂，他担心父亲这样下去要憋出什么毛病来，就动用了自己的关系，好不容易在老年大学给李国强争取到了一个书画班名额。老李的学历是中专，工作后自学拿了个水货大专的文凭，还没正儿八经上过大学。现在总算圆了"大学梦"，当起了"老学童"。沉闷孤独的日子有些缓解，人也渐渐感到充实起来。

李国强跟吴建军同一年退休，当年都参加过自卫反击战，同一批从集团军某部队转业，分配在云阳市公安局。自从退了休，老吴便多了个职业，那就是送外孙子上下学。只有周末才会开车从数十里外的云阳市回到香草镇看望与弟弟共同生活的老母亲，顺便会一会定居这里、共事多年的老友。

"套路，全他妈套路。"老吴人还没到面前，粗大的嗓门儿就传了过来，显得有些冲动，引得几个路人驻足，投过来奇怪的眼神。

吴建军和李国强一起扛过抢，一同上过前线，转业后都进了公安系统，又在同一年退休。这种机缘巧合，拉近了他们之间的距离，友情也非常人可比。转业前，李国强是他的指导员。分配到公安局，原先并不在一个部门工作，老吴在禁毒大队当民警，李国强在刑警大队当副大队长，是老李征求意见后把他要了过来。到后来还提拔他当了自己的副手。都说风水轮流转，临退休那年，市局进行两个职级序列晋升，李国强因为受到的记功嘉奖少，多被他让给了下面的同志，在积分上吃了点儿亏，在一级警长的待遇上退的休。老吴很讨巧地划在了"四级高"的硬杠子内，这可是相当于副处的待遇，这在四五线开外的小城市里待遇可不算低。

老李回家后跟老婆说起这件事，张长英就不乐意了，说："是哪来的规矩，你文化比他高不说，职务上一直比他高一头，临了反倒不如人家，这是什么规矩？"反过来又数落他，"都怪你境界高，胳膊肘往外拐，见荣誉就让，说什么手下干活儿的人辛苦，应该多为他们争取点儿荣誉。有几个像你这样傻不拉叽的。人家当领导的哪个见了荣誉不争，甚至有人变着法子抢呢。"一些话呛得老李百口难辩。此话不假，自己的部门就遇到过。有一年年底，大队的一名教导员非要跟老吴争一个优秀公务员的名额，老李实在摆不平，只好一掰为二：把优秀公务员的称号给了吴建军，奖励的钱给了那位教导员才算罢休。"你不好意思，我找你们领导去。"张长英气不过。李国强知道她吃软不吃硬，只好老头子坐摇篮——装孙子。好说歹说，总算劝住了她，否则又不知道要添什么乱子。

经吴建军这么一咋呼，李国强心里好奇，什么套路不套路的，想必又被网上那些考无证查无据的虚假报道激发出了潜在的伸张正义的欲望，便用一贯的慢条斯理问他发生了什么事。老吴心直口快，眼里容不得沙子，骨子里有一种与生俱来的嫉恶如仇的秉性。他性格倔强不服输，但服劝，不认死理，只要说得对立马就改。李国强很服他这一点。

老吴对社会新闻非常关注，有着不懈的探索欲望，尤其关注社会热点问题，什么养老院护工虐待老人啦，什么寺庙游火爆啦，这可能跟他喜欢写作有很大关系。他自小就爱看书读报，在稚嫩的心灵里编织了一个当作家的梦想。小的时候家庭经济条件差，买不起书，就向村上有书的同学去借。那个年代书的品种不多，能借到的也就四大名著这些。厚厚的一本书，洋洋洒洒几十万字，文白夹杂，他能几天就啃下来。说废寝忘食一点儿都不为过。看完一本后立即跟同学去换，如饥似渴。老吴的文笔很好，在部队的时候经常有豆腐块发表在军报上，战友们给他起了个外号——秀才。这跟他小时候受到的传统文化熏陶不无关系。

两人在一起，常常是老吴滔滔不绝愤世嫉俗，老李很难插上话。不管真的假的、对的错的、爱的恨的，老李愿意听，他希望有人经常在耳边唠叨，哪怕是不认识的路人。

"我告诉过你的，我现在用的笔记本电脑还是女儿大学毕业时淘汰下来的，别说 PS 修图，上个网都吞吞吐吐，写作时按个保存键鼠标长时间没反应，真怕哪一天挂了，葬送我的劳动成果。"吴建军走得渴了，端起老李凉了半天的水咕咚咕咚灌了几海口。

买笔记本电脑这事听老吴讲过不止一次，说是打算去省城的电脑一条街看看，但一直不见行动。不是说外孙亮亮没人带，就是说女儿女婿工作忙，周末经常加班。现在老吴一口一个"套路"，李国强的潜意识里就联想到时下人们谈论最多的"套路贷"。

常年在刑警大队行走，阅人无数，破的案、抓的人成千上万。盗窃抢劫强奸杀人这些传统型案件，老李逢案必到现场，这是多年养成的习惯。掌握第一手资料，对研究案情、串并案件、确定侦查思路非常重要。随着科技的进步，互联网的普及，信息化程度的提高，网络空间鱼龙混杂、泥沙俱下，滋生了许多新型犯罪行当，网络贩枪、网络黄赌毒、网络传销、电信网络诈骗、网络套路贷等新型犯罪层出不穷。就在退休前几个月，还和同事们捣毁了一个特大套路贷犯罪团伙，背后的主犯竟是世界名校研究生。囚开公司亏损改做网络贷款行骗，几个月非法获利两亿多元。

"套路贷"并不是法律罪名，而是一类、一系列犯罪行为的统称。它最初起源于民间高利贷，后经演变，成为一种不以获得被害人支付的高额利息为目的，而是以非法占有受害人财产为目的的新型犯罪手段，具有高智商犯罪的特征。它利用网络的隐蔽性，抓住借款人急需钱周转的心理，以快速放款为诱饵，签订虚高借款合同。虚高额达一倍甚至数倍。比如，借 1000 块钱，要砍掉 300 块钱的利息，也就是说，实际拿到手的只有 700 块钱。那 300 块钱俗称"砍头息"。一旦借贷成功，便落入环环相扣的套路。有些"套路贷"案件主犯为规避法律风险，把催收款业务外包给专业催收公司。此类案件侵害的客体多、社会危害大，不仅侵害被害人的财产权、人身权，还危害公共秩序、破坏金融管理秩序，甚至挑战司法权威，严重妨害司法公正。这跟老吴说的套路会有什么联系呢？李国强猜测，老吴是阴沟里翻了船，老公安也食人间烟火。

"我当时怎么就没看出来，没有看穿他们的鬼把戏呢？"老吴摇头甩脑，好像是做了件后悔终身的糗事，"老李，你说说，还有没有天理，算不算违法。"

"违不违法，你心里没点儿数吗？"言下之意，你这么多年的警察白干了。在没有搞清对方的意图前李国强不会轻易表态，他不知道发生了什么事，丈二和尚还没摸着头脑，没办法回答，只能模棱两可，或者把结论抛给对方去下，免得尴尬。多年的摸爬滚打，处变不惊是雕虫小技，他喜欢以静制动。说完后，老李端起碗口粗的大茶杯，把漂浮的茶叶吹向一边，啜一小口，吹一遍，再啜一口，直等他吐出下文。

吴建军告诉老李，为了换台笔记本电脑，他带着老伴儿特意跑了趟位于省城朱方路上的电脑街，顺带为外孙子添几件时髦的数码玩具，那里的数码产品不仅品种多还便宜。说到外孙，吴建军的眼睛就亮了，眉头也舒展开来，刚才的消极情绪仿佛一扫而空。李国强的眉头却微微一皱，也就一秒的工夫，很快就抹平了。微妙的表情变化当然没有逃过老吴洞察秋毫的眼力。

"李涛的对象还没有谈吗?"老吴快人快语，是个大炮，冲锋陷阵倒是块料。不像老李，话不多点子不少，会顾及别人的感受。俗话说，两个男人一台戏，两人联手，一个唱红脸，一个扮白脸，恩威并施，宽严相济，还真是少有的一对好搭档，审查人犯从没有失过手，也没有审不出来的案子。事业上的成功不代表生活上的圆满。儿子对婚姻的满不在乎让李国强食不甘味。快四十岁的人了，到现在还没个对象，更谈不上抱孙子了，他不能对几代单传无动于衷。

"嗯，多大的人了，不说光宗耀祖，传宗接代的差事总得想法子完成吧。"老李说得有点儿来火。

"我会劝劝大侄子，他跟我聊得来。今年该三十六岁了吧，我记得他跟吴静是同一年生的。"吴静是老吴的女儿，在法院工作。

"那就有劳你这个当叔叔的啦。对了，你刚才咋咋呼呼的，什么套路不套路的。谁还敢老虎头上挠痒，给你下套?"

"老虎就没有打盹儿的时候?都说'城里套路深，我要回农村'，到处套路到处坑，有时候都不知道自己是怎么死的。大城市的套路更深，还是回到小镇，在你老哥面前感到踏实些。"

老李比吴建军大几个月，彼此知根知底，晓得吴建军不是个能沉得住气的主儿，遇到不开心的事不吐出来准憋出病。如果说倾诉是吴建军治病的良方，那倾听就是药引子，李国强是他的祛病良药。

3

吴建军的外孙今年五岁,女婿陈向民在刑警大队主持工作,女儿在法院当法官,夫妻两人好像总有做不完的事,开庭、加班如同上街买菜,出差、外调更是家常便饭。陈向民老家在东北,很少回去,父母身体又不太好,亮亮一直由姥爷姥姥两口子照应。胡月仙照顾孩子的生活起居,老吴负责接送上学、辅导功课。亮亮还在娘胎里的时候,李国强就说:"老吴啊,别以为你马上就要退休,可以享清福了,其实未必。你想啊,外孙生下来,到你退休,刚好上幼儿园的年纪,接啊送的肯定是你,别指望吴静小两口儿。这就叫无缝对接。"吴建军乐得干这份差事。亮亮长得可爱,讨人喜欢。粉嘟嘟的小脸像熟透了的苹果,小巧的嘴巴,水汪汪的眼睛,都说像妈妈。女儿随父亲,说像吴静不就是像自己吗?他就又多上了几分心。老吴只有一个女儿,全家人为亮亮的成长倾注了心血,想方设法营造温馨的家庭环境,满足孩子求知的欲望。

"你知道的,我爱好摄影,在照相器材上的投入不算少。从胶片机到数码相机,最后玩单反,基本都是在电脑城买的。那时候各地方去淘宝贝的人很多,生意好做,质量也过得去,起码我买的电子产品没出现过毛病。才过去几年,一切都变了。这样下去,朱方路的名声迟早要搞臭。"吴建军把肩上的背包卸下来朝石桌上一扔,显得有些激动。他说的朱方路是省城的电子一条街。老吴个子不高,性子急,嗓门儿大,喜欢巷子里扛竹竿——直来直去。做事也认真,工作上绝不含糊。心心在一艺,其艺必工;心心在一职，其职必举。这是他经常挂在嘴边的一句话。他不仅自己这样做，还经常用这句话教育新分配来的民警，不要朝三暮四，一山望着一山高。在刑警大队，李国强是大队长，负责全面工作。老吴是副大队长，分管刑侦业务，他的威望有时甚至超过了李国强。逢有大要案件，案情分析会上，各路侦查员向他汇报工作进展，不问个底朝天，刨个祖宗八代，别想过关。侦查员们最难过的就是他这一关，说不定哪个环节就被他问卡壳了。背地里人们给他起了个外号"一根筋"，说不上是褒义还是贬义。

"嚷嚷个啥，就你嗓门儿大，这么热的天，不怕喉咙冒烟啊，定一下心，慢慢说。"老李放下手中的杯子，故意沉下脸，一个字一个字地吐。这一点老吴还是蛮知趣的，只要老李拉长脸，他就噤声。他一直都给老李面子，无论大会小会、茶余饭后，他都坚决服从，从来不反驳或者让李国强下不了台。至于人后嘛，呵呵，那就无所顾忌了，跟老李拍桌子上脸，吃拿卡要扮爹装老子是常有的事。这样的默契一直保持到退休，形成了心理定式，到退休后也没改变得了。

"好好，坐下来慢慢跟你讲。"老吴一心想排解心里的委屈，他心里存不住事。老李不仅是他最好的听众，也是他发泄的对象。不管是工作上还是家里边的事，他都喜欢跟老李唠叨。

老吴出门习惯背个背包，里面都是各式各样的数码玩具和小食品，那是逗外孙子的。他从书包的网兜里掏出茶杯，老李随手也从上衣袋里摸了包烟攒在了石桌上。李国强不抽烟，但烟不离身，这是多年养成的习惯。因为这，没少被老婆唠叨。不为别的，只为常年阴魂不散的烟叶味儿被长英误解。老吴的烟瘾很大，在一起谈事或者聊天，断了档，老李随时补充。没有香烟支撑的谈话是持续不了多久的，用老吴的话说，什么都可以断，唯独烟不行，断烟等于断思路，这是搞刑侦的大忌。这家伙，为"吃拿卡要"还找了个冠冕堂皇的理由。

太阳偏向西方的时候，云朵从天边升了上来，像一团团棉花糖，你追我赶，千姿百态，变化万千。阵阵热风吹过，风生叶动，窃窃私语。雷送余音听袅袅，风生细响语喁喁。俩人的谈话有了风的加入，心里稍显得凉快起来。亭子伸向两边曲里拐弯的长廊里渐渐有了人气，中老年人居多，公园似乎一下子恢复了生机。人们三个一堆，五个一群，掼蛋下棋、吹拉弹唱、读书看报，各有所好。

老吴冷眼旁观，似乎周围的热闹跟他没有半毛钱的关系。他把话头儿扯到了一个星期以前，回到那个寄托老吴祖孙希望，后又像肥皂泡破灭，还讨来一肚子闷气的朱方路电子一条街。

就在上周末，陈向民夫妇难得有个双休，吴建军把亮亮交给他们，在网上订好了往返省城的高铁车票，星期天起了个大早就出发了。下了高铁，出了车站，老两口儿打了辆出租车直奔朱方路而去。

为了买一款中意的笔记本电脑，顺便给亮亮添几件时尚的数码玩具，老吴事先在网上做足了功课。

"套路，肯定是他们串通好的。"老吴愤愤地说。

李国强想说：你当时怎么就没有反应过来呢？亏你是个老刑警。话到嘴边，却是："何以见得？"

老吴叹了口气，似乎有一肚子的怨气，虽然过了一个星期，但还没有排解得掉。他拿起李国强扔在石桌上的烟盒，抖出一根烟送到嘴边用唇夹紧，掏出打火机点着，使劲吸了一口，憋住气，缓缓地吐了出来。那情景，好像吐的不是烟，而是沉积心底很久已经发酵腐败再不排解就要爆炸起火的戾气。他目光游移，忘了周围的存在，沉浸在回忆中。呆了片刻，又自责了一遍。按理说一台笔记本电脑也值不了几个钱，他也不是把金钱当命的主儿。想当年，大队有个辅警家中遭遇变故，生活困难，全局发动捐款，别人300元、500元，他一出手就是5000元，把辅警感动得梨花带雨。看来，老吴受到的伤害主要还是精神上的。他不能忍受曾经的战斗英雄，又是一名老资格警察，却因为疏忽大意，或者警惕性不高，被生活欺骗了。到底是什么难住了曾经的英雄汉，以至过去了好几天，这口怨气仍然久久不能平息？李国强想了半天也没有结果。有一点可以肯定，老吴吃了瘪。

"听说过'目的颤抖'吗？"李国强换了个话题，他想以此缓解一下老吴的情绪。

老吴摇了摇头，表示不解。老李身上有他学不尽道不完的东西，老吴一直以来都很尊重他。老李高中毕业，毕竟多喝了几年墨水。再说，从事刑侦工作，接触的人脉很广，上至达官贵人，下至三教九流，除了政策法律，一些行话黑话、网络流行语，甚至心理学知识，你不学就无法同他们打交道。

"跟你打个比方，穿针引线，懂得吧？心理学家曾做过这样的实验，在给缝衣针穿线的时候，越是全神贯注，线越不容易穿进去。"

"这跟我有什么关系？"老吴全神贯注，竖起了耳朵，像个刚入学的小学生。手中的香烟都忘了吸一口，一大截灰烬摇摇欲坠。

"你满脑门心思都在想着买台物美价廉的笔记本电脑。由于做事过度用力和意念过于集中，反而将平时可以轻松完成的事情搞砸了。不要说你，美国著名高空走钢丝表演运动员瓦伦达，原本在钢丝上如履平地，从来没失过手，却在最后一次演出中从钢丝上掉了下来。原因就是他过于重视最后一次演出的完美谢幕，双脚颤抖了。"

"似乎有点儿道理。我以前也去那里买过相机，尼康单反，价格也不便宜，从没失过手啊。"老吴似懂非懂。

"相机造不了假，特别是单反，像尼康、佳能，那是日本的专利强项。不是不想，是没那个本事，那需要多年的技术积累。笔记本电脑就不同了，都是模块化组合，哪儿都能生产，换个部件以次充好是轻而易举的事，你担心买到假货。《庄子》中记载了这样一个故事：一个赌徒拿着瓦砾去赌时，几乎是逢赌必赢，而当他拿着万两黄金去赌时，却输得一败涂地。"

"那是因为他太想赢了。人在孤注一掷的时候血流加快，心里往往在颤抖，表面上却故作冷静。我呢，目的虽然很明确，因为过于担心买到假货，或者是以次充好，心态没有放松，真遇到事情反而容易犯迷糊。可能就是常说的，当事者迷旁观者清。我解释得对吧？"老吴似有所悟，没等老李回答，又说，"我和老伴儿去的是朱方路上的一家大的卖场，叫什么3C卖场。对了，3C是什么意思？"

"所谓3C，是国家对强制性产品认证使用的统一标志，称为'中国强制认证'，英文缩写为'CCC'。后来3C的概念被商家炒作引入后就作为3C卖场形式出现。自2003年5月1日起，凡被列入第一批实施3C认证目录内的产品如未通过认证，没有获得指定认证机构的认证证书，没有按规定加贴认证标志，一律不得在经营服务场所使用。"

吴建军对李国强的广闻博学和超强记忆打心眼里服气。

"卖场挺大的，有好几层楼，店面也气派。曾经在这里买过摄影器材，那是好几年前了……现在，我算是知道店大欺客是什么意思了。店面大了，去的人多，生意就好，以为信誉也好，卖假货给你都意识不到，心里还踏实，这是很高明的骗子。"

"你说的是从众心理，看到别人都在做的事，自己也忍不住跟着去做，不懂得鉴貌辨色，很容易上当。高明的骗，让你死都不知道葬身在哪里。"李国强感慨道。

"诈骗有剧本，搭讪成了艺术。这世道，事事都有套路，处处充满陷阱。被骗财骗色后寻死觅活的，我们见过不少。"吴建军深有感触地摇了摇头，"看来外貌协会的不换观念就要拿命来换。"

"人店同理，吃一堑长一智嘛。"李国强狡黠地笑了笑，言下之意，你不也赶上了嘛。

"你，在取笑我！"老吴顿悟，拿烟头虚晃一枪，假装要扔，老李本能一躲闪。烟头并没出手。他俩都在装腔作势。

"相学中说，看相不能只看相貌，更重要的是要考察品德操行，即相心与相德。孔子曰：以容取人乎，失之子羽！连圣人在这上面都跌过跟头，你又何必自责。"

"我有什么可自责的？我是对地方上处理问题的方式不满，不能从根子上解决。头疼医头脚疼医脚，难保不再有别的人上当受骗。"

两人正聊得兴浓，李国强的手机铃声响了，那是老伴儿打进来的。张长英告诉他，儿子回来了，没事儿早点儿回来。

"李涛回来了，你的事儿有空儿再聊，晚上到我家喝酒，顺便帮我劝劝这小子，他小的时候跟你最投缘。"李国强站起来，拍了拍老吴的肩，似乎在安排任务。

"我先回弟弟那里跟我妈说一声，她知道我今天要回来，见不到人连饭都不肯吃。"老吴起身说。

"你今天还没去老家吗？我以为你已经见过老人家了。"

"上午家里有点儿事耽搁了，从市里过来就直接来这儿了。没事儿，离你家又不远。"

"那你去过了早点儿过来。"老李交代完，两人一前一后走出了千秋亭。

4

李国强的家就在运河广场公园的斜对面，与香草河一水之隔，紧挨着河边。以前是祖上留下来的几间平房。前些年，各地兴起古镇热，大力挖掘旅游资源，这股风吹到了香草镇。老李拿出多年的积蓄，根据镇上统一规划，按照修旧如旧的要求，翻建成了两层三间上下的楼房。由于小镇以前缺少规划，房屋密密麻麻，空地非常有限，李国强在设计的时候就把东边一间的二层平台改造成了玻璃房，冬天常常在这里晒太阳。今天的晚饭就安排在阳光房吃。老李的想法是这里视野开阔，再说，吴建军跟李涛的烟瘾大，在空调房里辣眼睛。

老李回到家没多久吴建军就到了，手里拎着两瓶恒顺老窖。李涛刚好等在门口，喊了声"叔"，接过酒带着老吴来到二层平台上。李国强见老吴带了酒，假意客气几句，招呼大家入座。父子两人外加老吴，两代警察三个男人推杯换盏，把酒言趣，从天南聊到海北，由航天谈到航母，再到部队生活。

　　老朋友在一起，话匣子一打开，老吴就动了情。他端起酒杯对老李说："这辈子我最应该感谢的就是你。"

　　"酒还没喝，话就多了。感谢我哪门子的事儿？"李国强丈二和尚摸不着头脑。

　　"先喝了这杯酒，"老吴端起杯子，朝老李举了举，"算我敬你。"说完，一饮而尽，停了片刻，接着说，"这句话憋在心里快半辈子了，再不说就要烂掉了。你知道的，我这个人木讷，从不喜欢说感谢之类的话。要不是当初你帮我拼了命地争取，我在部队立的二等功就黄了，说不定就不能跟着你一起转业到云阳市来享福啰。"

　　李国强想起来，老吴说的是在老山前线，因为多打炮弹的事，上面要处分他。吴建军当时是某炮连二炮长（班长）。有一次上级得到情报，越军要对我某高地发动袭击。敌众我寡，情势异常严峻。为减轻战场压力，李国强所在的炮连奉命对敌军发动炮击。老吴坚守阵地带领重炮班战士以每分钟 6~8 发的速度装填发射。常常是一个口令没有执行完毕，又一个射击口令已经下达了。炮位上热火朝天，炮管打得发烫也没有一个人喊累喊苦。由于长时间处于火炮的巨大冲击波和震耳欲聋的炮声中，吴建军出现短暂的耳聋，当上级下达停止射击的命令时没有停下来，多打了几发炮弹，上级要给他处分。作为连队指导员的李国强死活不同意，动用各种关系向上面反映，说多打的那几炮说明老吴他们班技术过硬，战场上每一炮都是对前方战士生命的支援，事实上也对敌军造成了更大的杀伤力，应该重奖。最终，二等功臣的称号帮老吴在转业中加了不少分。

"你那是因祸得福，是你祖坟上冒青烟，没我什么事儿。再说，你得的奖金都用来资助地方的老百姓了，应该感谢的是你自己。部队有你这样的军人是国家之幸，百姓之福。来，我们父子共同敬你一杯。"三个人举杯一饮而尽。

酒逢知己千杯少。老朋友难得喝个小酒，又有李涛作陪，几个人你来我往，推杯换盏，多少往事在笑谈中浮现。李涛心情也不错，杯子空了，就站起来给他们斟酒。在他的印象中，父亲退休以来，还没见他这么快乐过。稍远处，两台电风扇你鼓我吹，暗暗较着劲，摇头晃脑，似乎一个不服一个。几个来回，一瓶恒顺老窖已瓶底朝天。儿子难得回来一趟，张长英楼上楼下厨房阳台跑个不停，不时地添酒加菜，动不动还嘘寒问暖，觉着很开心，一点儿不感到累。

几杯酒下肚，老李满脸通红，他喝酒上脸。如果凭脸红就断定酒量不行，那可是小看人了，干刑警的有几个不是海量？虽说年纪大了，如果不是常犯胃痛，斤把酒不在话下。老伴儿不许他多喝，有时还朝他瞪眼。

"我心里有数。"李国强说。

"有个屁数。"张长英嘲讽他。

"嫂子放心，我盯着呢。"老吴打圆场。

"爸，胃不好，那就少喝点儿。"李涛也劝。

"再喝最后一杯。"说着，李国强看自己的杯子空了，先给自己斟满，又把瓶子递给老吴，把头朝上点了一下，那意思是你也满上，酒在杯中。客随主便，老吴接过了瓶子。

"手头上的事儿多吗？"酒过数巡，老李问儿子。

"多了去了。一件没了，又来一件。这不，才上手一起，一下子被骗了两百万。"

"嚯，这么有钱！"老吴问。

"准备买房子的，还跟亲朋好友借了一部分，想借鸡生蛋，炒股发财。结果蛋没生下来，连鸡也被人家捉去了。"李涛把案情简单地说了一下。办案中遇到什么困难，李涛都会跟他们请教。老一辈的刑警，对盗窃、抢劫之类有现场的传统型案件经验丰富。不过，电信诈骗这类新型案子他们就难帮上忙了。再说，案子才接手，一切都是未知。这类案件看不见现场，看不见嫌疑人，看不见赃物，来无影去无踪，就像高明的剑客过招，只有个影子，有时连影子都看不见，是个无形的战场。

"你可不能打退堂鼓。群众利益无小事，哪怕只有百分之一的希望，也要付出百分之百的努力。"李国强说。

对父亲在工作上的谆谆教诲，李涛从没说过"不"字。他知道父亲这一代警察对待工作的态度，不仅严谨，而且极其认真负责，他们把保护人民生命财产安全的价值追求融进了血液。自小耳濡目染，无论是烈日炎炎还是天寒地冻，不管是白天黑夜还是刮风下雨，一旦发生案件，父亲总是第一时间到达现场。以前工作条件简陋，外出办案都是骑自行车，有时还步行。遇到路途较远的农村，交通不便，乘公共汽车再正常不过。到了目的地，腿就成了唯一的交通工具。挨家挨户调查走访，逐村逐队摸排线索，一天下来口干舌燥、腰酸腿疼，但从不喊苦叫累。几天不着家成了家常便饭。记得父亲有一次集中办案，李涛三个多月没见过他。那个年代，记录用钢笔手写，信息靠人力传递，想打个电话都要跑几里地。公文包里常备的是钢笔、记事本、黑白胶卷，眼勤、腿勤、手勤是那个年代警察的基本功。

艰苦的环境锻造了过硬的作风和顽强的意志，老一辈的警察凭着对事业的忠诚构建了全世界最安全的国家。潜移默化，一个藏蓝色的梦想从小就在李涛的心底扎下了根。他从小就崇拜父亲，立志以他为榜样，长大后也要成为父亲那样的人。他在父辈们的严格监督下废寝忘食地刻苦学习，大学毕业后如愿通过公务员考试加入警察队伍。在入警仪式上，面对党旗，他在心里许下诺言，不管时代怎么变，装备怎么变，服装怎么变，初心不能变。一定不辜负人民的重托，不辜负头顶的国徽。

上阵父子兵，李涛终于如愿以偿，成了李国强那样的警察。起初，身份的重叠让李涛很不习惯。有一段时间，同在一幢大楼里上班，相互碰见了，不知道怎么打招呼。眼看着父亲慢慢变老，李涛自己也从莽撞少年蜕变成老练干将。几年前又通过遴选，被陈向民相中，调到了刑警大队。曾经，李涛恨父亲对自己要求太高，失去了许多本该欢乐的童年时光。同时，父亲身上的特质和习惯不知不觉中继承了下来，使他工作适应起来很快，他似乎有一种当警察的天分。真应了那句，龙生龙，凤生凤，老鼠的儿子会打洞。

近年来，伴随创新步伐加快，新业态迅猛发展。犯罪手段也在不断翻新，专门开发利用 App 实施诈骗犯罪呈露头之势。这类犯罪个案损失不小，案值巨大，上当受骗者不在少数，严重侵害群众的合法利益，社会稳定的地基不断受到侵蚀。这是一道迫切需要解决的难题。李涛正在利用业余时间进行调研，寻求解决之道。

谈过了公事，话题又转到个人的生活问题。老吴和老李已有约在先，只是李国强开不了尊口。每次回来，他都要唠叨一阵，儿子厌烦，耳朵快听出了老茧，有了逆反心理，为此还大吵过一通。这次再提成家的事肯定是猴子捞月亮——劳而无获。他把难题交给了老吴，看看他有什么能耐。

"李队长，我有件事想不明白。"

"吴叔，您还是喊我小李吧，这样叫我不习惯，你做过我的师父。再说，你帮过我的大忙。"老吴当年下基层时当过他一段时间的师父。

李涛说的是多年前的事，那时他刚通过公务员考试，在派出所当民警。有一天凌晨，刑警大队联合派出所展开行动，去抓捕一名贩毒嫌疑人。那次是由副大队长吴建军带的队。他跟派出所长点了名要李涛参加。到了行动地点，吴建军敲开隔壁邻居的门从阳台翻过去将嫌疑人控制在床上。简单的人身搜查后，老吴安排体壮背阔的李涛负责看押，自己则带着刑侦技术人员搜查整个房间。因为看守经验不足，嫌疑人乘李涛不防备，飞快地冲到北面的窗户，爬上窗台要从七楼跳下去。当李涛发现时嫌疑人的一条腿已跨了出去。千钧一发之际，能征善战的老吴眼疾手快，一个箭步冲了上去，两手死死薅住嫌疑人后背的衣领。嫌疑人身体疾速下坠的惯性将老吴的上半个身子都带到了窗外。巨大的撞击力压得吴建军龇牙咧嘴胸口作疼，个子本就不高的吴建军感觉两腿已脱离地面。嫌疑人整个身体悬在空中，命悬一线。变化来得突然，一切都在电闪雷鸣之际，李涛还没回过神来，整个人呆在那里，一动不动。

"还不快过来帮我！"老吴咬牙切齿扭过头来朝李涛怒吼。李涛这才反应过来，赶紧上去帮忙。几个人七手八脚费了好大的劲儿才把毒贩拽了上来。

险情排除了，否则后果不堪设想，传出去脸面都没地方搁。尤其李涛，还在见习期，看管不力，出了人命案子，够他喝一壶的。吴建军给在场的都打了招呼，概不外传，就连李国强都不让告诉。

李国强不知道老吴的葫芦里卖的什么药。原以为要继续下午没来得及展开的话题，他满怀着期盼让老吴做儿子的思想工作呢。话外之音，叔侄俩还有自己不知道的秘密。

"吴叔帮过你的大忙？我怎么没听说过。"老李不解地问。

"那是我们之间的私事。"李涛回答，又转向老吴，"叔，还是说说您的事儿。"

正说着，张长英走了过来，告诉李涛楼下有人找。李涛心里犯嘀咕，没人知道我回来呀，会是谁呢？

下来一看是方哲，李涛奇怪地问："你怎么来啦？"

方哲告诉他，是陈向民叫他来接的，明天局长要听案情汇报，让他准备准备。

"这么急，案子还没有眉目，再说，刚才喝了酒……"李涛回答。

"陈大知道你回来肯定会喝酒，所以叫我来接你。"方哲解释道。

想得还挺周到，李涛心想。他返回到平台，跟母亲说明了情况，又向老吴道了别："叔，你们喝着，我有事儿要先走了。"

"又发大案子啦？"李国强问。

"不是。刚才说的那个案子，局长明天要听汇报，大队长让我连夜把汇报材料准备好。"李涛回答。

"明天再去不行吗？难得回家一趟，好多话还没来得及说呢。"老吴说。

"您女婿的做事风格您又不是不知道。事不过夜，今晚不准备好了，他一晚上都睡不好。您的事儿，我们有空儿再聊。"李涛说。

"刚才尽喝酒了，让你妈给你拿些吃的，晚上饿了填填饥。"说完，吩咐张长英赶紧准备一下。工作上的事老李从不拖后腿。

"爸，你多保重，别老闷在家里，没事儿多出去走走。你的宝贝徒弟让我代他向你问好。"李涛说完便下楼去了。

5

小车在国道上疾驶。晚上车辆少，方哲开得飞快，李涛坐在副驾驶位置，不时地提醒他放慢速度。尽管开着空调，他还是觉得口干舌燥，浑身冒热气，问车上有没有解渴的。方哲把准备好的苏打水递给他。李涛咕咚咕咚满饮几口，感觉舒服多了。他把座椅放倒，想趁机打个盹儿。凭经验，他感到晚上这个班还不知道要加到什么时候。

这么多年的警察干下来，加班那是再正常不过的事。不管是以前在派出所，还是后来调到刑警大队，四天值一个班雷打不动，二十四小时哪里都不能去，指不定什么时候会有突发事件，你得在最短的时间内赶到现场。出差也是家常便饭。出门住旅馆，回到家还只当是住旅馆，除了睡觉、吃饭，家里什么事都帮不上忙。李涛算了一下，一年至少有三分之一的时间不能在家待着，不是出差就是在出差的路上。三十好儿的人了，不是没想过要谈个对象成个家。谁不愿意舒舒服服在家待着，吃着热饭，睡着热炕，或者是约上三五个好友喝酒、聊天、踏青、烧烤，实在是没那闲工夫。按李涛现在的条件，相貌堂堂，职业稳定，找个对象不成问题。以前也有人介绍过几个，因为临时要加班，工作走不开，经常失约，得不到理解，都吹了。他想通了，不再寄情花前月下，趁现在还年轻，先在事业上做点儿成绩。

方哲小心地开着车，尽量不把师父惊醒。四十分钟后，车子进了云阳市区。在一个四岔路口，绿灯开始读秒，方哲踩了下油门打算抢过去。突然一辆电瓶车斜刺里闯了出来，方哲眼疾脚快一个急刹，轮胎在发出杀猪般的嚎叫声后停止了转动。李涛原先以为在做梦，迷迷糊糊中身体突然前倾，像有一股巨大的气流在身后推着自己，幸好有安全带束缚。等他意识到发生不测时方哲已跳下了车。他想要下车，可身子却不听使唤。再一看，安全带还系在身上。他找到按钮，打开安全带的扣子，匆匆忙忙地下了车。

骑电瓶车的中年男子跌倒在地上，电瓶车歪在一边，从电瓶车受损的程度看，伤情似乎不怎么严重。李涛松了口气。

有几个路人围了过来，还有人拿着手机在不停地拍。方哲蹲在中年男子身边，问这问那，显然不知道如何应对。他参加工作时间不长，头一次亲历车祸。

李涛走到他身边，说："赶快打 120 急救电话，我来打 110 报警。"

几分钟后，一胖一瘦两名警察很快到达现场，其中胖的那个李涛认识，他没敢打招呼，更不敢说出自己的身份，怕老百姓知道了说官官相护。警察在跟他们两人登记时旁边就有人起哄，说他们喝酒了，肯定是酒驾，一定要好好查查。登记完后，胖警察说，你们两个跟我走，去医院做一下酒精检测。方哲刚想争辩，李涛使了个眼色，示意他别说话。他们一起上了警车离开了现场。

在车上，胖警察说："李队，没办法，还要请你们配合。"

"理解理解，现在的自媒体太发达，人人都可以当主播，芝麻点儿的小事儿都有可能在网上炒作引起轩然大波。难为你想得周到。"

"没办法。到时候谁都没法儿交代。我们还是小心为妙，为这点儿事儿不值当。"胖警察说。

"按规矩办。"李涛无可奈何地说。

被撞的男子被救护车送到医院一通检查下来只是皮外伤，调解后很快达成和解。回到大队已是凌晨，方哲仍心有余悸。

"事情过去了，以后开车慢点儿，你不撞人还要防备着人家撞你。好在你眼脚灵光，提前采取了措施。"李涛停顿了一下，又说，"你是去接我出的事，改天师父请你吃顿饭，给你压压惊。对了，让你查的事儿怎么样了，有进展吗？"

问到案情，方哲眼睛来了神，脸部的肌肉也舒展开了。年轻人藏不住秘密，李涛从方哲的脸上就能看出来，肯定有了收获。

按照李涛的安排，方哲带着研判中心的几个同事，着手这起电信诈骗案件的前期摸排。他们一头扎进枯燥无味的数据海洋里，开始了晨昏不辨的冲浪研判。

数据研判中心是近年来为适应新时代打击新型网络犯罪的需要组建的。它整合了各部门资源，多警种联动，以大数据侦查为核心，集指挥打击防控于一体，是一种新型警务运行模式。

开头的工作一波三折。方哲通过赵女士提供的有限证据，围绕"雾木"关系人员的微信研判，筛选了数十万条数据，没有获得有价值的线索。就在大家感到失望快要放弃的时候,方哲通过细细梳理发现"雾木"的微信几年前关联过一个叫"唐森"的人。如同黑暗中升起的火苗,尽管微弱,保不准可成燎原之势。

按正常逻辑,有了目标就可以落地找人。接力追踪下去却发现,唐森用的是"黑卡",没有任何身份信息,无法落地。此黑卡不是顶级富豪们使用的信用卡,那是财富的名片。这种黑卡是通信行业发展初期运营商没有进行实名登记开的卡。

天无绝人之路。为弄清唐森的身份,方哲锲而不舍,颇费了一番周折。大数据分析显示,该电话卡的 IP 地址较乱,在多个省市有活动轨迹,成都是其中的一个。用数据模型分析显示,去年的一天,微信短时间内由成都转换到了上海。两地相隔千里,方哲灵光一闪,想到了交通工具,开车的话在这么短的时间内绝对不可能到达。他联系了机场公安请求协作,唐森的身份信息终于确定。

意外的收获让李涛兴奋不已,他对徒弟方哲这几天的工作非常满意。第二天的案情分析会上,李涛把详细案情和前期排查情况向陆海荣局长做了汇报,大家围绕着唐森的身份及其在犯罪团伙中起的作用进行了推演。

陈向民的初步判定是,唐森的资金流不仅频繁,而且数额较大,近期还购买了豪车,起码是个代理角色,应该是条大鱼,在团伙中起到承上启下的作用。具体的组织架构和人员组成虽然是个谜,但如果到案,下线基本有了着落,说不定还有意外收获,能挖出上线。现在的问题是,什么时候动唐森,怎么抓,会不会打草惊蛇。搞得好,全盘皆活;弄不好,满盘皆输。

李涛也谈了自己的看法。他认为,唐森一定要抓,而且要快,因为这个团伙的活动时间不算短了，随时有可能销声匿迹。不抓，案件无从下手，抓了才有破案的希望。虽然有可能惊动其他团伙成员，销毁证据，但这步棋非走不可。

最后，所有的目光集中在了陆海荣身上，那意思再明显不过，等他拍板。陆局长在综合了大家的意见后决定，市局立即成立专案组，抽调人员，多警种合成作战，由李涛立即组织人员奔赴成都，对唐森进行抓捕，后续进展情况随时汇报。

会议结束后，出了会议室的门，陆海荣问李涛："人怎么样了，不要紧吧？"

李涛一头雾水，感觉莫名其妙，反问："你问的谁？"

"跟我装是吧，昨天晚上那事儿，告到我这儿来了，别以为我不知道。"局长半是严肃半是关切。

"你是说交通事故？不要紧，已经处理好了。"李涛恍然大悟，心想，局长的鼻子真够灵的。

6

李涛走了以后，老吴和老李酒兴没了。张长英收拾完残局，李国强让她把那套制作点茶的茶具端了过来。茶具很精致，以前在刑警大队时老吴见过。平时不用，碰上大案，遇到棘手的难题，李国强就通过制作点茶来放松自己，用他自己的话说，就是换换思路。

老李制作点茶时，老吴一边观看，还一边规劝。他一心想着如何解开李国强心里的疙瘩。

"凡事讲究缘分，婚姻上的事还得从长计议，逼不得，弄不好将来还会怪罪于你。这次李涛公务在身，走得急。等我回去，一定找他好好谈谈。你放心，肯定帮你把工作做通。"

"有你这句话我就放心了。对了，你们以前有什么秘密？连我都蒙在鼓里。"老李把制作好的茶盏递到老吴面前，不解地问。

吴建军吱吱地吮了一口，顿时满嘴生香，酒也醒了大半，就把当年抓捕毒贩的事一五一十地讲了一遍。

"过去的事就过去了，你不要再提，我答应过他谁也不告诉的，今天酒喝多了。年轻人爱面子。"

老李怅然地点了点头，若有所思。过去的事真的能过去吗？除非运河的水倒流。退休到现在，过去有一段时间了，他心中的失落感至今还时隐时现。退休前的场景历历在目，自己就像经历了一场生死，食不甘味，半梦半醒，不知道未来在哪里。那天，组织上找他谈话后，在交还警官证、警服警号的那一刻，他强作笑颜差点儿就控制不住，眼泪在眼眶里打着转儿。艾青在他的诗中说：为什么我的眼里常含泪水？因为我对这土地爱得深沉。李国强几十年对所从事的这份职业爱得深沉，已经深达骨子里。从岗位上刚退下来的那段时间，还真是不习惯，身份上总认同自己还是一名警察，职责还在，使命还在，醒来梦里都是腥风血雨南征北战。罪恶阴魂不散，自己就这么离开，心里总觉得亏欠。人们常说除恶务尽，事实上，罪恶是除不尽的。只要利在，就会有恶，就会有人不择手段，甚至丧尽天良。警察的天职就是尽力铲除罪恶，还世界一个宁静。恐怕，没有一段时间的自我调节，还真难适应悠闲自在的退休生活。好在，李涛把这副担子接了过去，自己的衣钵有了传人。

李国强东一榔头西一棒子地胡思乱想了一阵，时而眉头紧皱，时而又舒展开来，一会儿摇摇头，一会儿又点点头，把吴建军搞迷糊了，不知道老李的葫芦里卖的什么药。

"你这又是唱的哪一出，摇头晃脑的，莫不是又走火入魔了吧？"

"走神了，可能是酒精的作用。"李国强自嘲道，"这点茶的味道如何？"

"马马虎虎。"这茶跟上一次，老李没退休时在他办公室喝的简直没法儿比，但他不想让老李感到失望。

一轮明月悬浮在半空，皎洁得如同巨幅的银盘。夜幕下，灯影绰约，香草河更让人着迷。河水不停地敲击岸石发出窃窃私语，似有讲不尽的故事、道不尽的沧桑。老吴看得竟有些呆了。

"又在构思你的作品啦？"见老吴回过头来，李国强又问，"老人家最近身体还好吗？"

"你是说我母亲吗？"吴建军被李国强唤回了现实中，"这次回来看着精神状态还不错。"

吴建军父亲早逝，母亲一直跟弟弟在乡下生活，离老李家不远。老吴好几次要把母亲接到云阳市共同生活，老人家死活不肯，说城里的规矩多，什么东西都要花钱，待不惯。弟弟家里有几分自留地，八十多岁的人了，偶尔还下个地种点儿菜。有一次拎水浇菜摔了一跤手腕骨折，还好不太严重，他把弟弟狠狠训了一顿。弟弟直呼冤枉，说："不让她干活儿就喊骨节疼。你知道母亲是闲不住的，种地种习惯了，不让她下地就跟要她命似的。"

"我还是准备把她带到身边去，放这儿还是不放心。"老吴说。

"娘在哪儿，家就在哪儿。你是个宝，还有个想着你的娘。不像我，父母死得早，我成了没人疼的草。"李国强经常拿这话跟老吴开玩笑。老李的双亲在一起车祸中不幸遇难。老吴不在的时候，老李还时不时地到他老家去看望他妈。老人家神经衰弱，常常把老李当作老吴。

"俗话说，子欲孝而亲不在，子欲养而亲不待。仔细想想，我们陪伴父母的时间真的不多。读书时，我们把时间给了学校；当兵时，我们把时间给了部队；工作时，我们把时间给了岗位；有了家庭，我们把时间花在了孩子身上。父母虽然没有怨言，在心里肯定盼着子女常回家看看。年少的时候，父母给了我们所有他们认为的美好。现在，我们正逐渐在老去，趁还算健康，你养我长大，我养你到老。"老吴也动了感情。

"希望我们的孩子也能体味到现在的感受。"

"体味到又怎样，世道变了。知道现在养老诈骗为什么盛行吗？社会正朝着老龄化快速发展，养老已经成为家庭的包袱，很快将成为政府的负担，老人不得不拿出多年的积蓄，为自己的将来投资，想着将来老了，能有一个院子，两三好友，三餐四季，互相关心，互相照顾，过神仙一样的日子。我还指望着将来到你这儿来一起抱团养老呢。哈哈。"

"不谈这些了，还是说说你去省城的奇遇吧。"老李脑子里那团乱麻不想再理下去，越理只会越乱。

7

吴建军走进了记忆中多年前曾经光顾过的那家商城。店面跟印象中的差别不大，只是感觉旧了许多，如同衣服穿的时间长了不再亮丽。迎面是联想的专卖柜台，往左是华硕专柜，右边是戴尔专柜。柜台上布满了笔记本电脑，一台挨着一台，列队等候着顾客的青睐。通道两侧的俊男靓女西装领带面带微笑，恭候着每一个逛商场的老户新客。

"顾客是上帝，进去我就是个爷。"老吴说话时挺了挺身板，似乎又回到了当天的卖场。他个子不高，浓眉方脸，精神矍铄，华发丛生。多年的公安工作在他的脸上刻上岁月的刀痕，看上去要比实际年龄大很多。

"一群人很快就围了上来，一水儿的年轻小伙儿。大爷长大爷短的，像是见到了久别的亲人。"老吴的口才不错。

"那是冲着你口袋里的银子。"

"一点儿不错。有奶便是娘，有钱便是爹。"吴建军忽然想到什么，"你还记得'登云路机场'那事儿吗？有一次，你安排我去摸情况，还没站稳脚跟，呼啦啦就被一群娘儿们团团围住。那亲热劲儿，简直……那味道，熏得我好几天吃不下饭。"

"算了吧，好事儿都让你碰上了，得了便宜还卖乖。掉女人堆里了，还不美死你。"老李笑他。

"便宜个鬼。劣质香水的味道，混杂着汗腥味儿、奶油味儿，甚至有狐臭的味道，全混一块儿了，比战场上硝烟的味道难闻多了。"

老吴所说的"登云路机场"，其实是辖区内的一条老旧街道。那里根本没有什么飞机。所谓的机场，不过是业内人对老城区滋生的卖淫嫖娼活动猖獗的街巷的戏称。

登云路位于城西老城区，这里原住居民较多，住的都是二十世纪五六十年代的平房。因城市规划建设向东区发展，西区的变化不大，像是被遗忘的角落。经济相对薄弱不说，城市建设起步也晚。随着城东老城改造力度的不断加大,建筑民工蜂拥而至,小商小贩如雨后春笋。自以为优渥的原住居民自然不愿从事这些苦脏累职业,大多被山东、湖南、苏北等地农村的外来人员填补。城西相对适中的地理位置、设施简陋的房屋和低廉的租金吸引了很多人前来暂住。登云路几百米繁华的街道两侧熙熙攘攘,好不热闹。站街女三五成群,明目张胆地戏客、拉客甚至宰客,"仙人跳"甚至形成了黑产业链,地下卖淫嫖娼活动猖獗,由此引发的盗窃、抢劫、敲诈勒索等刑事案件屡见不鲜。

所谓"仙人跳",广东话叫"捉黄脚鸡"。旧时指以美女为诱饵,设置骗局诈骗钱财的一种手段。现在已发展成为集散发招嫖广告、抛头露面卖淫、幕后老板组局、打手司机保驾的带黑恶性质的犯罪团伙。坊间传言,走马上任的一名局长有一次微服私访,就被这帮接客女当作来找乐子的民工前呼后拥地拉进了出租屋,差点儿闹出笑话。视民生福祉为己任的人大代表为民请命,在一年一度的"两会"上把议案交了上去。市局领导非常重视,专门下了督办单,责成治安部门尽快采取有力措施,迅速扭转这股歪风邪气,还城市一个朗朗乾坤。治安大队联合属地派出所进行过几次相当规模的清查行动,收效甚微。

当时分管刑侦的副局长专门把老李和老吴喊到办公室研究对策。李国强坦言:"如此明目张胆的涉娼犯罪,虽经多次打击整治,但效果不大,不是队友太无能,而是对手太狡猾,肯定形成了具有一定体系、分工明确的地下组织。你想,他们有站街拉客的,有跟踪放哨的,有充当司机打手的,一有风吹草动就销声匿迹,我们内部不排除有通风报信的。要彻底打掉这个违法犯罪团伙,明着来肯定不成。只有摸清组织体系、活动规律,才能斩草除根，一网打尽。"

摸底的任务自然落到了吴建军头上。为掩人耳目，避免走漏风声，李国强让吴建军打了休假报告。名义上是休假，其实是安排他当卧底去了。

几天之后一个周末的夜晚，老吴和老李一前一后踏进了登云路。

吴建军本来看上去就显老，个子也不高，加上学到的一口浓烈的苏北口音，又不知道从哪弄来一套旧西服朝身上一套，邋里邋遢，看上去还真像是工地上干活儿的建筑工人。走了还没多远，三五个浓妆艳抹、身上散发着劣质香水味道的少妇就迎了上来，把他团团围住，大哥长大哥短地一阵发嗲，其中有一个操着苏北口音的，把一截莲藕般雪白的手臂勾搭在了老吴的脖子上，酥胸紧贴，一口一个老乡，极尽献媚调情。老吴以他那摸爬滚打多年的娴熟技能与她们打情骂俏、明放暗收，演技比起好莱坞明星也毫不逊色。躲在暗处的李国强看着既好笑又自叹不如。

老吴指的就是这件事。不知道他后来是如何脱身的，老李后来也忘了问。这样的事对刑侦出身的老警察根本就是小菜一碟。

所以，当这群小伙子围上来要跟他套近乎表热情，各尽所能地拿出十八般武艺，一门心思想把他拉到自个儿的店里，让他购买笔记本电脑时，老吴根本就没正眼瞧他们。他知道商场如战场，只要多搭理一句，对方就会死皮赖脸地缠着你，拉你去他的档口，用如簧之舌让你无法脱身。那感觉，就像一群苍蝇围住你嗡嗡乱叫，身上一阵阵起鸡皮疙瘩，逛商场的兴致顿时减了一半。

旁的胡月仙哪见过这阵势，心下发毛，脚底发飘，寸步不离地跟着，一言都不敢发。

众人见久攻不破，自然无趣地散开，又去寻找新的猎物。

处变不乱，荣辱不惊，是老吴多年来养成的职业习惯。这一习惯助力他战胜了无数的困难，使一个个风险隐患迎刃而解，使一起起看似无解的疑难案子冰消雪融，为他赢得数不清的荣誉。破案能手、刑侦标兵、最美警察，家里的奖章、证书有厚厚的一大摞。

"电子产品让人头大，这我知道，事先还做了功课。没想到，左防右防，还是阴沟里翻了船。"老吴恨恨道。

"莫非你打了败仗？难怪一见面就神色不对。常胜将军关羽也有败走麦城的时候。"李国强主动抽出根烟递给他，算是安慰。

虽然还不清楚到底发生了什么事，多年的一把手干下来，李国强领悟到，作为战友，除了懂得倾听，还要学会安慰。

"人前背后都是套路，商场现场都是战场，危险无处不在，较量时刻都有。"吴建军总结道。

老吴曾多次参与贩毒案件的侦破工作。毒贩为逃避打击做垂死挣扎行凶或自残，老吴见得多了。多年前带李涛去抓捕省督办的一起贩毒案件主犯时，在睡梦中将其擒获就是为了把危险程度降到最低。当天凌晨老吴和李涛翻墙而入将毒贩控制在床上后，从他枕头底下搜出了一把上膛的非制式手枪。吴建军现在想起来还背脊发凉。开枪拒捕和跳楼致死，哪一条都够他们喝一壶的。明枪易躲，暗箭难防。赵女士在炒股的战场上被看不见的敌人设诱，上当受骗掉进陷阱寻死觅活。时代在进步，骗子也不是吃素的，骗术越来越高明。如果再加上高科技，欺骗性更大。李涛他们面对的这一仗肯定也不好打。

"把烟点上。"李国强这时递过来一根烟。

吴建军顺势接过，啪地用打火机点燃，猛吸一口，缓缓地呼出，整个脑袋被烟雾笼罩。他想什么时候能见到李涛，早日完成老李的重托，顺便也排解一下自己心中的疑惑。

8

通案会议结束后，李涛让方哲在网上订两张当晚去成都的火车票，自己回到居住的单身公寓，简单收拾了行李。到了办公室，把案卷又仔细地研究了一番，然后去了火车站。

到了火车站，方哲已在那里等着他。检票上车，找到位置坐下来，方哲从背包里拿出一个纸袋递给李涛，说："师父，还没吃饭吧，这是你喜欢的鸡腿汉堡。"

李涛心里一直想着案子的事，经方哲这么一说才想起确实没吃晚饭，饥肠辘辘的，感激地望了望他。本想说，还挺懂事的，这个徒弟没白带，到了嘴边却问道："你老婆快要生了吧，都安排好了吗？"

"没事儿，都交代给丈母娘了。"

方哲是"90后"，名校计算机系毕业，是市局科技强警战略规划下通过公务员考试招聘的专门人才。他从小就有个当警察的梦想，大学毕业后没能如愿，被招进了一家大型企业。尽管待遇还算不错，但总觉得干劲不足。随着年龄的增长，掩藏在心底的愿望不断膨胀，将他牢牢控制，逼迫他采取行动。要想当上警察，必须通过公务员考试，这是一道坎，不是轻而易举的事。他选择了曲线救国，先易后难，通过招聘先当了一名辅警，在一家派出所上班。他从事的是社区工作，主要任务是协助社区民警开展治安巡逻、调解纠纷、矛盾排查、防范宣传。因为工作认真负责，肯动脑筋，不怕吃苦，多次受到奖励。他边工作边学习法律知识，经过三年努力，终于从千军万马的"公考"队伍中脱颖而出。李涛成了他师父。方哲勤学肯钻，脑子灵活，谦虚礼让，深得领导赏识，很快成长为业务骨干。他坚信，不是每一起案件都有条件侦破，但如果不死缠烂打，就真的没有侦破的希望了。这次对嫌疑人"雾木"的研判，如果不是他坚持到最后一刻，估计又要歇菜了。

"赵女士被骗的案件定性为网络诈骗，跟'套路贷'有什么不同？"在火车上，师徒俩展开了讨论。

"从作案的手段来说，电信诈骗主要是通过手机短信、电话、网络的方式实施，网络诈骗是利用互联网实施诈骗。电信诈骗包含网络诈骗，犯罪的目的都是诱使受害人给诈骗分子汇款或转账。要说区别，网络诈骗骗取数额较大，社会危害性相对较大。而'套路贷'就不同了，它不是法定罪名，而是一种行为，实施这种行为可能会构成诈骗罪、敲诈勒索罪、非法拘禁罪、抢劫罪等多种犯罪。具体构成什么罪要看行为人的行为和主观意图，以及造成的后果。这一类犯罪不同于一般的高利贷，是以'借款'为由非法占有被害人财物的犯罪行为。从诱骗或者强迫被害人签订合同到暴力讨债、虚假诉讼，不仅侵害被害人的财产权、人身权，还危害公共秩序，破坏金融管理秩序，甚至挑战司法权威，严重妨害司法公正。利用'套路贷'实施的犯罪，由于存在一定的接触性，查证起来想对容易些。通过打击治理，发案明显减少了。而电信网络诈骗对犯罪分子来说相对隐蔽，他们通过电话、网络、短信等，编织虚假信息设置骗局对被害人实施远程、非接触式诈骗，诱使被害人汇款或转账。

你知道，电话、网络、短信这些手段，因为高科技的加持，落地查人困难重重，比如你查的这个。"

方哲深有感触地点了点头。为追根溯源查到这个叫"雾木"的，花了他不少的工夫，连吃奶的力气都用上了。

"也就是说，'套路贷'要先投入一部分资金，而电信网络诈骗纯属空手套白狼。"

李涛笑了笑。他很满意方哲的回答，一点就会，是块好料，他想好好打造。

第二天中午，高铁抵达成都，他们先找到了当地刑侦部门，然后到属地派出所，请求协助。天下公安是一家，在出示了相关文书后，派出所长二话没说，安排一位有着丰富办案经验的治安刑侦组组长配合展开行动，力量不够随时调动。一行三个人便衣便车来到唐森居住的小区，通过物业明确了目标所在的楼栋。为了防止唐森销毁证据，他们没有贸然上门，生怕惊动嫌疑人。经过连日的观察，方哲发现了破绽。唐森有一个习惯，每次进出都把钥匙藏在大门外的脚垫底下。这一意料之外的发现为接下来的抓捕找到了良机。

在掌握了唐森的作息规律后的一个下午，方哲先一个人悄悄地摸了过去，找到钥匙，轻轻地扭动锁芯，直到大门松动后，他朝李涛招了招手，几个人同时破门而入，将唐森控制。所有的电子证据都储存在电脑中，完好无损。方哲在勘验中发现，唐森与他的上线"王姐"聊到了云阳市的赵女士，这对于案件的管辖和扩大战果尤为重要。李涛松了口气，辛苦没有白费。

把嫌疑人带到地方派出所后，李涛不顾连日奋战的疲劳，立即开展审讯。政策攻心之下，唐森一一坦白，诈骗犯罪的组织架构和层级基本弄清楚,各个环节的技师、讲师、键盘手、洗钱卡主陆续浮出水面。但"王姐"是何许人也,唐森千辩万解说并不知情,只知道她是"大区负责人",也是网上认识的,敢情是个虚拟人物。李涛通过内线电话把情况跟千里之外的陈向民做了汇报。陈向民在向陆局长请示后做出安排,让他们立即将嫌疑人押解归队,并再三嘱咐,路上一定要注意安全。

9

押解犯罪嫌疑人的警力一般按照二比一配备,遇到危险的人员力量还要增加,以防止人犯逃跑、自残。押解途中出了问题甚至逃跑那是要承担法律责任的。长途押解对李涛来说是经常的事,李涛不敢大意。他原先的计划是搭乘飞机返回云阳市,电话请示陈向民后,对方回复说现在办案经费紧张,为节省费用,还是坐高铁划算。

三个人上了火车,考虑到还有十几个小时的车程,以防万一,方哲提出把自己跟"雾木"用手铐铐在一起。李涛同意了,说:"这样也好,昨晚搞审讯,我们都没睡好,坐这么长时间的车,难免会打个瞌睡,只是委屈你了。"李涛又转向唐森,从背包里取出头套给他戴上,交代了有关政策,要他好好配合,有事必须报告,否则,对自己没好处。一路上还算顺利,到达目的地,陈向民已经带着人在站台上等候。出站后直接把车开到了办案中心,做好交接。

办理完相关的手续已是下午 1 点,陈向民对李涛和方哲说:"这几天你们辛苦了,走,中午我请你们吃大餐。"

　　三个人心照不宣地步行来到市局大院后门一路之隔的一家名叫"大众"的锅盖面馆。因为带个"大"字，他们来这里都叫吃大餐。别看是一家面馆，在当地却小有名气。他家的点心很有特色，什么蟹黄汤包、三鲜大包、三芽菜包、杂色小笼包等制作考究，浓浓的地方味儿，老云阳人最爱吃。尤其是白汤大面，口味香浓、远近闻名，李涛每次来吃必点。

　　因为已经过了饭点，人不是很多，老板阿金见一行人过来，赶紧迎了上来，问道："李头儿，还没吃呢？"

　　李涛点点头，说了声："老规矩。"便领着陈向民和方哲进了包厢。

　　李涛跟阿金熟，不仅仅是个人生活上的习惯，因为下班后，特别是休息日，嫌做饭麻烦，为讨胃的欢喜，经常在这里对付，还有一层别人不知道的原因是，阿金好赌。当年，他父亲因病去世，临终前把自己亲手经营了几十年的面馆和家传的配料秘方交到阿金手上，要他子承父业，发扬光大。可阿金的喜好不在蒸包子下面上，他整天游手好闲，跟一帮酒肉朋友下馆子、泡酒吧，店就交给员工管理，没几年就把父亲留下的财富糟蹋殆尽。有一次，阿金因为赌博被李涛他们抓获。李涛了解情况后深为阿金感到惋惜，不遗余力教育挽救，总算是让他浪子回头。阿金外带着还帮李涛提供一些社会上的违法犯罪线索，也就是影视剧中常说的线人。

　　阿金亲手给每个人下了一碗白汤大面，浇头是地方特有的宴春肴肉，外加几笼蟹黄汤包。

　　三个人在包厢里边吃边聊，对这次抓捕进行复盘，并对案情展开研究分析。

"这次能将唐森顺利抓获归案,方哲功不可没。最重要的一点是电子证据完好无缺。"李涛说。

"我也曾有过担心,一旦打草惊蛇,嫌疑人第一件事就是销毁电子证据。你知道的,这类案件犯罪嫌疑人为逃避打击,相互之间联系都用国外软件,当他们认为有危险时,如果删除了手机里的资料,就很难办了。'217'部里已经挂牌,等到结案,我会考虑为你们请功的。对了,你们对唐森的初步审讯有什么收获?他们的犯罪组织结构基本弄清楚了吗?这对我们扩大战果,实施全过程打击很重要。自从你们出发后,陆局是一天一个电话,盯得我头皮发麻。"

根据以往的办案经验,诈骗团伙都是公司化运营,有严密的犯罪组织结构,有负责管理的,有为实施诈骗提供服务的。唐森是负责"养猪"的主管,赵女士就是因为经受不住"剧本"套路的层层诱惑,慢慢掉进设计好的陷阱酿成大案的。

"到案后,唐森交代了对赵女士实施诈骗的全部作案过程,以及他负责管理的十几个马仔的情况。方哲对唐森手机和电脑数据的提取分析也印证了唐森交代的内容,不过……"

"不过什么?"陈向民急切地问。

"唐森还有一个上线,只知道网名叫'王姐',其他的一无所知。"

"这条线索非常有价值,我来联系网安的弟兄们请求协助。陆局对这起案件的侦破提出了'全链条打击'的要求,就是要对电信网络诈骗滋生、发展、壮大的各个环节进行全方位打击治理。现在电信网络诈骗案件高发,破案的难度越来越大,很重要的一点就是形成了黑灰产业链。以前的电信网络诈骗有着较强的地域特征，那些呈家族性案发的犯罪窝点经过打击已经很少见到了，取而代之的是分工紧密、各环节独立运作、流水线般无缝衔接的方式。我们做警察的也该换换思维，以前就案办案的条条框框已经过时了。全链条打击，是个新的思路，我们只能摸着石头过河。"陈向民侃侃而谈，临了又把工作做了安排。方哲负责数据侦查，固定相关证据，为将来的全链条打击和移送起诉提供证据支持；李涛负责对唐森的进一步审讯，摸清组织架构，深挖犯罪团伙的各层级成员，并制订下一步的抓捕方案。

方哲接受任务之后把自己关在了办公室里，对提取到的各类信息数据进行分析研判。数据量很大，他在各种信息汇聚的汪洋大海里畅游。说是畅游，其实不然。每天一上班就坐在办公桌前面对电脑屏幕做枯燥无味的数据分析，为赶进度，还经常加班到深夜，脑子里就像塞满了棉絮，头昏脑涨，头疼欲裂。他不得不借助眼药水、风油精清目醒脑。到了饭点不想吃饭，似乎感觉不到饿。真正感到饥饿难耐时就点份外卖。看的时间长了眼皮子会打架，实在睁不开眼就躺在沙发上眯一会儿。

李涛是一天几次来回跑，不是问吃了没就是问有什么收获，他的压力也很大。在派出所干社区辅警时，方哲对警察的认识是走街串巷，与大妈聊聊天，碰到邻里矛盾磨磨嘴皮，没有什么惊天动地的壮举。自从到了刑大，跟师父学了几年徒，才知道还有另外一片天地。耳濡目染李涛在工作上兢兢业业，像个拼命三郎，他深深地被感染了，他想尽快成长起来，成为师父那样的刑警。

连续工作了四天三夜，总算有了些眉目，基本弄清了诈骗团伙的架构和组织分工，但"王姐"的身份始终是个谜。方哲把这几天的工作成果向李涛做了汇报。李涛说："这些人精得很，不可能老用一个名字，查一下'王姐'上一次用的什么。"一句话提醒了方哲，他采用视频侦查中常用的视频接力，一个网名一个网名地向上溯源，最终确定"王姐"的真实名字叫丁琼。

再狡猾的狐狸也逃不出猎人的手掌心。身份信息明确以后，李涛勾勒出以丁琼为首的由代理、技术、讲师、键盘手、洗钱卡主组成的二十余人的犯罪团伙，这些团伙成员分布在五省七市。基本犯罪事实查清后，陈向民向陆海荣局长做了汇报，市局抽调精干力量分成七个抓捕小组统一行动，涉案成员全部落网。

10

案件成员抓捕归案后，本来以为工作量可以减少些，可李涛觉得时间还是不够用。追赃挽损，固定证据，移送起诉，每一个环节都有很多事情要做，好在几个部下都很能干，不需要自己操太多的心。在一次值班过后，他给吴建军打了电话，约晚上在美兰咖啡厅不见不散。

老吴按照约定的时间提前赶到了。咖啡厅生意好，迟了就订不到座位。他知道李涛忙，不能让他等自己。

咖啡厅位于长江路上的月华楼的最高层，这是云阳市少有的几幢高楼之一。马路对面是新开发的长江湿地。这里环境优雅，闹中取静，视野开阔。江面上灯火闪烁，百舸竞发，偶尔还传来长鸣的汽笛声。

说是咖啡厅，并不是只有咖啡，老吴占了一个卡座，点了一个酸菜鱼、一盘小龙虾，外加几个素凉菜，坐等李涛到来。

半个小时后李涛匆忙赶到，忙着打招呼："吴叔，对不起，让您久等了。下班高峰，路上有点儿堵。"

老吴表示理解，拿了一听可乐递给李涛，自己也开了一罐，说："你们工作日期间不许喝酒，叔知道，不能让你犯错误。今晚咱俩就以饮料代酒。"

"我们的禁酒令比别的单位是要严格些。"李涛接过可乐，语气里满是自嘲。

"听镇上老邻居说，有个大学生，因为什么'帮助罪'被你们抓起来了，据说还是名牌学校毕业的。"

"是'帮信罪'，不是'帮助罪'，'帮助信息网络犯罪活动罪'的简称。《刑法修正案》新增的罪名。就为了五百元，卖掉了自己的银行卡。家里急死了，不知怎么找到我父亲，让我打招呼，被我回掉了。"

"你们政法机关在搞教育整顿啊，这不是往风口上撞吗？我看你爸他是老糊涂了。"

"估计是面子上过不去，被逼得没辙过一下场吧。就为了几百块钱，这辈子算是完了。听说家里还是做生意的，按理说应该不缺钱啊。"

"对了，问你个事儿，个人问题怎么样啦？"

"还没着落。一来，工作这么忙，天天出差，没时间花前月下；二来，也没有遇到对上眼的，不能瞎耽误人家女孩子。"

"按说，你年龄也不小了，这么拖着也不是个事儿。你们家三代单传，你爸还指望着你传宗接代呢。吴静单位里倒有一个，人长得不错，文凭、家庭条件什么的都跟你般配，她让我征求你的意见，是不是找个时间见个面。过了这个村就没这个店啦。"

李涛理解老吴的苦心，他是为父亲做说客来了，想到上次在老家为这事跟父亲闹得不欢而散,感到良心上有些对不住。他对婚姻并不是完全排斥。李涛原本打算在事业上有了起色再解决个人问题,几代单传的现实使他不能不考虑父辈的感受。

"谢谢叔关心,吴静在法院上班也蛮忙的,我经常跟法官打交道,一个个抱怨只恨分身无术,恨不得一个人当成两个人来用……"停了片刻,李涛说,"我们家的事儿让您费心了,您说的事儿我一定考虑。叔,别只顾着关心我,也来谈谈您的事儿吧,我来也帮叔解解心里的疙瘩。"

11

在朱方路百脑汇卖场一楼转悠了一大圈以后,老吴杀了个回马枪,又回到那家专卖戴尔笔记本电脑的档口。他相中了一款轻薄的14寸的笔记本电脑。一个戴眼镜穿西装系领带的小伙子接待了他,问是不是相中了这款电脑,不惜口水地介绍这款电脑何等出色。老吴含蓄地点了点头,尽量装出一副老到的样子。老吴跟他交流了几句,感觉不比自己了解得多。

老吴沉浸在回忆中,香烟烧得只剩了海绵屁股还没觉察。李涛闻到了咖啡似的味道。等他发现不对劲儿时,李涛递了根要给他续上,被老吴拒绝了。他不喜欢抽细支的,说那玩意儿烧起来快不耐抽,还味淡没劲儿。他自顾自续了根烟,深深地吸了一口,又缓缓地吐了出来。那张饱经沧桑的脸顿时被轻烟包裹起来。他享受这种包围,沉醉其中,不想自拔。

"我问'眼镜'机器的配置情况,他反问我需要什么样的配置。我知道这是销售惯用的手法:以攻为守。如果答不上来,就会轻易被他看出来是个外行，我会成为案板上的肉。接下去只有听他天花乱坠地吹嘘配置有多么高、质量有多么好，反正吹破了牛皮不需要偿命，把商品推销出去是最最要紧的，他们还指望着靠它拿提成呢。当然，如果不会还价也会让'眼镜'狠狠地赚上一笔。幸亏我是做了功课的。我问'眼镜'：'我要的配置都有吗?'他居然没问我型号，就连声说'有有有'，生怕漏掉了我这条快要上钩的'鱼'。"

吴建军报出了自己所要的配置，最后让"眼镜"报个价。

一听配置，"眼镜"以为遇到了狠角色，没敢太离谱，思索了一下，报了个 4700 元。老吴看过柜台上的价格牌，相同的配置是 6799 元，现在一下就便宜了 2000 多元。老吴颇为满意，心想，知彼知己，百战不殆，做点儿功课没有坏处，一下就便宜了 2000 多元。他得意的神态自然瞒不过身旁胡月仙的眼睛。

"初战告捷助长了我的麻痹心理。其实，这也是深谙顾客心理的销售员对付懂行人的手段，那就是用较低的价格让你咬住钩，想方设法让你吞下诱饵，最后束手就擒。所以任何时候都不要低估对手，陷阱无处不在，较量时刻上演。这是你爸当大队长时经常挂在嘴边的一句话。可当时我大意失荆州，有点儿低估了'眼镜'。"

"要不说商场如战场，你以为说着玩啊。三百六十行，行行出状元。只是有些人走了大道正途，一些人走了歪门邪道。那些走了歪道的，报应是迟早的。"李涛话不多，句句在理，老吴非常认同，头点得如小鸡啄米。

"谈好了价格，'眼镜'找来了一张销售合同，跟我正儿八经地说要签个合同。他根据我要求的配置，一笔一画往纸上填写，那字写得狗爬似的，还不如小学生。不是我吹，都不如我那外孙……签过合同,'眼镜'说要先付钱才能看货。我也是疏忽大意,还没看到东西,怎么就叫她打款?她怎么就能轻易把款付了出去?手机一番操作,指头一按,大笔的钱就没了,也不说提醒我确认一下。这个败家的娘儿们。"

12

老吴说的娘儿们指的是胡月仙,为这事老吴经常怪她。胡月仙也不反驳,反而劝老吴,为这点儿破事儿经常唉声叹气,值得吗?俗话说,知夫莫若妻。几十年共同生活,她知道吴建军的脾气,包容他所有的缺点,但不是没有原则的忍让。家务事也从来不要老吴烦神。用老吴自己的话说,能娶到她是自己修来的福分。

"不是你同意付的钱吗,怎么还赖在月仙阿姨身上了?"李涛笑着说。

"不怪她怪谁,没看到货,也不提醒我,就掏出手机对着'眼镜'提供的微信支付码啪啪啪一顿猛扫,欺负我不会用微信付钱。"老吴强词夺理。老吴不习惯用微信支付,出门喜欢带现金。用他的话说,还是用人民币踏实。

不管踏实不踏实,两者的效果是一样的,4700 元的真金白银一眨眼的工夫就钻到了对方账户里,像孙悟空变戏法,不发出一点儿声响。

"接下来,我被'眼镜'移交到了负责售后的胖子手里,说要跟我交代关于售后保修的问题。"

胖子看上去二十多岁,慈眉善目,做事很负责,也很专业。他逐条逐款地跟老吴解释机器保修范围、项目、期限,还问需要安装什么软件。老吴心想，服务还真周到。没想到最后胖子说了句"装软件是要收费的"，而且价格还不低，每年都要交使用费。"第一年安装操作系统的版权费要交给本店，以后自己在网上交就可以了。"胖子说。吴建军感觉不对劲儿，问胖子："卖机器不都是带操作系统的嘛，怎么会年年交费?"胖子解释说："你买的是定制版的，公开版就不用收费。"说到这儿，一旁的胡月仙实在看不下去了，习惯性的大嗓门如约而至："刚才介绍的时候他（指'眼镜'）怎么不说，这不忽悠人嘛。我们不买了，退钱。"

"说实话，我当时还非常感激胖子，幸亏他解释得很到位，提醒得及时，否则买回去还要一笔不小的开支。"

李涛听得很仔细，还没发现有什么猫儿腻。买卖嘛，总有疏忽大意的时候。反正物品还没有交付，退款是理所当然的事。即使拿到手，根据《消费者权益保护法》，还有七天无条件退货一说。

"钱退了吗?"李涛问。

"要肯退倒没有后面的事了，到嘴的肥肉哪能那么容易吐出来。现在想想，全他妈套路。"老吴显得很气愤。

不逼到退无可退，老吴决不会骂娘。李涛感觉眼前这个经过炮火洗礼的吴叔血管里的血液在加速涌动，连毛细血管都在扩张。暖黄的灯光下，由于气愤，原先亮黑色布满皱纹的脸浮起了淡金色的光。老吴不是个会藏着掖着的人，有时他想得很开，对什么都满不在乎，但对于欺骗却不能容忍。

这时，一名女服务员走了过来，挑起一根食指竖在自己的嘴唇上，意思是要他们说话小声点儿，别打扰旁边的客人。李涛赶忙打招呼，并提醒老吴注意，这里是公共场合。

"这胖子售后是不是很认真、很负责?"老吴反问起来。

"看上去是。"李涛模棱两可道。职业的习惯使他对任何事情都不敢轻易下结论。

"如果不是后来发生的事,我还准备在自媒体上叽咕叽咕,表扬胖子一番呢。"

买卖不成仁义在,生意做不成,退钱是天经地义的。听老吴的口气,似有不白之冤,难道里面还有什么猫儿腻,甚至见不得阳光的罪恶?李涛的职业病犯了。一日从警,终身为警,不仅是身份上认同,还包括习惯、思考、言传身教,时刻想着自己的言谈举止是否对得起身上的制服。这是从警后父亲常对他说的话。尽管走这条路多少有些身不由己,从小耳濡目染,受父辈的熏陶,特别是吴建军的面命耳提,对这份职业有着更深的理解。既然加入了,就代表着奉献,也意味着风险,关键时刻甚至流血牺牲。还记得多少年前从警察院校毕业踏上工作岗位穿上警服的那一刻,在举办入警仪式上,他和几名同事面对党旗庄重宣誓,当念到"恪尽职守,不怕牺牲"时感到热血澎湃,眼里满含着泪水。他嘴上读着誓词,心里暗下决心,决不能亏欠了头顶的国徽,要干就干出个人样儿。李涛来了兴趣,他想听老吴继续说下去。

13

胡月仙要求退款的声音很大,店堂内的人有一半都把目光投了过来。声音也招来了一个自称是主管的人,看上去三十岁左右,个子不高,留一头长发齐刷刷倒向脑后,像极了二十世纪八十年代流行的一种发型——叔叔阿姨头。女人剪了这个头,前面看上去像阿姨，后面看上去像叔叔；男人剪了这个头正好相反，前面看像叔叔，后面看像阿姨。这种发型早已淡出时尚圈，想不到几十年后在这里还能碰见。

"阿姨头"走过来问了下情况，掉转头对毕恭毕敬站立一旁的"眼镜"训斥道："你真的没跟人家说清楚这是定制版吗？跟你说了多少次，一定要跟顾客讲清楚。"接着叔叔长阿姨短地把老吴夫妇俩请到一张小玻璃圆桌前坐下，再三解释："'眼镜'才来没几天，业务不熟练。既然不想要这款笔记本电脑，那就另外选一款。"态度极其诚恳。

俗话说，不是一家人不进一家门。胡月仙的眼里也揉不得沙子，跟老吴一样，对说谎欺骗非常憎恨。这与她小时候受到的教育有关。她的母亲出身大户人家，上过几年私塾。胡月仙打小就有明晰的是非标准，外加天生的假小子性格，喜欢伸张正义，路见不平，总要上去说几句，似乎不说就有一口气堵在心口。长大后，不再那么锋芒毕露，但嵌入骨子里的嫉恶如仇的秉性是不会轻易改变的。当"阿姨头"态度极其诚恳地请求胡月仙给"眼镜"一个机会，重新选一款笔记本电脑的时候她反倒不知所措。她无助地盯着老吴，那意思，你看着办吧。

吴建军本来想一退了之，他还要给外孙买数码玩具，那是有过承诺的。老吴大老远地赶到省城来，是兑现承诺，顺便带胡月仙出来见见世面。结婚以来，胡月仙几乎没机会出远门。她承担了买菜、做饭、打扫卫生等所有琐碎而又繁重的家庭劳动，几十年来对家庭的默默付出，老吴一直记在心里，也很感激。早就想带她出来走走，但一直没时间。现在，虽说退休了，可以不用经常加班，但有个外孙要照料，并没有多少属于自己的时间。所以，只要得空儿，总想给老婆一点儿补偿。

如果不是被"阿姨头"口头上的诚心实意打动了，老吴也不会一步步按照别人设定的路子走下去。有时候，换位思考的同理心容易使人犯迷糊。以前都是老吴让犯罪嫌疑人按照他的设想一步步进入设定的口袋，不知不觉中就犯下迷糊，交代出还没有掌握的犯罪事实。心理学上说，人在面对诱惑或者压力的时候往往会大脑短路而一意孤行，而此时最容易辨不清方向，以至于做出截然相反的选择。

现在，皮球被胡月仙踢过来，老吴犯了迷糊。老吴后来想想，"眼镜"根本不值得怜悯，胖子不值得表扬，"阿姨头"的热情根本就是装出来的。他们按照事先准备好的剧本共同上演了一部活闹剧，把老吴朝他们设定的套路上引。可怜的"上帝"被蒙在了鼓里。现在看来还好是不明就里，否则以老吴的性格，一场冲突不可避免。对于吴建军这个上过战场、勘过现场、立过战功、破案无数的特殊顾客来说，自己上当受骗被宰简直是奇耻大辱，他决不能原谅自己，更不会放过一切与以非法手段侵害他人合法财产的魑魅魍魉作拼死斗争的机会。

当他从省城回来以后，总觉得哪里不对，吃饭不香，睡觉不甜，干什么都打不起精神。吴建军想弄个明白，他觉得他们的套路跟"套路贷"的诈骗形式有几分相似。"套路贷"是利用诱惑让你一步步走进圈套，滑入陷阱，上当受骗，最终求生不能，求死不得，在痛苦和折磨中挣扎，在后悔中艰难度日。两者的目的也一致，都是为了受害者口袋里的钱，而吴建军的物质损失也就那么些，受到的精神伤害反倒严重些。到底构不构成违法犯罪，他捉摸不定，希望有人能从法理上给他满意的解答。他在烦躁焦虑中度过了一天又一天。

14

老吴当然读懂了妻子投过来的无助的目光。夫妻生活了几十年，一句话、一个动作，哪怕是一个眼神，老吴都理解得很透。现在，"阿姨头"这诚恳的态度，"眼镜"也差点儿要跪下来磕头，老吴也没了招数。他没有坚持退款，想再看看有没有合适的，本来就没想过空手而归。他站了起来，重新踱回整齐地摆放着一台台笔记本电脑的展示柜前，像当年勘查现场般逐个细细研究，从型号到尺寸到配置，CPU、显卡、内存、硬盘，还不时地用手机上网查询比对。他以前在网上挑选物品从不轻易下单，必须经过反复比较，好中选优。为避免买到以次充好的劣质商品，老吴会从多个店铺中找到类似商品反复对比，买到手的东西确实物美价廉，还常在胡月仙面前炫耀自己的眼力不错。老伴儿就笑他迂腐，像他对待工作的态度，过分追求完美。

转了一圈重新回到座位上，主管以为老吴有了眉目，就靠了过来，问他看中哪一款了。吴建军想了一下，说道："其他的我一个都看不中。"他不想再耗费时间了。

"看不中就退。"胡月仙的态度又坚决起来。别看她平时讲话慢声细语，说话办事杀伐决断从不拖泥带水。老吴不再说话，冷眼旁观她和主管交涉，静观其变。他认为，这种事还是让胡月仙出头比较好，不管怎么说，老警察的形象还是需要维护的。

"退钱是不可能的。"主管的脸色起了变化，语气也很坚决，丝毫没有商量的余地。

"抢钱哪，我又没拿到你的货，凭什么不退？把你们老板叫来！"胡月仙看出了其中的猫儿腻，不依不饶，发起飙来了。老吴平时还没看到过她那么大嗓门跟人讲话。

"签了合同就不能退。""阿姨头"主管跟胡月仙两人你一言我一语地呛了起来，声音越来越高。鉴于警察的身份——潜意识里还是把自己当成了一名警察，老吴一言未发，冷眉横对。他有自己的底线，那就是双方动嘴不动手。其他柜台上的销售员目光都被吸引了过来，没有一个要劝架的意思。旁边的柜台没有一个愿意多事的，说不定他们已经司空见惯了。寥寥的几个顾客也是一副事不关己高高挂起的样子。小圆桌旁坐着一对年轻夫妇，也是来买电脑的，正等着重新验货。在胡月仙与主管争吵的当儿，夫妇俩跟老吴抱怨说，他们也是先看中了一款笔记本电脑，付了款后售后说是定制版，每年要交软件使用费，不合算，才换了别的型号。多年的职业生涯让老吴觉得似乎哪里不对劲。几十年的警察生涯，侦破的案件大大小小数以千计，不可能每起案件的侦破都顺顺当当。在遇到困难时绞尽脑汁、苦思冥想、山穷水尽后，灵感来了，于是柳暗花明又一村。有人形容这是警察的第六感觉，往往很灵验，也很神奇。个中缘由也许心理学家会找到答案。

其实老吴是有所警觉的。在他跨进这家卖场没多久，曾看见一位顾客跟销售员吵过一架。顾客嘴里骂骂咧咧，还差点儿与销售员动起手来。那位顾客被销售员推出大门那一刻，嘴里一直愤愤地骂着"黑社会，你们是黑社会"。吴建军当时还在想这位顾客是小题大做，一定是服务方面不周到，受了点儿委屈，随便说说出口气罢了。当时，老吴还打算上去劝那位顾客消消气。虽不是皇城根下，毕竟也是省府驻地，怎么会有黑社会当道？小题大做，无中生有，他当时就是这么认为的。事实证明，老吴想错了。

"亏叔还干了半辈子警察。"李涛笑着说道，"你以为还是十几二十年前，舞刀弄棒的才算黑社会？杀人放火才算黑恶势力？时代在进步，技术更新换代，移动通信都换了几代，每一次换代升级都伴随着科技的巨大发展和社会的重大变革。作案手法肯定也会水涨船高，花样百出。黑恶势力难道就不懂得伪装，换一副友善的面孔来掩藏骨子里的恶？恕我直言，你一定是遇到了'软暴力'。前段时间，中关村打掉了一批强买强卖犯罪团伙，五十余名犯罪嫌疑人获刑。看过报道吗？"

老吴摇摇头。

"犯罪团伙一般分为三个层级，分别为出资人层级、店长层级和店员层级。在形成较为固定的组织后，他们先在网上以低价销售电子产品吸引被害人到店交易。在被害人交款后，又以手机是合约机、电脑需登录企业账户等为由要求被害人继续交款。在被害人拒绝交钱后，威胁被害人拒不退还已交款项，最终完成交易。"

"结果呢？"

"法院以强迫交易罪判处五十余名被告有期徒刑。"

"那么，使用语言暴力，进行程度较低的恐吓、威胁，比如说，不买就不退钱。虽说最终也完成了交易，但违背了购买者的真实意愿，是不是也该算'软暴力'？"老吴似乎灵光乍现。

"强买强卖肯定是算得上的。至于够不够罪，还有数量或者情节上的认定，没有经过调查和证据支撑我没办法回答你。"

老吴一拍大腿："我说嘛，总觉得哪里不对劲儿。"

"哪里不对劲儿了？"

"你看啊，'眼镜'把我引到他店里，我报再低的价格他都答应。签完合同交完钱，他把我交给胖子售后。售后告诉我说是定制机，要我多交一笔钱，我肯定不会答应。这时'阿姨头'主管出场了，他先是哄，目的是让我换机器，好让他以比市场价更高的价格卖出，赚取高额利润。幸亏我没有再上当。"老吴把手中快要烧到烟尽头的香烟狠狠地嘬了一口，"我总觉得哪里有点儿不对劲儿。"

"那是你嗅到了犯罪的味道。"

"对呀！"老吴猛然一拍桌子，声音很大。可能下手有点儿重，不停地甩手，龇牙咧嘴的。

"亏你还是一个老刑警。那你说说，是一种什么样的味道？"

在重案队主政，李涛经常把问题抛给属下。如果能经得住"三问"，工作上的事情基本上不需要烦什么神，因为提问都经过深思熟虑，是要害、是关键，都具有方向指导性。背地里，队员给他起了个绰号——"李三刀"，意思说每个问题都像一把刀子，刀刀切中要害。这都是被逼的，重案队就是一个火盆，统共有十几号人，在刑大是个门面，大家的眼睛都盯着。作为一把手，天天像架在火盆上烤着，没那个金刚钻，怎么揽瓷器活。虽说不需要事事在前面冲冲杀杀，但思考是一刻都不能停止。再加上侦查员们个个精明得像猴子，没几把刷子，这个队长的位置一天都坐不下去。

"贪婪。"老吴思索了一下回答。

"你看，正常的店铺，你走进去，顶多一两个销售员迎上来。你只要不说话，他们会知趣地走开。逛街嘛，其实也是散心。一群人围着你，七嘴八舌问你要买什么，像一群苍蝇一样围着，哪还有什么心情闲逛。所以，当一大帮人围着你，追着你问这问那，迟迟不肯散去，那是闻到了'铜臭'的味道，是贪图你口袋里的钱。他们装得跟亲孙子似的，口蜜腹剑，其实你就已经有了戒心，因为你闻到了贪婪的味道。"

老吴如梦初醒，不停点头："你说得一点儿不假。"

15

事情并没有全盘托出，李涛也仅仅是猜测。如果事情的前因后果都没有弄清楚，就匆忙下结论，会给案件的定性带来被动，这可是办案的大忌。

"后来呢？"李涛问。

"月仙的性格你是知道的，只要脾气上来，天王老子她都不怕。问题是这是省城，人生地不熟的，强龙难压地头蛇。我生怕她弄点儿什么大动静来，让我下不了台。"

就在老吴暗暗着急的时候，来了个小块头的男子，年纪在三十来岁。他自称是店长，用眼神支走了"阿姨头"主管，坐下来继续跟老吴沟通。"阿姨头"极不情愿地走开了，远远地站着。

老吴已经完全没有了购买的兴致，一心就想退钱走人。可钱在人家手上，还不知道在哪几个账户里倒腾。他还担心"眼镜"会跑掉，他可是收款人，最直接证据。所以，在沟通过程中，他叫胡月仙一定要盯住正在接洽另一拨人的"眼镜"。他要是失踪了，这些人再推说不认识，找谁要钱去？让他烦心的还有另外一件事，已经买好了返程的车票，距发车时间不多了。他只希望尽快商量着了结此事。万不得已的情况下只能拨打 110 求助。找个什么理由呢？110 会不会以买卖纠纷不属于他们管而拒绝出警呢？他要把退路都思考周全了。

处变不惊、临场不乱，这是合格的侦查员必须具备的素质。

"跟小块头店长的沟通并不那么顺利。他还是叫我最好另选一款。你知道的，出样的笔记本电脑标价都不低，不管你选中了哪一款，不仅一分钱的优惠都不会给你让，配置还要低很多。因为主动权已经不在你手上了，欠钱的成了大爷。你不再是主导的一方，钱在对方手里，认定你买也得买，不买也得买。"老吴有些气急，喝了口饮料稳定一下情绪。

"那你们谈得如何？有结果吗？"

"结果还是必须得买，而且给我推荐了一款连样品都看不到的机器，还说很符合我的要求。真是岂有此理！"

老吴事事都追求完美，不仅工作上如此，对自己生活上用的东西也很挑剔。看不到机器，说得再天花乱坠，也是不见兔子不撒鹰。要不然直接在京东、天猫、淘宝购物好了，何必要大老远跑到省城来。店长见老吴是外地口音，以为凭自己在商场多年的经验，一定能摆得平。旁边的一对老夫妻，在他的威逼利诱下，还不是乖乖地换了一款别的型号的电脑了事。这次他却看走了眼，遭到了吴建军的断然拒绝。

"看到我再没有买的意思，小块头店长跟我谈起了合同，说到了违约责任。当时我想，这不是关公面前舞大刀嘛。与法律打了几十年的交道，这一点我心里还是有点儿底气的。"老吴当年曾是刑警大队屈指可数的通过高级执法资格考试的人员之一。说起来还真是难为他了，因为上面有要求，公安机关勤务执法部门的警察必须通过执法资格考试。考试分三级，初级、中级、高级。初级考试没什么难度，基本都能通过。中级、高级考试就有些困难了，特别是高级，没有一定法律知识的积累休想通过。老吴的文化底子本来就薄，可他偏偏不信邪、不认输，硬是花了比别人多得多的时间，吃了比别人多很多的苦，最后通过了考试。他承办的案子，到了检察院基本一趟通过批捕，没有一件退查的，这需要相当的功底。他不仅精通法律，而且办案经验丰富。只要是棘手的案子，头一个想到的就是他。从受案、侦查、取证、审查、逮捕到起诉，每一个环节，每一道工序，没有他搞不定的。有一年夏天，大队牵头侦破一起销售假冒伪劣手机的案件，专案组顺藤摸瓜，找到了深圳华强北电子商城。为了追求高额利润，一些商贩昧着良心将收购上来的旧手机批量进行翻新，贴上品牌机的标签后进行批发销售，扰乱了正常的市场秩序。商户之间常常抱团取暖，心照不宣地互相打马虎眼，共同设法抵制从各地赶来执法办案的警察。那天，老吴带着几名便衣侦查员进场去拘捕一名犯罪嫌疑人，因为未来得及跟当地同行联系，马失前蹄，遭到档口上百号经营户的围堵。如果不及时处置，围上来的人会越来越多，无法脱身。千钧一发之际，老吴双手高举，一手举着执法仪，另一手拿着逮捕证，边冲边用他那高八度的嗓音大喊："警察办案，警察办案，让……让，让……让。"因为个子瘦小，人们仅看见两只手在黑压压的头顶上来回晃动，却锐不可当、势如破竹。别看他个头儿小，小有小的好处。他冲在前头，用敏捷的身体带领大家在人海的缝隙中左冲右突，迂回穿插，居然冲出了重重包围，有惊无险地完成了任务。

一个优秀的老侦查员居然也会看走了眼，钻进了别人布下的圈套，虽说脸上无光，但仔细一想，这没什么好自责的。商场如战场，隔行如隔山。人非圣贤，孰能无过。李涛想知道套路底下到底有着怎样的罪恶勾当。

"店长拿出刚才签过的合同，有板有眼地一条一条跟我解释。我跟你说，李队，哦……不，李涛，有文化的就怕碰见没文化的，秀才遇到兵，有理说不清。小块头店长要跟我谈合同，还搬出来《合同法》，不瞒你说，我还暗暗地高兴了一下子。才一个回合下来，我就蒙圈了，知道为啥吗？"

这次轮到李涛摇了摇头。

"我是遇到兵了。他的法律知识不是生物老师教的就是化学老师教的，起过化学反应。"

李涛有些不明白。

"合同上有一条：收到商品七日内有质量问题可以退货。你猜他是怎么跟我解释的。发现质量有问题才可以退货，你没发现质量有问题，不能退。问题是，我还没看到货，到哪里去发现质量上的问题。这期间，他还带我去看了几款电脑，价格虚高不说，配置也低，还不能讨价还价，标什么价就是什么价格给我，没有任何商量的余地。与刚开始接待我的态度截然不同。我知道，这个时候，我就是案板上的肉，只有等着挨宰的份儿。我坚持要求退款。店长态度很坚决，说不能退就不能退。把我退货的路给堵得死死的。胡月仙也忍无可忍，说：'你们这是欺诈，强买强卖。'店长是死猪不怕开水烫，一点儿都不留商量的余地。我满肚子的法律条文、司法解释，在不怕开水烫的死猪仔面前一文不值。僵持了几分钟后我跟他说，不退就报警。我这不是威胁，我被逼到了墙角，没有退路了。你知道店长怎么回答？"

"人家可是专门吃这碗饭的，还怕你报警不成？"

"你猜对了。他说，你报警好了，报也没有用。看样子这种事儿他遇到的多了。我当然不信邪，当场就拨通了省城的 110 报警电话。"

一名老警察打 110 电话报警求助，可真是为难老吴了。李涛知道，他是个要面子的人，他经常在别人遇到困难时给予帮助，但从不轻易要求别人帮忙。

可以想象吴建军在拨打报警电话前所经历的心理挣扎。

"真的难为情死了。当时如果有地洞，我肯定钻进去。"他目光游移，呼吸起伏不定，黝黑的脸上闪现出暗金色的光。那其实是脸红，因为黑，失去了红润的色泽。老吴低着头，不停地转动手中的玻璃杯，酒红色的液体不停地打着旋儿，几乎要晃出来。他还在懊恼当时的窘境。老吴对自己的过失不会无动于衷，一定会想方设法进行弥补。曾经有一次，他乘公交车。车上人很多，放在屁股口袋的几百元钱不翼而飞，他发觉后大吃一惊，但没动声色。警察被扒手黑了，要是被同行知道，那要丢多大的脸面。他悄悄地观察了一圈，一个中年人引起了他的警觉。他假装下车，从后门下去，又返身到前门，上了同一辆车。他挤到中年人前面，故意从上衣口袋里掏出两张百元大钞塞进了后屁股兜里面。果不其然，就在这个人下手的时候，老吴一把将他的手薅住，并给他戴上了锃光瓦亮的手铐。可这一次，想不出补救的法子，他走投无路了。

16

夕阳已经西沉，绚丽了半个天空的烫金般的火烧云忽然间卸去了浓妆,恢复了灰白的本色。落日的余晖不甘心就此沉沦,从厚密的云层下回光返照,在天边做垂死挣扎。因为视觉的错乱,悬在半空中的长江在天际微弱的亮光映照下发出蓝白色的光。江面上船影绰约,灯火点点,各奔前程。偶尔传来悠长的笛声划破长空,驱散夏热烦躁的愁绪,给沉闷的夜色带来一丝生气。紧挨月华楼的八车道长江路上灯光璀璨,宛如一条发光的金腰带。大堂内,中央空调不停地吐着冷气,龟背竹、虎皮兰、散尾葵、量天尺、滴水观音等大型绿植苍翠欲滴。店堂的静谧凉爽与高楼外的喧嚣燥热宛若两个世界。

李涛今天心情不错,下午去看守所提审了丁琼,宣布了逮捕决定,案件可以暂告一段落了。老吴心事重重,对眼前的美好视若无睹,他在向李涛倾诉内心的烦闷之后陷入了短暂的孤独。他个性倔强,从不轻易麻烦别人。李涛理解他的愤世嫉俗却又一筹莫展,老警察的脸面没地方搁。吴建军豪放不羁、淡泊名利,战场上的生死经历使他对一切都看得很淡。他可以捐出一个月的工资去帮助遭遇家庭变故的辅警,他也曾长期资助因遭受大炮轰炸而失去父母的孤儿直到大学毕业。面对职务晋升的败绩他可以一笑了之,面对部门领导的批评他能够泰然处之。现在,居然在省城受制于人。他怒火中烧忍无可忍却又无计可施,堂堂七尺男儿身处异地他乡孤立无助的挫败感让人觉得有些可怜。孤立无援中,老吴迫不得已才向警察求助。当时也不是一点儿招儿没有,老吴在禁毒大队工作期间的领导现在省厅治安总队就职,他实在不好意思为这点儿破事去麻烦别人。

"叔,这不能怪你,你没有做错什么,也不需要自责。就像我们的身份虽然是警察,但犯罪却无时不在,这不是警察造成的。

我们的责任就是预防和打击。要说丢脸，是丢的省城的脸。"李涛劝老吴。

"不管怎么说，以前我们是 110 的主角，群众有困难，都是我们去处理。现在却反了过来，麻烦起同行来了，总是件不光彩的事……打了报警电话以后，几名警察很快就到了现场。其中一个挂着二级警督警衔的大个子边登记边向我要身份证件。我说身份证忘带了，只有退休证，掏出来递给他。他抬起头朝我瞟了一眼，然后问谁是这里的负责人。一个五大三粗的年轻人从人群中冒了出来，自称是这里的经理。二级警督用不容辩驳的口气厉声地说了句'跟我过来'，经理二话没说，乖巧地跟着到大门外边的广场上。"

退休证上有吴建军的原工作单位和退休时的警衔，处警民警应该知道了他的用意，所以才把经理单独喊到旁边商量怎么妥善处理这事，或许也就是例行公事了解了解情况。大凡纠纷类的警情，只要没有人身伤害，警察来了之后，两边劝劝，一般事情也就过去了，对于不属于自己职责范围内的事都会移交给相关部门处理。

"你真没带身份证？不对啊，乘高铁必须带的，否则安检就不会让你进站。"

"我不是怕闹出什么不愉快嘛，提前亮明身份，打个预防针。你想啊，几千块钱，虽不是什么大数目，但毕竟不是偷来抢来的。这笔钱现在还不知道转到哪个账户里了，返程车的时间也不多了。我不亮身份，人生地不熟的，什么时候才能拿回我的钱？我让处警民警知道我的身份，避免到时候大家都下不了台。"

"你是想化被动为主动。"李涛说。

"事实上，我这步棋走对了。也许是我以小人之心度君子之腹，即使我不亮明身份，人家也会一样对待。跟你说句实在话，如果对方再跟我玩套路，再逼我买他的电脑，不肯还我钱，当着警察的面，我索性把事情闹大。或许，还真像你提到的中关村一样，在朱方路的卖场，真的有强买强卖的黑恶势力存在。那说不定还为省城除了一害呢。"

17

李涛希望这仅仅是个案。

按照法律规定，强迫交易罪，是以暴力、威胁手段强买强卖商品，强迫他人提供服务或者接受服务，涉嫌下列情形之一的，就应当立案追诉：

（一）造成被害人轻微伤的；

（二）造成直接经济损失二千元以上的；

（三）强迫交易三次以上或者强迫三人以上交易的；

（四）强迫交易数额一万元以上，或者违法所得数额二千元以上的；

（五）强迫他人购买伪劣商品数额五千元以上，或者违法所得数额一千元以上的；

（六）其他情节严重的情形。

构成本罪就要从犯罪主体、客体、主观方面、客观方面四个要素进行分析。李涛按照老吴所遭遇的这件事分析，要使罪案成立，犯罪主体应是达到刑事责任年龄且具备刑事责任能力的自然人，这没问题。从老吴的讲述来看，从"眼镜"到"阿姨头"再到"小块头",甚至"经理",多个环节中的当事人都是成年人。主观方面,环环相扣,都表现为直接故意,有占有他人合法财产的显著目的,不存在过失犯罪。从犯罪客体来看,侵犯了交易相对方的合法权益,而且扰乱了商品交易市场的秩序,使老吴的合法权益受到了侵害。本罪在客观方面必须是以暴力、威胁等手段强买强卖商品。此案使用暴力和威胁是重点,在这一点上,老吴的认识比较模糊,因为他对"软暴力"没有什么概念。否则,以他的法律水平,在罪与非罪的判定上拿捏得还是非常准确的。

"警方处理的结果,你满意吗?"

"当然,当时的想法很简单,能拿回属于我的钱就心满意足了。"

"莫非现在起了变化?"

"嗯嗯,当我回过头来想想,感觉自己是被套路了,特别是听了你的那些话。"

"你指的是中关村的案例?"

"嗯,一点儿不错,特别是关于'软暴力'的解释。"

"那当时怎么没回过味儿来?以你通过高级执法资格考试的能力和长期的办案经验,似乎不该犯这样的错误。"

"多方面的因素。一,赶时间。二,人生地疏。三,脸面,不想给同行添更多的麻烦。还有……"

"还有,最重要的一点,你放松了学习。你的时间全被外孙占据了。对吗?"

"嗯……"

"'软暴力'手段之所以被称为'软',是因为它往往是通过间接方式造成损害或者伤害,危害后果的发生具有滞后性,不像暴力犯罪来得直接。中关村审判实践无疑具有指导意义。"李涛娓娓道来。

老吴的小眼睛吧嗒吧嗒起来，就像刚上一年级的小学生，听得专心致志。

"那你帮分析分析我的事。"老吴说。

"你还差我一个结果，最后到底怎么说的？"

"警察和经理商量的结果就是让我承担两百元的损失。"

"损失？哪里来的损失？商铺有什么损失？毛都没碰到一根，你连机器到底是什么样子都没有看着，就要让你支付两百块钱，敢情你是来献爱心的呀。电商的七天无理由退货，顶多也就承担个运费。况且你是在受到了欺骗，店家没有如实告诉你是什么定制版、需要额外再交一笔费用的情况下签的合约啊。何况这根本是子虚乌有。"李涛愤愤不平。

"快别提什么定制版、公开版了，那就是他们欺骗顾客的手段。后来我上网查了，笔记本电脑根本就不存在定制版一说。手机倒是有这个说法，根本就不是一个概念。否则，纠缠了几个小时，怎么见不到货呢？唉，还是怪我功课没做到家，真如你说的，我是该抽点儿时间充充电了，不能老围着外孙转。身体是在走下坡路，但思想不能滑坡，道德更不能。这个年代，止步不前就是倒退，不学习注定要被社会淘汰。"老吴深有感触地说，随后问，"签了协议就不能退钱，只能换其他品种。这算不算软暴力？"

"他们是在走钢丝，钻法律的空子。签了协议只能换不能退，且不说这协议是在你受蒙蔽的情况下签的，违背了你真实的意愿，协议上你要求的产品存不存在，或者你要的价格能否拿得到，还要打个问号。它导致的结果往往有两种：一种是息事宁人，被迫换机器，高价被宰，违背了买卖的初衷。还一种就像你这种情况，不信邪，用法律捍卫权益——报警，警察出来协调，你交了两百元所谓的出库费也好，运输费也好，你拿回属于你自己的钱。其实店铺并没有什么损失，它白白获得了两百元。你交这两百元肯定觉得冤，但由于警方的介入，使得商家的行为被洗白，看上去合法化了，你就会息事宁人。就像'套路贷'，犯罪嫌疑人事前通过网络、电话、短信、小广告这些渠道，以'无抵押、无担保、快速放款'为噱头，引诱受害人借款；事中骗取受害人签订阴阳合同、虚高借款合同，虚构资金转账流水，肆意认定违约，迫使受害人继续借贷平账，恶意垒高债务；事后通过提前准备好的虚假证据提起民事诉讼或采用泼油漆、堵锁眼、跟踪滋扰、威胁恐吓、电话骚扰等方式催讨债务，侵占受害人的财产，或者用公权力为后盾，通过官方渠道对自己的违法行为进行洗白。"李涛说。

"按你这么说，像我遇到的这种情况，那些人已经涉嫌犯罪？"

"构成强迫交易罪立案追诉的标准有六条，只要满足其中一条，就应当追诉，比如第三款：强迫交易三次以上或者强迫三人以上交易的。"李涛说到这儿停顿了一下，眉头微微一皱，"我的猜测绝对不止。照你所说，那天你还有那对老夫妻就有两个人了。问题的关键在于取证困难。虽然被强迫了，但总算拿到了商品，获得了心理上最低限度的安慰，一些人就多一事不如少一事。再加上外地人居多，报案的少之又少，助长了这伙人的嚣张气焰。这问题迟早要解决，它就是个瘤子，不开刀就会脓肿、腐烂、发臭。"

"是啊。脓肿、腐烂、发臭。"老吴自言自语，若有所思。

"事出反常必有妖。您的警觉是对的，这事儿不会那么简单，受损害者肯定不止一个两个，派出所能查到报警人的记录。我会把线索通过渠道转交给有关部门。叔，您放心，善恶有报，不是不报，时候未到。"两人边吃边聊，不觉已坐了两个小时，老吴觉得舒坦多了，脸色也红润起来。他长长地嘘了口气。

长江路上依然人流如织，车水马龙，城市的夜生活开始了。两人吃完饭，吴建军掏钱要去结账，被李涛拉住了。

"叔，现在收银台都不收现金了。这顿饭我来请。"

"真的吗?"老吴半信半疑，眼看着李涛用手机结完账，后悔自己没把这个也学会，感觉像欠了李涛一笔账似的。

李涛看出了老吴内心的不安，笑着说:"叔，如果不好意思，等你学会了手机支付，不再使用现金，回请我一顿。"说完，两人肩并肩朝电梯口走去。

"唧——唧——"大厅的绿植间传来蚂蚱凄凉的尖叫声。夏天已经过去，秋天悄然而至，吴建军坚信，这秋后的蚂蚱蹦跶不了几天了。

　　（贺建华，江苏省镇江市润州区警察协会秘书长。中国社会主义文艺学会法治文艺专业委员会特约作家，江苏省公安作家协会会员，镇江市摄影家协会会员。出版发表多篇小说、散文、诗歌。中篇小说《套路》《搭档》分别荣获第二届、第三届江苏金盾文艺奖）

蜂王

疏木

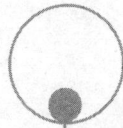

一、紧急救援

暑期休假终于得以成行，我正暗自庆幸。然而，此时胯下的座驾却在 G65 高速路上出了点儿状况。

从水江服务区加油出来，继续行驶一公里，突然眼前晃过一片白影，汽车引擎盖跑飞了，一路好找也不见踪迹。车头像是被揭去天灵盖的颅脑，脑髓纹路在太阳底下亮闪闪的，暴露无遗。

看着刚才还自信满满、欢快蹦跶的大切诺基像只受伤的兔子，在路边树荫下趴了窝，闪亮着两只不服气的血红眼睛，我拨通了民宿的订房电话。

按照民宿老板的建议，我只得驾驶着没了脑盖的汽车重新上路，继续前行。现在我所处的位置距离度假目的地——天池苗寨还有将近一百二十里路，距离县城也有五十多里，得先将汽车开到县城，找到修理厂再作打算，至于民宿老板在电话里顺口答应的立马帮我想办法的承诺也就懒得计较了，估计不会有什么结果。

汽车跑丢了引擎盖，虽说丝毫不影响驾驶，但再也不敢造次耍横了。我小心翼翼地把控着方向盘,生怕车子再被抖落掉一根汗毛,犹如赶一只蹒跚行走的鸭子。从身边经过的大小车辆放慢了速度,驾驶员纷纷摇下车窗探出脑袋来,好奇地打量着眼前的西洋景。

行驶了大约二十里,座旁的手机响了,一名男子在电话里安慰我,让我一万个放心,先把车安全开到县城收费站,以后的事情交给他,度假行程一点儿不会耽误。他反复提醒,在收费站出口找一辆黑色雅阁,开了应急双闪的,把汽车钥匙交给驾驶员就行。我的情绪顿时又高涨起来,将好消息即时分享给宝贝女儿,扭过头与她击掌相庆。大切诺基也跑得欢快起来,与上午出城时相差无几。

在收费站出口,我与雅阁如约见了面,驾驶员正查看切诺基的车况,惊奇地讨论引擎盖是怎么丢失的。"嘎吱"一声急刹车,一辆无牌照银灰色长安越野车飞快驶来,稳稳当当地停在雅阁旁边。一位三十多岁、身体健壮、眉目清秀的年轻男子打开车门问:"哪位是苗寨的贵客?"跳下车时,他的右脚踮了一下。

"在这儿!"我转过身去,与这个面色较黑的男子打招呼。凭借常年在基层摸爬滚打的经验,眼前是张长期被太阳晒黑的、健康活泼的脸,心中断定他就是房东。我急忙倾吐满肚子的感激:"给你添麻烦了,老板。"

"我姓贾,贾宝玉家的。"年轻人自我介绍完,去打开后备厢,取出行李往长安车上搬。我赶紧上前,想要制止他的好意,自己拿。他执拗地一手提着一只箱子,跛着脚走在前面,扭过头说:"今晚接你们到天池苗寨,车让修理厂先开走,修好再送过来。"

"估计什么时间能修好?"我还笼罩在引擎盖飞走的阴影里,

内心颇有些担忧，跟在年轻人身后，又不明原因地自言自语为自己开脱，"开了十多年的车，还未遇上这等稀奇事，开派出所的老吉普也没有出过这洋相。"

年轻人突然站住了，在车门边惊讶地问："你是警察？"

我点了点头，算是回答他的问话。

"这么些年警察太不容易了，成天都在加班熬夜。抽个假期出来散散心，很好嘛。"年轻人继续说，"春节疫情，警察又是第一时间停休，配合医生冲上一线，设卡检查、守护隔离、社区排查……处处都离不开。"听他对警察的理解和褒奖，我心里猛然生出一丝感动，没想到还有这么理解警察的旅店老板，郁积在心中的所有不爽顿时烟消云散。

年轻人一边驾驶着长安越野车，一边与女儿聊天，问女儿读小学几年级，成绩怎么样，平时她去公园玩耍的时间多不多，出门旅游了几次，到过哪些地方。女儿扭头看着我，机灵地回答问话。这一次她很乖巧，没有再抱怨我老是骗她。车子像一条游动的鱼儿，灵巧地穿梭在车流中，从县城下游跨过一座大桥，来到乌江对岸，顺着沿江公路继续爬坡。县城被我们甩在身后，距离越来越远。

因为切诺基发生意外被耽搁，原先的周密计划被全盘打乱，好比一玻璃杯酸奶掉在了地上，想收拾也无从下手。我坐在车里盘算着日程，恰好肚子不争气，"咕咕咕"地叫了几声，脸上有了些羞涩，心中跟着疑惑起来：到天池苗寨到底要走多久？能否赶上饭点？我便主动打听旅店的情况：民宿开业多久了？有几间房？晚上是否准备饭食？年轻男子面带微笑说，到苗寨正是乡村的饭点，又问我订的是哪家民宿。我的心"咯噔"一下，想问但没有问出口，难道他不是旅店老板？不是老板怎么知道我的车出了事故，还亲自来接？我告诉了他民宿的名称。他说荷塘月色这家旅店不错，老板娘热情，位置也好，就在苗寨中心广场、日潭旁边，用九柱四间老式木柱瓦房改建成的，楼上是四间配套的标间，楼下还有三间，外加一间没有厕所的单人间和一个登记台。

我心中疑惑重重，被他对旅店房屋结构的了如指掌搞得更加糊涂，好比一名成绩不好的学生面对没有印刷清楚的考卷，忍不住说出了心中的疑问。他让我猜他是不是旅店老板。我回答说极有可能是。他却说他不是旅店老板，而是天池苗寨的寨主，他的手下正是三十九家旅店的老板。女儿禁不住"呜哇"一声惊叹："天哪！叔叔你太了不起啦！三十九家旅店的老板，那有好多好多钱哦！"这一次，他又给女儿打了一个哑谜，让她动脑筋去猜。

天色已经暗下来，远处黑黢黢的山影与天空连成了一体，几乎分不清边界。车灯照得水泥路面白晃晃的，但车速老是提不起来，只感觉汽车是在崇山峻岭间陡峭的山路上弯弯曲曲地爬行。司机的眼睛紧盯着路面，双手敏捷地操控着方向盘，让越野车始终行进在道路中间，即使急转弯也没有发生大的偏离，仪表盘上射出的红色灯光映照着他年轻刚毅的脸庞，仿佛是涂上了一层釉彩。

最终，经不住我还算专业的再三追问，年轻男子讲述了他的平凡经历。

二、公安大学毕业生

"当年我是县城高中考取的两个重本之一。"年轻男子自豪地说，"父亲要我继承父业，就报考了公安大学，学的侦查。我是独子，家里父母年老无人照顾，四年大学毕业后，我放弃了继续深造读研的机会，有留在北京机场公安分局、南下深圳市公安局和回老家就业三个去处，选择了最不被人看好的后者，回到主城分局一个基层派出所。还好，父母用一生的积蓄帮我首付了一套两居室的二手房。五年后，我被选调进市局刑警总队，在打击侵财犯罪支队搞案子，成天在全国各地跑，忙得脚不沾地……"

我听后顿时觉得与年轻人的距离拉近了许多，好像前世在一起共过事，彼此间有了一种神秘的亲近感，感叹道："缘分啊，想不到是同行。"想想自己只是半路出家的半罐子，心中对眼前这位"警营黄埔军校"毕业生肃然起敬，讨好地说，"我也干过几天刑警。"

"你也搞过案子？"年轻人回过头惊讶地问，或许是看我戴个近视眼镜，又生得文文弱弱的样子有些不大信任，或许是在刑警潜意识里对同行的惺惺相惜与尊重。在我肯定地回答"是啊"之后，他又谦恭地说："那你是前辈啦，幸会幸会！"聊得正热络，公路转弯处突然蹿出一辆没有亮车灯的两轮摩托。

"有摩托！当心，摩托！"我急忙大声叫喊。

一个急刹车，躺在我怀里的女儿惊醒了，女儿揉着眼睛问我："是不是到了该下车的地方？"

年轻男子抱歉地对女儿说："把你惊醒了？小妹妹，还远着呢！"

女儿又躺下了。我们之间有了共同经历，话题自然多起来，继续聊起搞案子的人才明白、才理解的苦衷和快乐。那绝对是真性情的男人之间的事。

"刚分到派出所时我原本是想搞案子的，在学校学的就是侦查，正好可以将书本上学的东西用到基层去实践，不料所长死活不让，非要我去搞社区工作，还说年轻人先在社区接触基层群众磨磨性子。那就去呗，谁怕谁呀？农村孩子啥事没干过？啥苦没有吃过？这一待就是三年，后来通过公大的师兄介绍，借调到了分局刑警队。当我真正成为一名刑事警察，侦查工作刚刚起步时，同学中已经有屡破大案要案的了，成为他们局里的破案标兵，你不知道，那种难受啊……"

"终归还是成了一名刑警，也不在乎早一天半天、一年两年的，做人要晚熟嘛。苏老泉，二十七，始发愤，读书籍。"我看他有些激动，便举个例子开导安慰他，还拿自己配枪的事与他分享。当年，因为与治安科科长一言不合，导致我干了三年刑警却没有配发过一次枪支，哪怕追踪杀人犯，也是匆匆忙忙抓根木棒握在手中给自己壮胆。

"尽管在刑侦战线搞了三四年，可至今我还没有侦办过一件命案，搞的全是网络诈骗之类闹心的案子，也算是心中的一大遗憾吧，让人烦得不可开交，那些上当受骗者傻得简直不可理喻……"

听说他还没有侦办过杀人案，我心中暗暗感到幸运，也生出些许优越感来，虽然我平生仅办理过一件杀人案，而且作案对象已经相当明确，根本不需要采用侦查谋略。一名刑警没有与穷凶极恶、狡诈奸猾的杀人凶手交交手、过过招，没有送两三个犯罪分子上断头台，还算什么刑警呢！记得当时，我沿着凶犯的逃跑路线翻山越岭步行追踪了一天两夜，在贵州茅天抓住手上沾满妻子和女儿的鲜血，吓得立马跪倒在地要如实交代罪行的凶犯后，尽管大脚趾整个指甲盖脱落掉了，右脚钻心地疼痛，鲜血沁满了鞋袜，也是满心欢喜，成就感满满。我努力压制住，没让骄傲有丝毫表露，而是谦虚地说当年办理的案件大多是农民家炕上腊肉被盗、圈里鸡鸭被盗，顶多是栏圈里的耕牛被盗之类的小案子，还有就是乡村邻里为争田边地角引发的伤害案件。

"时代不同了，犯罪手法紧跟着时代发展不断翻新。现在诈骗案件占了刑事发案的三分之一，诈骗分子可专业了，无孔不入。骗人的方法一套连着一套，编写的话术剧本像大学毕业生写的论文一样逻辑缜密，一环紧扣一环，还有教练团队进行专业培训，制订详细的操作规程，一个电话就可以让你把钱包或银行卡里的钱转得精光，不到一分钟时间，刚刚转过去的钱又被骗子转到十多个子账户，接到报警之后就是通知银行止付都来不及了，唉！……"

虽然我有二十年不办案子了，但是三年刑警生涯养成的敏锐的职业嗅觉还在。报纸、互联网上不绝于眼的被骗事件，广播、电视中不绝于耳的新闻报道，特别是妻子亲口所述两个同事遭遇冒充熟人借钱诈骗的血淋淋的事实，让我对诈骗分子深恶痛绝，恨不得把骗子一个个都抓回来，砸了狗头，将其碎尸万段。因而，对骗子的骗人伎俩尤为好奇，好比一只退役猎犬，嗅到猎物的气息仍然跃跃欲试。

年轻人突然不讲了，左手将汽车喇叭按得哇啦哇啦直叫，指着山下一片光亮处，说："看到没，天池苗寨到了。"

我顺着他手指的方向看过去，那里一片灯火辉煌，连天空也被照亮了半边，才猛然间记起来这一路上都没路灯。汽车很快从主公路驶进苗寨的支路，支路却明显比主公路还要直，还要宽，路的两旁每间隔五十米立一根电线杆，一盏盏路灯射出白晃晃的光线，灯下飞舞着一团团黑色的灯蛾子。

路过类似中心广场的地方时，一大群人围着一个老头儿在电灯下看热闹。年轻人主动介绍说，是一位老英雄在那里说他的四言八句。车经过一片水稻田，又在十几栋不规则瓦房组成的寨子穿梭一阵，在一幢大瓦房的坝子停下来。

年轻人打开车门对着屋内大声叫喊："客人到了。老板娘，接——客——"

一个身穿蓝花花对襟扣衣裳的女人从一片灯光里走出来，一边帮我拉车门，一边满脸微笑地说："谢谢您，贾书记……"

"书记可不是假的。不用谢我。"年轻人未让老板娘把话说完，与她开了句玩笑，又问，"田老四呢，到哪儿去了？跟他说任务完成了，请我喝酒！"

"苗寨公司的经理把他叫过去了。"老板娘爽朗地回答，"一定得请贾书记喝酒！"

年轻人帮我把行李一一取出来，递到老板娘手中，交代她赶快为我准备晚饭，离开时好像突然记起什么似的，对她说："好生照顾，我的同行哦。"

"这回是真警察，不是假警察！"老板娘也开了句玩笑。

年轻人有急事去乡里，把车倒好，与我说定明早一起吃早饭，就走了。

老板娘站在门口，说："贾书记，等等！还没有给你油钱呢！"

"不用，回头我给你加点儿油珠珠儿……"年轻人的回答跟随着车尾的红色灯光消失在木房子转弯尽头。

我一下明白了这句玩笑话背后隐藏的意思，也笑了。

三、扶贫第一书记

两年前的一个上午，小贾与闵支一道被叫到协理员办公室。小贾刚去广东出差回来，原本跟队里请了假，周一在家里休息，就睡了个懒觉，可是上午 9 点一刻还是接到了支队长的电话，让他去趟队里，有要事商量。闵支一向都是讲信用的，说了让周末补休又突然变卦，那肯定是有重要的事情。估计又发生了特大案件，甚至比出现场还重要，因为出现场或者加班都是内勤在发通知，这一次是支队长亲自打的电话。他一边在心里嘀咕着，一边去小区楼下吃小面。刚坐下，出门前预订的网约车就到了，只好让司机先等着，赶紧三两下吃光了碗里的面条，放下碗筷。

"闵支，是什么事儿?"他走进办公室就迫不及待地问。

"这么早就来了。"闵支抬手看了一下腕表，从办公桌后面的椅子上站起来，努嘴示意他在对面椅子上坐下，然后去旁边的热水器接水。小贾坐下后又赶紧站起身，自己去取水，结果两人的身子挤到了一块儿。总队是有很大一幢办公楼的，但局里清理超标办公用房之后，各个支队都在调整办公室，闵支就把他的办公桌搬到了四十平方米的大办公室，与兄弟们一起战斗，留下一间二十平方米的案件研判室，其余的办公室都还给了总队。闵支的办公桌还是原来的旧大班桌，位于房间的东边角落，桌后是一把黑色的旧老板椅，是他自己坐的；对面还有一把黑皮椅，是让来谈事的人坐的。副支队长和民警都在电脑桌办公，六张桌子一长溜儿，两溜儿可坐二十四人。这边放个响屁那边都能听见，兄弟们坐在桌子前交流工作倒是挺方便的，还不用下桌。

闵支把水放在小贾面前，转过去在椅子上坐下，说："协理员找你，我也不清楚啥事。"又问出差侦办的保健药品诈骗案。小贾兴奋地回答说，这次广州一行收获很大，把那个诈骗团伙的肠肠肚肚都搞清楚了，还拍摄了一些视频。小孙还在那里蹲守，等候大部队去一网打尽，估计诈骗犯还没有转场的可能，他们正在扩招工作人员，回来那天他和几个年轻人刚刚通过了入职考察。

当协理员说出组织上准备选派小贾去县里深度贫困乡当驻村扶贫第一书记时，小贾的脑子嗡地响了一下，没有想到是这么一件事。紧接着，他的眼睛立即转向坐在身边的闵支，对准他的面部来回扫描，希望能发现点儿所需要的什么东西，可是他失望了。闵支那张脸还是原来那张黑脸——瘦削而且布满络腮胡子；闵支的面部表情还是原来的面部表情——刚毅而又果敢，并没有表露出什么新的东西。只有几秒钟的时间，他将目光收回来，扫描协理员的脸，那张白皙光亮的脸也是原来那熟悉的样子，下巴颏稀稀拉拉长出的几根胡须呈淡黄色，近视眼镜后面透露出一股不容分辩的神情。他顿时明白了，今天遇到的是一白一黑两个无常。

协理员坐在他们正对面的黑色单人皮沙发上，他观察他们根本就不用转动脑袋，比小贾观察他俩的脸更加容易，小贾和身旁闵支的面部表情、一举一动都在协理员的视线范围内。

小贾说，他估计当时心脏突然停止跳动和脑子里的脑髓瞬间短路那一下，都通过眼球和脸皮传导出来了，不然眼前不会闪过一片黑色，不然心中不会一阵惊慌失措，不然嘴唇也不会僵硬地问出这么一句话："多久能回来?"这些都没有逃过协理员的眼睛，不然协理员也不会给出半天时间让他认真考虑，更不会让他回去与家人商量。

回到办公室，小贾的心才安稳下来，开始冷静思考去与不去的问题。闵支帮他认真分析了形势，诚恳地劝他抓住机遇、服从安排、勇挑重担，不辜负组织的重托和厚望，还答应帮他做说服未婚妻的工作。

那天，他并没有给父母和远在东北的未婚妻打电话商量，当面就给闵支回了话，答应到乡里去做扶贫工作。晚上回家收拾好一箱衣物，微信里跟未婚妻说，要出几天远差。

小贾没想到，去乡里还是一个五人团队，也没有想到他是团队里最年轻、职务最低的成员，更没有想到背后还有全市几万名政法干警和驻地部队组成的扶贫集团做后盾。

第二天上午，他们一行五人在政法委大门口见了面，把行李箱扔进越野车就出发了。组长是政法委的刘巡视，副组长是司法局的杨处长，还有检察院的周科长、法院的宋庭长，只有他是小警察。他们五人坐的是刘巡视驾驶的三菱越野车，从主城出发紧跟着一辆灰色帕萨特一路奔跑。一小时四十分钟后来到县里，与县里的工作人员进行一番交涉后，刘巡视又带着他们去了比邻县。听说他们要去的乡还没有直通县城的公路，需要驾车从邻县的境内绕回来才能到达。而比邻县就是小贾的老家那个县，当年太子李承乾遭唐太宗废黜后的流放之地。

越野车出了县城沿着江水逆流而上，比起高速路来三级公路可要窄小很多。公路是在江边的山崖上凿山来的，左边是悬崖，向下看，悬崖下是清澈的江水；右边是峭壁，向上看，峭壁上还是遮住了天幕的石壁；向前看，一条公路时断时续，蜿蜒盘曲在巨山之腰。他们坐的车出发时就是满座，现在又多坐了一个县里带路的人。起初车内显得有些拥挤，经过一阵颠簸，绕道进入县境之后车内就宽松了。太阳快要落山的时候，终于来到了苗岭乡。

就这样他从一名小警察华丽转身成为一名贫困乡的驻村党支部第一书记。小贾淡淡地对我说。

四、天池苗寨

朝阳中，小贾带着我们在寨子里溜达了一圈，天池苗寨的前世今生我已知晓一半。

我站在苗寨中心广场的旗杆下，仰望着杆顶猎猎飘动的小彩旗，对三十九户村民摇身一变成为民宿老板的神奇故事仍然兴趣较浓，感叹他们实在是太幸运了，也揭开了见面时小贾在车上留给女儿的谜底。那不是单纯的旗杆，而是苗族先民 "上刀山下火海" 的道具——"刀山"。旗杆有三层楼那么高，每隔一尺就用麻绳横绑着一把锋利的钢刀，三十六把钢刀在朝阳下闪耀着亮光，让人不寒而栗。不用说，底座旁摆放的烧得黑漆漆的大铁盒子就是 "火海" 了，只是没看见 "油锅" 与 "钉板"。

老板好不容易从熙熙攘攘的人群中找到我们。女儿拉着黄包车围绕广场转得正起兴，好说歹说将她哄上饭桌。我忍不住问出心中的问题，老板的脸一下红了，埋在大土碗里呼噜呼噜吸溜面条。小贾抬头看着我笑了笑，说他们是不打不相识。

小贾一行五人到了苗岭，与乡里领导集体见了面。晚上乡里对他们的工作进行了分配：组长刘巡视没有担任村第一书记，杨处长去了白云村，周科长去了天台村，宋庭长去了天坑村。苗寨村距离乡政府最近，就让小贾去。

小贾走马上任之后才知道，苗寨村也是扶贫基础较薄弱的村子。就拿坐落在人头山山脚下条件较好的田家沟组的村民来说吧，虽然拥有全乡唯一的一坝水田，但是三十九户农民并不富裕，除了每年除夕夜吃的大米、汤圆所用的糯米能自给自足不需购买，其余也没有什么优势，按照人均年收入看，距离现行脱贫标准还远远不够，乡内乡外模样标致的姑娘倒是挺愿意嫁到这里来做媳妇。

听说有旅游投资公司相中苗寨田家沟得天独厚的地理优势，准备对三十九户村民的房子进行升级改造，但改造计划一度受阻。打造避暑度假村受阻的消息传来之后，小贾立即找小组长进行了一次详细摆谈。在召开的群众大会上，小贾采纳组长的建议采取无记名投票的方式，对三十九户村民的真实想法进行了一次摸底。掌握真实情况之后，小贾又去了乡里，找到当年与旅游公司有过接触的田副乡长，请他出面再次与旅游公司联系。田副乡长打量着眼前这位原来就不带长字号、身高一米七五的年轻警察，到任还不足一个月连板凳都没有坐热的第一书记，似乎有点儿不放心他的能力和智慧，只是轻描淡写地问了一句，清不清楚上次没有谈成的具体原因？小贾回答说不清楚。副乡长让小贾把原因搞清楚了再来找他，不料小贾拿出村民的投票结果，还说哪怕只有十户村民同意也要试一试，努力去争取呗。如果副乡长都不支持，眼看着田家沟自家的事都甩手不管，就太不像话了。小贾这话把田副乡长给噎住了，分明是给他架上了火炕，一个外来的毛头小子都有这样的觉悟，土生土长的田家沟人怎么能袖手旁观？小贾也是，怎么事先也不征求人家的意见，难道他不知道副乡长是田家沟考出去的第一个中专生吗？难道他比副乡长更了解田家沟那一两百村民的所思所想、所期所盼、所忧所虑？

经过与旅游公司多次接触协商，度假村合作项目前期进展顺利，但在公司实地规划勘察中却出现了料想不到的情况，意外偏偏出现在儿子是副乡长、要把活水田改造成人工湖的田铁匠身上。

公司统一规划是根据村子的地形地貌，在不改变房屋结构的情况下，对村民的房屋进行统一装修升级改造，新建三处大型景观，一处是苗寨中心广场，另将两块一亩多的活水田改建为两个人工湖，一个命名为日潭，另一个命名为月潭，潭内种满荷花，养殖鱼类，放养鸭子、家鹅等水禽。同时，在寨子内新建榨油坊、擀面坊、酿酒厂、织绣房、中草药铺、铁匠铺等具有苗族特色的手工业作坊。

田铁匠是当年组建铁业社时参加了社队企业。铁业社解散后自个在公社旁边破破烂烂的铁匠铺单干，抡着大铁锤叮叮当当继续打铁，忙时为村民赶制或者修理挖锄、薅锄、耙锄，闲时打些斧头、柴刀、菜刀、镰刀、铡刀，也打火铲、火钩、火钳，堆在屋角落，布满了煤炭灰尘，等着村民来置换，同时还去县城购买一批耕地犁田用的水旱铧犁、铁锅、火盆来卖，顺便赚些差价。

铁匠有四个儿子，大儿子经常逃学，小学五年级就被父亲生拉活拽拖进铁业社学了打铁，成年后嫌工作枯燥、干活儿费力扔下铁锤不干了。二儿子看着父亲、哥哥抡铁锤辛苦，下了苦功夫读书，初中毕业考上地区农校，毕业后回到乡里，现在苗岭任副乡长，分管农业生产。三儿子在家，学农种田搞得像模像样的，倒也规规矩矩。四儿子虽然体格健壮，双手长得像墙杆那么粗壮，臂膀上的肌肉扭结成疙瘩，但是铁匠吸取了老大的教训，没再让老四学打铁这种又苦又累的手艺，送他去河南嵩山少林寺学了功夫。

田老四学成归来，既做不了有钱人的保镖，也学不了王宝强演电影、上电视，邀约一帮子年轻人喝鸡血酒，拜了把子，出乡进县走南闯北混社会。从嵩山回来那年，他去乡政府当了一年治安联防员，把乡里戴帽初中班的校花勾搭成了女朋友，带回人头山下九柱四间瓦房。

通过几上几下与村民商讨，还剩下以田铁匠和四儿子为首的十一户村民不同意公司的改造方案，理由各不相同，目的只有一个，都想从公司得到比别人更多的利益。田老四也同意他家九柱四间瓦房按照公司的规定入股，共同经营民宿，按比例分成，可他认为院坝坎下的一亩五分活水田承包地按照一般的稻田入股分红不划算。

小贾明里暗里从村民口中听明白了，只要把田老四这颗铁核桃锤碎了，其余钉子户的问题将迎刃而解，可是，找田老四谈了几次，酒也喝过几回，解决问题的办法在小贾脑子里却始终没有拿定。

五、软的不行来硬的

小贾已经是黔驴技穷了，迫不得已再次走进田副乡长的办公室，期望从他那里取回阿里巴巴打开宝库的金钥匙。可是，让田家沟村民不敢相信的事情又一次发生了，小贾满怀着虔诚和希望而去，却灰溜溜地被赶出来。

小贾心中愤懑不平，矛盾重重，半夜里坐在铁匠家坝子发愣，等候与田老四见面却找不到人。

小贾拨通了闵支的电话："大师兄啊，我在村里干不下去了！

还是让我回来办案，抓骗子吧。"

闵支稳住小贾的情绪，听他慢慢讲完事情的来龙去脉，接着一顿臭骂："你不是公安大学毕业的吗？一个乡村小混混都镇不住，真给母校丢脸！四年大学算是白读了。"然后又给小贾出主意，"兄弟，老师教给你的那些策略都用上没？学会斗智斗勇，听明白了吗？"

小贾委屈地说："支队长啊，我面对的是普通农民，不是小混混，更不是犯罪分子，以前学的那些招数都用不上！"

闵支在电话里给小贾打气："你多动动脑子，先想想办法，实在不行我带几个兄弟过来支援，相信你能够办好。一句话，收起你的公子哥儿脾气！你胆敢当逃兵，我让你的档案里再装进一份处分决定书。"

小贾清楚记得，几年前就是因为对人赃俱获又死不认账的盗窃惯犯束手无策，未能控制住情绪出手扇了盗贼一耳光，把盗贼鼓膜打穿了孔，被分局给了一个纪律处分。

小贾晃悠着站起来走了，乘着朦胧月色再次敲开组长家的木门。组长又带着他走进段主任的家。

村主任段志和两天前刚从市医院回家。去年秋收完他就出门打工去了，原想开春之后就回来，不料在工地意外受伤丢了整只右手掌，白纱布绷带还裹缠着右臂绑在胸前。村里老书记退休了，一直没有选出新的支部书记，所有工作都由段主任一个人担起，现在是真成了"一把手"。听说乡里给苗寨村派来一个年轻的支部书记，还是公安大学毕业的警察，段主任在医院病床上躺不住了，就想着早些出院与新书记交换意见，好好谋划村里的工作，可主治医生反复说截肢是大手术，恢复不好可能引发上肢的其他病变，于是又多住了一周。

段主任把小贾和组长让到火坑边坐下，吩咐妻子烧开水，三人对村里的农业生产和扶贫工作情况进行了摆谈交流。在小贾向他讨教解决苗寨一组田老四的难题时，他的脸上闪过一丝让人不易觉察的忧虑，哑着声透露了上一次与旅游公司协商不成的真实原因。原来是田副乡长另有图谋，想在旅游公司占有一定的股份。小贾听得目瞪口呆，顿时解开了心中的疙瘩，对在副乡长那里吃的闭门羹也就想通了，释然了。他吃完段家嫂子端上桌子的一土碗晶莹剔透的荷包蛋，喉咙"嗝"的一声喷出蛋黄的腥味儿时，解决难题的方法也在心里有了谱。

那天恰逢苗岭赶集，小贾在集市上把呼朋唤友招摇过市的田老四截进饭馆，请上了酒桌。二人喝光了土碗里的苞谷烧，解决问题的方式最终敲定下来。

田老四蛮横地挑衅说："年轻人，我佩服你的执着，有胆量和勇气咱们到坝子单挑，输了任你处置。"

小贾睿智而沉着，回答说："单挑也不会虚火，来文的来武的随你选。"

田老四仗着自己一膀子的腱子肉，在苗岭街面上说一不二，自然是没把面前的年轻人瞧进眼中。小贾也正是年轻气盛，公安大学四年刻苦训练的擒拿格斗基础还在，背后更有田家沟二十八户村民撑腰打气，心中当然底气十足、胜券在握。旁边的食客眼看两个脸红颈涨的年轻人叫嚣着走出饭馆，在街道边纠缠起来，像一对打架的公鸡。村民顿时围拢来，人越聚越多，场面越来越热闹。有围观者打听清楚了事情的缘由，担心出现意外受伤，就提议还是文斗，选择苗寨人比试力量大小的惯常方式——扭扁担，三局两胜。"好!"人群中即刻爆发出一阵疯狂的吼叫。更有好事者立马转过身,从菜摊上拖过来一根楠竹扁担,扔在了地上。

第一回合。两名决斗者相隔四五步,面对面站在街道中央,蹲下去,扎好马步;身后围了一层浑身充满荷尔蒙的男子,个个伸长了脖子,像是提到市场去卖的鸭子。只见一人挥舞着双臂,耸了耸肩,嘿嘿两声号叫,从地上抓起扁担;另一人深吸一口气,稍稍移动步伐,站稳了,向手掌心啐了两口唾沫,又搓了搓,握住扁担另一端。人群中不知是谁喊叫一声:"预备——开始!"扁担顿时在空中静止不动了。10 秒、20 秒,扁担还保持着平衡,旁观者爆发出怂恿的呐喊声:"用力,用力呀!"30 秒、40 秒,扁担开始颤抖,人群中又一阵号叫,"稳住,稳住啊!"50 秒、60 秒,扁担偏向了小贾右侧——输赢定格了。人群里爆发出一阵叹息声,还有讥笑的声音。

田老四收回扁担,杵在左脚背上,扬扬得意。小贾的脸红得发烫,看着对手的眼睛,盘算着下一回合取胜的技巧,脑子灵醒过来:扭扁担与掰手腕可不一样,手掌要牢牢抓住扁担,大臂和小臂慢慢运力,直至将扁担扭翻转过来。毕竟对手的握力还是不赖的,小心对付,再输就没有机会了……

第二回合开始。小贾死死抓住手中的扁担,不让它有丝毫滑动,不然会使不上力,手上明显感觉到对方比上一回合更加沉稳,也不着急使劲,双方僵持在那里。小贾脑子里飞快地旋转,寻找打破平衡的办法。只见他将身体下蹲,右手一边使劲扭转扁担,一边向身后拉拽,眼看对方的身体慢慢向前倾斜,脚掌抓不稳地,脚后跟离开地面,就要失去平衡。对手发现了小贾的阴谋,慌忙做出应对,也迅速重心下移,紧抓住扁担,身体尽力向后仰。小贾看到了破绽，猛地一松右手，对手突然后仰倒地。人群里先是一阵哄笑，接着有人指责小贾不讲武德，也有人担心躺在地上的身体是否受伤，还有人质疑小贾的身份，这哪像书记的样子，明摆着是阴人啊！认识小贾的人赶紧出面证实："是，是，是书记，真的，就是贾书记。"田老四仰面躺在地上，脸上露出了痛苦的表情，嘴巴像是吞进了一颗鸡蛋，张得老大老大的，只是向外喘着气，不停地伸腿蜷腿却爬不起来。有人发现不对劲，跑了过去，伸出手要把他抱扶起来。小贾狐疑地站在原地不动，问："再来吗？"田老四向空中摆摆手，难受得说不出话。

小贾是第二天上午醒过酒来的，醒来就听坐在床边的组长说："田老四到县里住院去了，是尾巴骨骨折。"小贾摇了摇昏昏沉沉的脑袋，感觉头顶像是盖着锅盖，始终搞不明白对手田老四是怎么受伤的。

乡里流传着一种可怕的说法，贾书记喝醉酒与人打架，用扁担把村民打伤，村民住进了县医院，这样的扶贫书记苗岭不欢迎。中午时分，刘巡视来找小贾了解事情的原委，告诉他做好最坏的打算——遣送回原单位上班。小贾说那样更好，免得遭罪。

三天后，县里派人来苗岭对传言进行核实，可那天在场的人都说是两个男人在决斗。这一下更说不清楚了，黄泥巴滚了裤裆——不是屎（死）也是屎（死）。调查组前脚刚走，田家沟又有村民开始传播更加恐怖的消息，打伤人的贾书记就要打道回府了，也有人发自内心地惋惜："可惜了，苗寨改造的合同还没有签订哦。"

只有村里的"一把手"主任不相信这种说法，胸前吊着绷带，出门去了县里，说要去县医院复查手上的伤口，看望住院的

241

田老四。

六、主任的官司

"我俩后来成了好朋友。"小贾说。

田老四把头从碗里抬起来，抹了抹嘴角，指向日潭边一幢白晃晃的玻璃屋子让我仔细瞧，说那间民宿就是贾书记为他争取的。"知不知道原来是干什么用的?"老板让我猜。

我猜不出来，又让女儿来猜，她把脑袋摇得像拨浪鼓。

"猪圈，原来是我家的猪圈!"田老四激动地说，"现在，住一晚要八百块大洋哩!"

我又问:"是不是网上一票难求的星空玻璃房啊?"

田老四说:"就是，就是。"

我激动地给他当胸一拳:"那是天上掉豆腐渣，该猪儿玩格（新奇时尚）哩!"

早饭后，小贾带我们察看日潭的建设情况。我发现他的脚走路有些异样，右脚踝有些肿，又想到昨天下车的样子，问他脚怎么了。他说乡里打篮球比赛崴了脚，就要治好了，最近几天下了雨，去村里检查公路，走路时间久了又发炎了。

我对行程安排很随意，女儿对乡村的山水、花草兴趣浓厚，趁着小贾去二组、三组、四组察看灾情，检查公路维护和村民蜜蜂养殖的机会，我们一同到了更高更远的山头。

听说可以实地观察蜜蜂的生活，观看蜂农割取蜂蜜的过程，尽管曾经在家里被蜜蜂蜇伤过手指，女儿也好了伤疤忘了疼，刚才还一脸不高兴，现在又喜笑颜开了。

长安越野车穿行在狭窄的乡村公路上，尽管也是新铺设的水泥路，但弯多路陡，很考验驾驶技术。公路两边的树枝不断噼里啪啦拍打着车窗，我坐在副驾驶座，明知树枝在车厢外晃动，心里还是有些害怕，身体在车厢内左右躲闪。车一路颠簸着。在好奇心的驱使下，我问小贾当初是怎么向女朋友解释的。小贾没有立即回答，却讲了他的坐驾。

这辆长安 CS95 是小贾 6 月刚买的新车，还没来得及上牌照。自从到村里担任第一书记以来，不到两年时间他给自己的第一辆越野车换了十个新轮胎，换过两次油底壳，到四个小组的公路修通时实在开不动了，就报废后买了一辆新的。

从乡政府到苗寨村各组的十几里进村公路，是小贾担任第一书记后组织村民新修的。路面仅容一辆机动车通过，有的地方水泥路面还没有浇筑好。几天前刚下过一场大雨，公路两边山体滑坡的泥石流堆在路面上，还有很多地方没来得及清扫，或是清扫后又垮塌下来新鲜的泥土。只要遇到路面有泥土和石块，小贾就把车速放慢，让我用手机拍照留证，他要在微信群里提醒护路人员，再不认真清扫就要扣工资了。

从车窗看出去，远处是重重叠叠的山峰，布谷鸟悠扬婉转的啼叫声不时从闪亮的碧绿翠绿里传出。公路两旁种植着茂密的庄稼，苞谷的授粉期已过，鲜红色的缨子变成暗红色，没有了当初的娇艳欲滴。烤烟长到了齐腰高，全都短了顶芽，底部的叶片已经开始泛黄，可以采摘烘烤了。

车转过一个急弯又是上坡，小贾手指着对面半山顶的一条公路，说："那是今天的终点站苗寨四组。那里有亚洲最大的原始喀斯特地貌天坑群，更具旅游开发价值，但国家立牌保护了，禁止开发。"

正说着，一辆红色三轮车从山坡下来，车厢里堆码着小山一样的烤烟叶，还老远的，三轮车就在稍微宽一点儿的路边停下了，看样子是在等我们先过。

小贾将车慢慢开过去，停在三轮车旁，问："自己弄，没请人吗？"

"没请人。"车夫回答道，又给小贾解释说，"下雨耽误了时间，烂了几批烟叶，得抓紧把这批烟叶上了棚，再去三组看那两户建卡贫困户的情况。"

"不着急，你先弄着，等忙完再说。"小贾安慰他，彼此之间说话的语气好比邻居兄弟，又回过头给我介绍，"他是村里的'一把手'主任，烤烟种植大户，今年种了五十亩。"

我定睛一看，三轮车车夫果然只有一只左手，右边衣袖空荡荡的，袖口打了个结。

小贾说："'一把手'是二十世纪九十年代村里唯一的高中毕业生，到县城苦读了三年，没能考上大学，回家后父母托媒人给他找了个不识字的农村姑娘，结婚后才发现媳妇不光不识字，还个性强横，蛮不讲理，对父母也没有孝道，常常拿脸色对老人，还无事找事谩骂父母，所幸给主任生了两个儿子。老支书是要培养'一把手'接班的，就因为媳妇不大知事影响了他的前途，至今还是村主任。自从上次一同外出打工，丈夫在工地上受伤，跟着见了世面，知道了人生的艰难苦楚，回家后才收敛了些，变得乖巧明理了。上次我与田老四扭扁担争输赢，田老四摔在地上被一块石头硌断了尾椎骨，副乡长去县里告状说我殴打村民，乡里准备免去我扶贫书记的职务，将我退回原单位，就是'一把手'

跑到县里找到调查组说清情况，又苦苦挽留我。所以，当听说他在工地上受了伤，建筑公司耍赖，不解决工伤补助的情况后，我就决定帮他打赢这场官司。"

我的脑海里回想起自己亲身经历的一场民事官司，花去两千元代理费，才打回来八千元赔偿金。我好奇地问："请律师得花不少钱吧？"

"你猜呢？"小贾对我说，看得出他的脸上洋溢着满满的自豪，又重复道，"大胆猜！"

"两万？"

"往少了说，再猜！"

"一万五？"

"继续猜！"

"两千？"我只管充分发挥自己的想象力，但实在不敢再说少了，都已经太离谱了。

他还是一直摇头，说我仍然没有猜对。

"难道没花一分钱？"我在心中这样想。

看见我有些急不可待了，他才缓缓地伸出一根手指，在我眼前来回晃动，说："只花了一百元。"

"啊？！"我一脸蒙圈。

小贾熟练地扭动方向盘，让车轮躲避水泥公路上的巨石和新垮塌的泥土，讲起了他五次驾车去市里和事发地劳动仲裁机构，帮"一把手"主任讨要二十万元赔偿款的事情。

七、褐色小精灵

翻过两道山梁，来到一片敞阳的斜坡地段，汽车正好从中间穿过时，突然对面山林里传来一段高亢的山歌：

凉风绕绕天要晴，庄稼只望雨来淋。
庄稼只望雨来长，情妹只望郎有情。

这歌声是用嗓子吼出来的，听起来没有美感，但新鲜而又真实，就像刚从地里一锄翻出来的洋芋疙瘩，浸透着湿润的泥土气息。

随后，歌者唱道：

人头山啊人头山，红军来了把身翻。
打土豪来分田地，劳苦大众笑开颜。

这是什么时代的事，几十年了，山里的群众还惦记着，我心里想。

紧接着，歌者又唱：

脱贫致富奔小康，不愁吃来不愁穿。
先尝黄连苦中苦，后享蜂蜜甜上甜。

公路左边斜坡的下面，有两栋石墙瓦房和一栋两个单间的砖混平房，右边是一坡梯田样的荒地，荒地连接着灌木林。瓦房的山墙旁、平房的屋顶四周、公路的边上、荒了地的梯田上都整整齐齐摆放着圆形的蜂桶或者方形的蜂箱。

一个男子站在公路边招手，车就停了下来。小贾下车带我们察看二组的蜜蜂养殖情况。他打开后备厢，从蓝色塑料箱内取出三套专用的衣服，分别递给女儿、妻子和我。每套都有一件军用迷彩外衣、一顶面部带有丝网的迷彩帽子。最后，又从一个塑料袋里取一顶帽子自己戴上。这是防备蜜蜂蜇咬面部和脖颈的专用装备。女儿按照我的示范戴上帽子，顿时就变成了一名楼兰小姑娘，我立马拿出手机让她摆姿势照相。

我们跟在男子身后，走近了梯田最上边的一排方形蜂箱，每只蜂箱都有十多只漂亮的黄褐色小精灵从箱底的十个小洞爬进爬出。男子先取下石块，又揭掉一块在蜂箱上面的白色防水布，再小心打开箱盖，把它立在旁边。密密麻麻蠕动着的蜜蜂顿时暴露在阳光之下，或许是因为强烈的光线让蜜蜂受到了刺激，箱内发出一阵骇人的嗡嗡声，蜜蜂纷纷躁动起来，漫天飞舞，麻杂杂的一片。我的眼前、耳旁也有几只黑影在晃动，伸手正要拍打，小贾提醒我不能惊扰，以免将那小精灵惹怒了蜇人。我赶紧提醒身旁的女儿不要靠得太近。身后发出一声尖叫——妻子扭头跑了，一边跑一边用手在空中胡乱挥舞，跑下梯田站在公路上还在用手拍打衣服，发出绝望的叫声。我站在梯田里指挥妻子躲到车里去，小贾又叫喊提醒关上车门，车门关上之后里面还在惊叫。

一会儿，男子从家里拿来一小玻璃瓶金黄色的液体，让我在妻子手背上寻找蜇伤的地方涂抹，说："蜂王浆是治疗蜜蜂蜇伤最好的药物。"

看到我有些不太相信，小贾重复说："这是验证了千百次的妙方。"他讲了之前他带领村民饲养蜜蜂被蜇伤的故事，还拿出手机来翻找，让我们看当时拍摄的胖头照片。

女儿看了照片惊讶地说："叔叔那时真胖啊！"

小贾用手指着自己的额头，让女儿看那块颜色较深的斑痕，说是当时着急就在额头上拍了一巴掌，把蜜蜂打成了肉浆，蜂针却牢牢地扎在了肉里。

我猜带路的男子是二组组长，就问了组里的情况：有多少村民在养殖蜜蜂，养了多少箱，今年可以出产多少斤蜂蜜，蜂蜜的销售渠道怎样。组长没说话，扭头看着小贾。

小贾说："乡里提出的规划是养一万箱蜜蜂。第一年村里开始养蜂时大家都有顾虑，有人担心不会养，有人担心收成不好，还有人担心蜂蜜卖不出去。尽管乡里村里的干部跑断了腿、说破了嘴，效果就是不好，总共养了六百来箱。不过收入还是挺可观的，第一年蜂农就收入七十多万哪！"

女儿听说村民还有蜂蜜卖不出去的担忧，就插话了："卖不出去就放在家里吃呀，天天喝蜂蜜多带劲啊！"说完还把舌头在嘴里反复拨动，吸溜吸溜地响，逗引得我都要流口水了。

"大家看到收益、得到实惠之后，村民们今年主动申请养蜂，扩大了五倍的规模，全村一下增养了三千箱蜜蜂，有几家就养殖了两百箱，弄得我还回老家去托关系才买到了种蜂。"

男子问小贾："菁口天坑那边还去不去？"

"要去，趁天气好。"

男子翻身骑上摩托车在前面带路，我们继续向大山深处爬行。水泥公路变成了毛石山路，路基越来越窄，坡度越来越大，车子越来越颠。我们的车走在后面，我坐在宽敞的车厢里，视野虽然很开阔，双手抓住车顶扶手稳定不时晃动的身体，可我的十个脚趾却把鞋底抓得很紧。摩托车在前面的乱石路上蹦蹦跳跳，有时车轮子卡在两块大石头之间。看着轮胎被坚硬的石头磨出一股烟，我的心也跟着紧了一下。好在我们坐的新车性能好、轮胎宽，小贾驾驶技术又过硬，无论路面多么糟糕都不能阻碍我们的行程。

车开进一片树林，又走了约五百米停下来，男子站在路边对小贾说："前面被大风吹倒在地的松木挡住了去路。"

小贾回头对女儿说："小妹妹，不好意思哦，只能坐'十一路'了。"

我们下了车，看着小贾把车停在路中间，我心里老想着待会儿怎么掉头回去的事情。映入眼帘的是三根脸盆般粗壮的马尾松倒伏在低矮的水泥砖牛栏上，挡住了去路，其中一根把牛栏的水泥板房顶压塌了半边。我牵着女儿的手从树干下小心翼翼地经过，边走边观察着周围的情况，生怕牛栏再次垮塌。一股很熟悉的牛屎牛尿的臭味从水泥砖房的门洞、窗洞里飘出，强烈地刺激着我的鼻腔黏膜，让我回想起儿时放牛的情景。

又来到一处平坦的地块，那里整整齐齐地摆放着两排六七十箱蜜蜂。从树林边修建的水泥砖墙残迹，地上摆放的破碎瓦罐，废弃的石水缸、石猪槽，平台远端坍塌的瓦房厕所，以及坎下更大的长满杂草野花的平整地面，可以猜测这里之前也有瓜果飘香、鸟儿歌唱、鸡鸣狗叫、炊烟袅袅的农户人家。我问组长原来的人家到哪里去了，回答说已搬到乡里的集中扶贫安置点，现在这里用来养殖蜜蜂。小贾和组长一起察看了十多箱蜜蜂，又互相交谈一阵，我们就返程了。我看不明白蜂箱上面用红色油漆连着书写的拼音和阿拉伯数字，在上车前问了原因。小贾告诉我是他发明的专利，用于统计蜂农的养殖数量，还有是否检疫的专用标志，全村都是统一编号记录的。

因为山路逼窄，在他们上车后我执意不肯上车，站在路边将齐腰深的灌木和茅草丛踩在脚下，用身体作为标识指挥汽车掉头。我的身后是被茅草和灌木遮掩着的悬崖。汽车轮胎碾轧着茅草、树枝和枯木，发出噼里啪啦的响声，倒车雷达频繁发出"嘟嘟、嘟嘟"的警报，五进五退之后终于将车掉了头。

上了车，向来吃饭挑食不知饥饿的女儿喊饿了，我看一眼汽车仪表盘，已经快一点钟了，就让妻子把刚才那一小瓶蜂王浆拿给女儿吃。小贾提议去"一把手"家吃午饭，被我否决了，因为脑海里又记起主任单手驾驶三轮摩托的艰难画面，以主任正忙着烤烟来推脱。小贾说主任今天请人撤烟，他妻子一定在家里给大伙儿煮饭，只要我们进屋，她立马就会再加上一个炒菜。女儿吃着蜂王浆，发出感慨好香好甜，比家里的蜂蜜还要甜。小贾问是不是真的比家里的甜。女儿回答说是真的。小贾却哈哈大笑起来，说怕是你饿了吧。女儿脸红了，随即转移话题，问贾叔叔家的阿姨到苗岭乡来过没有。

小贾立即说来过，后来又走了，随即一番感慨，从嘴里冒出一句刚才听到的歌词："先尝黄连苦中苦，后享蜂蜜甜上甜。"

八、爱情马拉松

听了小贾的讲述，我顿时对这段马拉松爱情故事产生了浓厚的兴趣。

"我俩是经大学同学介绍认识的。"小贾说，"娟子是东北姑娘，她的高中同学勇哥与我大学同班，六人同住一间寝室。大三第二学期，我参加勇哥的一次同学聚会，与娟子互相认识之后鸿雁传书，确定了恋爱关系。毕业后我回到市里做警察，她回东北当教师。

"在分局和刑警总队那几年，同事都叫我贾公子，因为我常打'飞的'去见女朋友。尽管我们身处两地，但没有一个月不见面的，要么我坐飞机去东北，要么她飞过来看我。凡是所里、队里有去北京、河北、内蒙古等地出差的案子，不管是不是主办，我总是主动请战，目的是在办完公事之后去和娟子见面。即使不见面，我们也是煲电话粥，一打一两个小时，领导有事找我，电话老占线打不进来，给领导留下了坏印象，认为我干事不认真、不踏实，成天都在谈恋爱。几年前，我每月的电话费都是四五百元。那时，派出所外面坝子有一棵柚子树，树杈上特适合坐着玩耍或者吊秋千，所以柚子树被院里的小孩子爬得光溜溜的。自从我发现这个秘密之后，那棵树杈就被我承包了，小孩子们再也不去爬柚子树了，都说那是贾叔叔打电话的地方。

"我们的爱情马拉松跑了整整十年。在总队待了一段时间，原本说好找关系调过去结婚的，不承想又被组织选派到这里来扶贫。当初协理员给我半天时间考虑，让我打电话征求家里的意见时，我心里就明白调过去的事黄了……我太了解东北姑娘的性格了，所以根本就没有给娟子打电话征求意见。到村里之后，我回一次主城都比较困难，再也不能每月飞过去见面，加上那一年娟子正好教高三数学，又是班主任，经常来看我也不现实。我们只好将见面改为每日微信视频，而且还要等娟子下了课，我不在乡村的

251

大山里才行。刚来时，村里的电话信号不好，不过我的时间倒是比之前自由了许多，有很多事都是自己安排，不像之前是别人左右我的时间，只要娟子有空儿都能找到我。

"记得是 6 月 14 日，这个日子我一辈子都不会忘记的。那天下了瓢泼大雨，在最绝望、士气最低落的时候，我在狭小的宿舍接到了娟子的电话。娟子拖着两个大行李箱坐火车来到了县城，让我去接她。我不敢相信自己的耳朵，放下手中的笔记本就出门了，顶着大雨把车开得飞快。山洪挡住了正在修建的从乡里到县城的公路，我驾驶着那辆功勋越野车，壮着胆子加油冲过了洪水。好险啊，车子刚过去，一股巨大的泥石流就淹没了公路。

"我简直不敢相信自己的眼睛，站在面前的身材娇小的娟子能有这么厉害，身边两个齐腰高的粉红色大号行李箱就是由一个男子来背也够呛的。我心里一热眼泪就盈满了眼眶，冲上去一个插裆扛摔把娟子扛上肩膀，紧紧抱住她在火车站台走过来又走过去。娟子要我放她下来，我扛着不放，她用双拳捶打我的后背，说我发神经，屁股大一个站台有什么好看的。我说，这个站台很有纪念意义，见证了我们之间伟大的爱情。我放下娟子，瞅着四周无人将嘴凑上去亲了她的脸，结果右手又被重重地掐了一下，疼了好一阵。在县城吃过羊肉，到县扶贫办办了点儿事，我俩就开着车回乡里了，是沿着刘巡视驾车第一次带我们进苗岭乡的那条路。原因是，我担心县里直通苗岭乡的那一段新修的公路被泥石流冲垮了，不想再去冒险，顺便也让娟子感受苗岭的路有多远，体验一下乡村的工作环境有多艰苦。

"整个暑假，娟子在苗岭只住了两周时间就回主城去了，她受不了山里的长脚大蚊子叮咬，还向我透露准备递交辞职书。她辞职的理由是'苗岭很遥远，我想去看看'，而不是'世界那么大，我想去看看'。

"我听了很生气，对她的做法表示不赞同，问她为什么事先不跟我商量，娟子一句话让我哑口无言。当初我到村里，不是也没有与她商量嘛！我被噎得好一阵子才缓过气来，说这是两码事，我是服从组织安排，投身扶贫攻坚的伟大事业，只是换了工作地点和岗位，但是工作还在，而你是把工作丢掉了，断了生活来源。娟子也生气了，说走遍天下她也能混口饭吃，再也不想过这种只听得见声音、看得到脸面、牵不了手指的生活，更不想让多年的爱情没有结果。回去工作可以，那两人的感情就此完蛋。我立即把手伸过去，觍着脸说，来来来，紧紧抓住她的手。娟子又给我手背狠狠一巴掌。娟子给我讲起了道理，说她也要为乡亲们脱贫致富奉献力量，哪怕是在苗岭当志愿者也行。这哪能行呢？除非不领报酬，整天跟着我转。最后，娟子给了我两条路选择，一条是让她回去继续教书，我们的关系一刀两断，另一条是同意她辞职，我们一起打拼未来。我终于犟不过娟子，同意了她辞职的事情，其实在心底我是非常感激她的，没想到一个东北姑娘有这么大的勇气，敢为爱情牺牲一切。当晚我失眠了，是因为幸福甜蜜而失眠的，什么一年之守，什么三年之痛，什么五年之离，什么七年之痒，通通见鬼去吧！回想起我们交往恋爱这么些年的点点滴滴，预想着今后二人的生活道路，心里的感动之情犹如巨浪汹涌的滔滔江水，而身边的娟子却睡得挺香，还响起了轻微的鼾声。

"娟子在苗岭认识了乡里的领导、村里的干部和农民，与刘巡视、杨处长、周科长、宋庭长这帮人成了兄弟伙伴，陪同我下了一周的村社，跟着我与'一把手'土任爬山下沟、勘测公路、丈量土地、寻找水源。第二周突然提出要我送她回主城，说在乡里待着没事做，不好玩。我又趁机劝她收回辞职申请，假期完了还是回去继续上课，至少也要回家先征求父母的意见再作决定。我还说扶贫就一两年时间，很快就过去了。她没有表态，走之前与我赌气不说话，没办法，我只好向乡里和刘巡视请了假，周末将她送回到主城的两居室。第二天，她老早就出门了，借着去超市和商场的机会，到处打听培训机构是否招老师。返回乡里的头天晚上，我给娟子做工作，要她在家里只管休息，什么事都不要考虑，一定要照顾好自己，有事给我打电话，凭我的工资养活她是没有问题的，她点头答应得好好的。

"在车子启动之前，她也给我提了一个要求，每天晚上打一次电话，至少每个月回主城一次。我坐在驾驶室里，扣上安全带，举手给娟子敬了一个礼：'Yes，madam！'

"娟子当天晚上给我打电话，说真遇到了难事。周末她去的三家培训机构有两家都回话了，叫她去试课，还让我帮她选择到哪一家好。也难怪啊，她是教高中数学的，当然就成了培训机构的香饽饽，跛子的屁股——翘得很嘛！"小贾说着挺自豪的。

九、北京之行

车转过一个山头，在一幢贴着浅黄色瓷砖的两层楼前停下来。小贾介绍，那是新修的苗寨村支部和村委会办公楼。

大楼呈"7"字形，有五间房屋，正大门两边悬挂着村支部和村委会的吊牌，其余几间房屋门口钉着财务室、医务室等牌子，最里面一间外面转角是楼梯。大楼旁边专门修建了篮球场，几个工人正在铺设球场的塑胶地面，见了小贾一个劲地叫喊"蜂王来了，蜂王来了"，邀请他检验工程质量。

我心中一直对娟子姑娘充满感激和好奇，对他们何时结婚一事自然挺感兴趣，回去的路上我试探着问了小贾，可他边讲边一个劲地摇头，叹息说好事多磨哦。

小贾说，苗寨村三组有一个名叫高强的小伙子，高中毕业后外出打工，在厂里认识了一个广西女孩儿，两人很快就确定了恋爱关系。高强听说村里在发展蜜蜂养殖后，主动联系小贾要大规模养殖，在别的村民还在犹豫时就认领了一百桶种蜂。春节前他将女朋友带回了家，商量好在家里共同创业，一边养殖蜜蜂，一边照顾生病卧床的老母亲，可女孩儿只待了两个月，嫌山里穷，生活条件太差，借口去县城给母亲买药，坐着火车回了广西。高强在家里等着盼着，左等右等不见女孩儿回来，急得不行，打电话对方又关机，几宿没有睡觉，两天后等来了一条分手短信。女孩儿说两个人要走在一起，只有继续到广东打工。小贾得知情况后，与女孩儿通了一个小时的电话，劝说她回到苗岭来，女孩儿犹豫不决，既放不下与高强的感情，又不想面对贫穷的大山。最后，还是小贾坐火车去广西，凭借三寸不烂之舌把女孩子劝回了苗岭。在他们高高兴兴下了火车，从县城驾车回到苗寨，在"一把手"主任家坝子下车时，迎接他的是娟子父亲愤怒的脸色和一记响亮的耳光。

"他们以为我在搞三角恋，我比窦娥还要冤枉啊！"小贾仍是一脸委屈。

"谁让你把娟子从东北拐到苗岭来了呢！"我对他开了一句玩笑。

"在娟子辞职之后，我曾想过在当年国庆节长假旅游结婚。她做出了那么大的牺牲，我们应该把这件大事尽快办了，既给父母一个交代，也给自己一个交代，让她好放心。可是，双方父母都同意了，她却不同意，说要等到扶贫工作结束，苗岭乡摘掉了深度贫困乡的帽子才行。这怎么办？为了早点儿结婚，我也只好努力工作，丝毫不能懈怠了！"小贾说完摊开双手，笑了。

"你长期待在乡里，娟子能放心吗？"面对车里这位阳刚帅气的小伙子，我想起一度流行着"村村都有丈母娘"那句调侃乡镇干部的话。明面上是说娟子对他放不放心，本意是我对他有些不放心。

"娟子是典型的东北人的豪爽性格，心大。"小贾说，"你猜她怎么说？她说村里就剩下一帮五六十岁的老头子老太婆，就是把我拴在村里，也不会做出对不起她的事。

"国庆节长假，我终于做通娟子的工作，让她推掉培训机构的课程安排，一起去了北京。出发前我在公安大学同学群里透露了消息，大家一阵吆喝，提议提前举办毕业十周年同学会，结果全班三十六名同学只有九个人没能赶过去。见面后才知道，同学们全都结婚生了孩子，只有我还晃荡着，还好是带着女朋友去的。

"同学们多年未见面，互相交流的话题就多了。毕业九年变化太快，一张张脸上都写满了沧桑，再也找不到青涩的影子。他们都在努力进步，有在基层当了所长、科长的，管理着一片地方的社会治安，有一直战斗在刑侦战线任了大队长、副支队长的，也有调进公安部治安局的，还有在省公安厅当上了副处长的，唯独我一个人待在最基层，还只是村党支部书记。

"我们相约去了公安大学的校园，在教学大楼、操场、跑道、宿舍寻找大学时代的美好记忆。隔着门上的玻璃看见宿舍里学弟们仍然把被子叠得豆腐块一样,床单抹得平平整整的,我就感到脸上一阵发烧,自从毕业后早都忘记了起床叠被子的习惯。我们在草坪上摆出各种造型,集体照相合影,还去曾经光顾的小酒吧、小饭馆喝酒唱歌。第三天早上同学们依依惜别,分别坐上飞机、动车回家了。我和娟子送别我们的月下老人勇哥,又返回木樨地公安大学校园外,找到当年第一次见面认识的咖啡馆喝咖啡。没想到,那个咖啡馆还在,只是老板换了人,原来的老板年前得肺癌死了。听说我俩是十年前在这里认识的,十年后又特意返回到咖啡馆,老板无论如何都不让我们买单,还说这十年之约很有意义。听了老板的祝福,我后悔当初为什么不做出这次约定,并为没有约定的约会感到欣慰,还当着老板的面和娟子许下诺言,十年之后一定带着孩子再来他的咖啡馆,听音乐、谈人生、叙友情。老板说就为了这一次约定,他也一定把咖啡馆经营好,等着下次见面。娟子高兴得拿出手机来要老板与我们一起拍照留念。"

　　真是这样的,无论路有多远多长,感觉回家所用的时间总比出门要少。越野车在绕来绕去的乡间公路上颠簸,七拐八拐就到了苗寨与通往县城公路的交界处。美丽的人头山高耸耸地立在公路对面,看着沿山那一坡梯田以及山脚的天池苗寨,让人不得不感慨大自然的造化与恩赐,生长在苗寨村一组的村民实在太幸福了。

　　突然,车停在路边不动了,是等待一辆从苗寨出来的摩托车。小贾把车窗摇到底,左手伸出窗外,用中指做了一个反复弯曲的动作——那是我格外熟悉的,二十年前我刚参加公安工作时,警察对那些把头发染成黄色绿色的社会小混混们惯常使用的手势。

戴着一顶黄色安全帽的三四十岁的男子乖乖地把摩托车骑了过来，停在我们的车旁，脸上笑呵呵的，问："贾书记，招（找）我有事吗？"他说话吐字有些不清晰，似乎舌头短了一截。

"二憨，又去苗寨打望了？"小贾用手拍打着那顶戴歪了的黄色塑料帽子，半开玩笑地说，"真是耍娃一个！今天去打牌没？赶紧回去，看看蜜蜂飞了没有。"

"没打牌。好多好多的花姑娘在苗寨，她们听我爸讲故事哩！"男子斩钉截铁地回答，又有点儿不好意思，脸红了，好像隐藏了很久的秘密被人发现了一样，接着调皮地说，"书记放心，蜂子早上飞出去，晚上还要飞回来的。"

"赶紧回去，再不准点火烧房子哟！敢不听招呼，小心挨揍。"

男子脸上露出羞愧的神色，骑车走了。看得出，男子对小贾有些畏惧感，但他们之间的谈话就像两兄弟一样，朴实又亲密无间。

"这个人名叫曾二憨，是村里的建卡扶贫对象，让我最揪心的一个。"小贾说。

十、二憨父子

"苗寨改造项目终于敲定，进入实质性建设后，我又去二组、三组、四组发动村民养殖蜜蜂。

"那天晚上，大家挤在'一把手'主任家堂屋开会，统计蜜蜂养殖数量，购买种蜂、蜂箱，商议办理贷款的事。一个中年男子身穿一件很旧的明显不合身的单军衣，推开门走进会场。他进门就用听不太清楚的话问：'哪个是贾书记？有事找你。'我从凳子上站起来。'一把手'起身把男子拉到屋角，让他不要乱讲话。他没有听招呼，推开挡在中间的'一把手'，质问我：'我不缺吃不缺穿，就缺个媳妇，是哪门子建卡贫困户？你们扶贫，扶啥子贫哟？帮我娶媳妇不？不娶媳妇，那都是卵的。'屋里的人哄地一下都笑了。我也蒙了，尽管根本没有听明白那张嘴嘟嘟囔囔吐出些什么，但明显感觉到他一脸的轻蔑和不满情绪。'一把手'将男子拉出房屋，回来劝我坐下，说不用管他，那是一个半脑子。

"二憨家里只有爷儿俩，是二组的建卡贫困户。父亲曾长江七十一岁，虽然当兵见过世面，真刀真枪干过仗，但没读过书不识字，从部队退伍后只得回老家来，仍然从事最古老的职业——"修地球"（农民）。因为大山里穷，老是找不到媳妇，四十岁那年才通过媒人从邻县娶了个脑子有问题的女人回来。一年后，那女人怀孕生下一个女婴，可夜晚在给婴儿喂奶时睡着了，天亮后才发现两颗大奶子捂住了孩子的嘴巴和鼻子。第二次怀孕期间，女的肚子痛，胡乱吃了止痛片，生下的男孩儿腿脚有些残疾。父亲给儿子取了个丑名叫二憨。二憨四岁那年母亲跑了。父亲用每月从民政局领取的补贴独自一人将二憨抚养长大，自然是把儿子当作心肝宝贝，从小就娇生惯养。长大的二憨说话口吃，走路有点儿跛，胆子又特别大，还有些不听话，经常把父亲藏在箱底的几张毛毛票偷去到乡里买酒喝，或是拿去赌博。父亲发现后只好把不多的几张人民币揣进布袋里，拴在裤腰带上不离身。二憨在箱子底找不到零花钱，向父亲要钱又不给，耍赖把半瓶白酒倒在柴草堆上，要点火烧了房子，吓得父亲又解开裤腰带，把钱袋取出来，说：'来来来，先人老祖宗，我惹不起你，全部拿去用。'二憨喝了酒回家，经常发酒疯，时不时还要父亲给他找媳妇。你说，这样的家庭和孩子，谁会把女儿嫁给他呢？

"第二天，我就上门去见这位真刀真枪干过仗的老战士。中午，二憨还裹在黑漆漆的棉絮里睡懒觉。我一把扯掉那床棉絮，赤身裸体的二憨像一只褪了毛的公狗，吓得在床上蜷成一团，连连告饶说昨天晚上他做错了。'你不是要找媳妇嘛，我今天就是给送媳妇来的，敢不敢要？'等他起床后我说。二憨站在对面的街门口，不知是身上冷还是心里害怕，浑身发抖，像在筛糠，但我发现了从他眼睛里突然闪过的一丝亮色。我问他蜂蜜甜不甜，他说甜，喉咙里发出咕噜一声闷响。我接着问他怕不怕蜜蜂蜇，他说不怕，把胸膛往前一挺。我又问他愿不愿养蜜蜂，他说愿意，脸上露出了小学生课堂上举手回答问题一样勇敢的神情。我又问他想不想找媳妇，他说想，但是说话的底气有些不足。

"就这样，我搞定了这户最难扶的贫困户，说服二憨父子俩加入养蜂人的队伍，而且当年就养殖了六十箱中华蜜蜂。由于养殖技术不过关，中途蜜蜂又闪失了十箱，秋季五十箱蜜蜂共计割了三百六十八斤蜂蜜，留下二十斤蜂蜜自己吃，一共卖了四万两千元钱，还清银行的贷款后还净赚了一万多元。二憨尝到养蜂的甜头后，今年扩大养殖规模，又新增六十箱。不过，事情不是想象得那么顺利，这中间还出现了好几个插曲。

"确定了养殖蜜蜂的数量，接下来就是到县里办理扶贫贷款、联系购买种蜂的事了。按照二憨父子的想法，我去县里帮他们申请了扶贫专项贷款，可是到了银行他父亲又害怕管不住二憨，突然反悔不愿签字。不能让他一家人耽误了大家贷款，是吧？最后是我给他们担保签的字，才把款一次性给贷下来的。

"回到村里，我又去找老英雄做工作。他担心致富不成反而惹怒了二憨，把两间瓦房给烧了，就这样我只能答应帮他老人家保管存折和现金，监督管理二憨。

"那天晚上，与村里'一把手'和几个组长商量完事情，回到乡里睡下已经11点钟了。当警察时养成习惯睡觉是不关手机的，刚睡着电话突然响起来。尽管是个陌生号码，我还是接了，电话里一个妇女劈头盖脸一阵吵骂，弄得我丈二和尚摸不着头脑。

"原来，是二憨的二姑过问养蜂的事，不知她怎么知道我的电话，劝我不要给二憨家担保贷款，再多的钱到了二憨手里两天就能花个精光，要偿还贷款怕是白日做梦。我在电话里跟她说，养蜜蜂是最不费力、不费钱的事，庄稼地里油菜花、苞谷花、苦荞花一季又一季多的是，山上开的杜鹃花、牛网刺花、山茶花、五倍子花数都数不过来，蜜蜂去采花粉又不给租金，只要二憨不把种蜂给煮了吃了，三五个月蜂蜜就酿出来了，一卖都是现钱，就能帮助二憨家脱贫致富啊，为啥不可以？二姑说，只听说过吃马蜂的蜂蛹，吃蚱蜢，吃竹节虫，还没听说过吃蜜蜂的事，只是担心卖了蜂蜜二憨父亲管不了钱，被二憨弄去喝酒打牌抛撒了，到时候无人帮他们父子俩还贷款。这下我明白了二姑的担忧，就在电话里对她讲，钱也不会让二憨乱花掉，卖蜂蜜是村里统一组织销售，钱由合作社统一收取，先偿还了贷款再分给蜂农。二姑听了解释，相信了我的话，也相信了二憨，在电话里不停地感谢。第二天二姑专门租了一辆摩托车过来，看二憨家里有没有摆放蜂箱的地方，帮二憨把坝子边沿的杂草铲了个干干净净，还把爷儿俩的衣服、被子也洗了个干干净净。"

十一、勤劳的蜜蜂

"脱贫攻坚可不是敲锣打鼓就能实现的,致富路上也布满了荆棘和坎坷。

"自从答应了养蜂,二憨也像变了个人似的,给他二姑保证,赌咒发誓要改掉恶习。种蜂拉过来之后,他家的屋檐和坝子小了,放不下六十个蜂箱,他又与父亲一起在房屋旁的五倍子树林平整出一块地来安放。

"二憨再也不睡懒觉了,每天天刚麻麻亮就起床,第一件事就是一箱一箱察看蜜蜂的情况,生怕蜜蜂不见了。吃饭时,他也端着土碗蹲守在蜂箱旁边,把落在地上的苞谷、米粒捡起来,以前是塞进嘴里吞食了,现在是放在蜂箱的小洞门口,想让蜜蜂吃饱了好去采蜜,结果被村里的技术员看见了,遭到一顿臭骂。下雨了,他又把之前披在身上遮雨的蓑衣拿出来,给蜜蜂盖上。有人见了故意问他:'二憨,你家木箱里养的是什么东西,怎么这么金贵?让你一天就围着木箱子转悠。'二憨傻乎乎地笑,回答说:'贾书记给我找的媳妇。'

"看着二憨走上了正道,老英雄常常眉开眼笑,时不时在家里唱上一段四言八句:

卿是文盲　上了战场
雄心壮志　手握钢枪
……
脱贫致富　要靠蜂王

带领二憨　奔向小康

……

　　"夏天天气酷热，蜂王在蜂箱里待不住，从洞子里钻出来裹着一群蜜蜂飞走了。赤裸着上身的二憨急得在地上直跺脚，抓起一把扫帚冲上去就追。蜜蜂飞到一株漆树上结成黑乎乎的一团，二憨也跟着爬上漆树去追打，有一群蜜蜂迎面飞来，二憨挥手拍挡，蜜蜂蜇了二憨的额头、面颊、鼻子……二憨从树上掉了下来，蜜蜂却飞得更高更远了，不知道去向。二憨被蜇伤，成了个大头娃娃，肿着脸回到家，眼睛眯成一条缝，坐在街门口号啕大哭。有人看见了，问：'二憨，贾书记找的媳妇厉不厉害？'二憨立马就不哭了，傻乎乎地笑，说：'媳妇不好惹，要跑还打不得，打了要蜇人的。'那人接着又问：'知道打不得还追啥？'二憨发怒了，说：'媳妇都要跑了还能不追？'

　　"五倍子花开过之后，我就带着村里的技术员第一个来二憨家指导收割蜂蜜。我猜，那天应该是二憨有生以来过得最开心、最幸福的一天。他满心欢喜，像只小狗一样紧跟在技术员身后，进进出出，跑来跑去。技术员刚刚从圆桶内取出割下的第一刀蜂巢，他就赶紧将脏兮兮的菜盆递了过去。菜盆装满了，他又飞跑回去端了个黑黢黢的洗脸盆出来。

　　"我从蜂桶上取下一大块滴着蜜汁的蜂巢，塞进二憨的嘴里。开始时他吓得往后退，接着就傻呵呵地张嘴接住了，只看见那块蜂巢在腮边鼓了一个包，随即在嘴里消失了，只看见他的眼睛鼓了一下。

　　"我问：'蜂蜜好不好吃？'

"他答：'好吃！'

"我又问：'蜂蜜甜不甜？'

"他回答：'甜！'

"我又问：'有多甜？'

"他回答：'蜜儿蜜儿甜！'

"问题就出在我不该送给二憨一个旧手机。"小贾自言自语，似乎有些懊悔。

"蜂蜜卖完后，我让'一把手'主任带着老英雄去银行将贷款还了，剩下来的钱先存起来。老英雄高高兴兴的，在苗岭乡场饭店喝了两瓶啤酒，又扛了一箱回家犒劳二憨，一路上唱着部队吃饭前拉歌的调儿，一会儿是'解放区的天是明亮的天，解放区的人民好喜欢'，一会儿是'团结就是力量，团结就是力量'，一会儿是自编的四言八句'卿是文盲，上了战场'。老英雄回到家里二憨又发疯犯犟，啤酒也不喝了，非要给他买个手机不可，老英雄连夜去找'一把手'告状。

"'一把手'来找我，说他家里有一个老年机还能用，是不是买个移动号码给二憨送去。正好我也想换个新手机，就把我的智能手机给了二憨。没想到，就十天时间，短短十天时间又出事了。

"那天，我去县里开会回来，看到老英雄在村委会外面的坝子站着，好像有心事的样子，想进屋又不敢进去，正犹豫不决。

"我把他叫进屋里，见他脸上洋溢着喜悦，就先明知故问银行的贷款还清没有，他兴奋地说还清了。又问他明年还想不想多养些蜜蜂，他昂昂地说要养，说二憨也准备再养五十箱。之后，才问他是不是有事找我，他说是有事。

"我跟他开了个玩笑，问是不是二憨又要点火烧房子，他摇着

264

头说不是。我又问，是不是二憨把他箱底的钱拿去赌博了，他还是摇头说不是。我想了想又问，是不是二憨想换个新手机，他还是一个劲儿地摇头。我当时也蒙圈，看着他一脸神秘兮兮的样子，搞不明白到底会有什么事。老英雄羞涩地走过来，胆怯地靠近我，双手捂着我耳朵悄声说，他给二憨说了个媳妇，问我可不可以去见面。

"我顿时心里一喜，问：'什么时候的事？谁介绍的？'

"老英雄说：'就在前天，一个女人做的媒。'

"我心想，是二憨他二姑吧，赶紧又问：'什么女人？是怎么认识的？'

"老英雄不紧不慢地回答：'电话里认识的。我看是个好心人！'

"糟了，我心里咯噔一下，不会是……我对他讲：'不要去见面，肯定是假的。'

"老英雄一惊，愣怔在那里不高兴了：'说好了，明天要去看人的。'

"我问：'去哪里看人？'

"老英雄说：'还没说地方，应该在城里吧。'

"'行了，叫你不去就不要去。'我刚从县里开会回来，有一河滩的事情要去做，就有些不耐烦了，坐在椅子上催他，'赶紧回家去，看好蜂子要紧。'

"老英雄站那里不动，嘴里嘟囔着：'可是……'

"我抬头看了他一眼。

"老英雄身体一缩，结结巴巴地说：'人情礼……人情礼都给了，说……说好明天……看……看人的。'

"'啊……'

"两天前，二憨接到一个陌生女人的电话，要给他说个媳妇，对方有的是钱，只是丈夫不生细娃，想找个男人帮她怀孕生一个，只要怀孕了就给他一大笔钱作为感谢费。二憨听后高兴昏了，去找他父亲商量。二憨父亲照着电话号码打过去问情况，电话里那个女人说是的，有个富婆想找一个男人给生个儿子。二憨父亲想，还有这样的好事，先给二憨找个媳妇，怀不怀孕、给不给钱另说，反正家里有蜜蜂，不差钱，就在电话里同意了。可是，对方却说先要看看男方的诚意才行。二憨父亲说他们是有诚意的，要不然也不会打电话过去问。对方说要交一万元诚意金，按约定见面之后，不管女方看不看得上眼，都会把诚意金退还给他。二憨父亲在电话里一番讨价还价，把诚意金讲成了八千元。然后，父子俩高高兴兴去银行把钱打给了对方，约定三天后见面看人。

"事后，二憨父亲又怕不稳当，就想过来问一下找的这个媳妇有没有把握，刚到村委会坝子，这不，就看见我开会回来了。"

十二、抹掉案子

"看人，看个鬼！"小贾气愤地说，"当时，我那个气哦，简直没法儿说了，要是二憨在身边的话，我敢肯定，我会将他一顿暴打。你想想吧，喂养一年蜜蜂，好不容易还清了贷款剩下一万来块钱，就这样被骗走了八千块钱，心痛不心痛嘛！"小贾说着激动了，把汽车喇叭捶得呜啦呜啦地叫，惊得路边竹林里的几只斑鸠扑啦啦飞走了。

我跟小贾开了句玩笑，说："幸好哦，二憨父亲还讲了价，不然存折上的余额就为零蛋了。"

"你是没有遇到过这种事，不能体会当时的心境。"小贾看着我说，"尽管我没有到苗岭之前就是负责侦办侵财案件的，经办过无数被诈骗的案子，被骗金额几万、几十万、几百万的都有，但是唯独这一次我当时心痛得遭不住，比我自己丢了八万块钱还要心痛几十上百倍。"

小贾说我不能感同身受，我不服气，给他讲了十年前亲身遭遇的案件："我表哥与他的外甥一起到县城打工，在建筑工地下苦力搬砖头、和水泥、挑砂浆，年底结算工资一人剩余八九百元，准备揣着回家过年的，结果在车站等车时被人骗了个精光。表哥打电话来说这件事时，我的心情跟你当时差不多，可是我束手无策，只能为他惋惜。"

小贾笑了，继续说："当时我的想法就是一定要帮二憨把钱追回来。我赶紧让二憨父亲把电话递给我，翻找到了骗子的手机号码，问对方的收款账号时他却不知道，说要去问银行才清楚。我赶紧拨打闵支的电话，让他在支队给我想办法，可是闵支的电话一直无人接听。我猜测闵支一定是在开会研究案子，支队有个规定，只要开会，任何人不能带电话进会场，只留一个人接听值班电话。我又拨打了值班电话，接电话的兄弟告诉我说，冻结和止付已经不可能了，都过了几天，钱早被骗子取走了。我冷静一想，也是，就把骗子的电话号码告诉给他，让他叫支队的兄弟留心一下，看能不能串并案。打完电话后，我站在办公室里急得团团转，真的，像一只热锅上的蚂蚁。

"死马当活马医呗！在没有办法的情况下，我又从二憨父亲手中把电话拿过来，直接拨打骗子的电话，还好电话接通了。我在电话里对那个女人讲，我是警察，二憨已经到公安局报案了，按照法律规定，你的骗钱行为是犯罪，如果能够及时退钱还款，我去做受害人的工作，让他们撤案，公安机关可以不追究刑事责任。那个女人在电话里沉默了一下，问我报案人被骗了多少钱，我说是八千元，在银行转的账，一分不多一分不少。接着，我又打感情牌，跟那女人说二憨是个残疾人，家里有多穷、多造孽，母亲去世了，父亲七十一岁，好话说尽找人分了三窝蜜蜂来养，割了三十多斤蜂蜜，卖了 4500 块钱，自己口不吃、舌不舔，就是想把钱积攒下来讨个媳妇回家，结果全转给你了。我还一边讲法律，一边吓唬那个女人，说，你看着办吧，如果不想在监狱里过下半辈子，就积极退赃，把钱转回来，否则，我明天立马飞过来抓你。我还把支队的值班电话、我的手机号码留给那个女人，让她加我的微信。留支队值班电话是好让她核实我的警察身份。

"挂了电话，我就让二憨父亲回去，要他千万莫给二憨讲实情，哄他说过几天就去看媳妇。我又给支队值班室的兄弟打电话说，如果闵支开会结束，立即给我回话。

"那天晚上，我心里毛毛躁躁的，总不是滋味，做什么事都静不下心来，一直等那个女人回电话，或者同意加我微信。凌晨 1 点，我在睡梦中迷迷糊糊地听见枕边电话发出'叮咚'一声响。我像是触电了一样，大脑细胞和浑身的神经元一下子都给激活了，立刻清醒过来，迅速拿起手机来看，那女人接受我为好友了！

"我心想肯定有戏，赶紧发了个笑脸表情包过去，紧接着又发了握手的表情包。

"对方发回一条信息：打扰你了警官。

"没打扰，大姐，还没有睡呀？听我的没错儿，赶紧把钱退了！

"对方没有回信息。

"我有些担心，立即趁势追击：'只要你退了钱，我保你不会有事；如果不退钱的话……'我故意没把话说完。

"对方仍然保持沉默。

"我相信，对方的脑子里一阵翻江倒海，在作激烈的思想斗争。我紧接着又发了一条信息：你自己掂量吧，我们天亮后出发，飞往福建。如果不想蹲监狱，那就……

"约莫过了半小时，手机又'叮咚'一声响，对方果然转了八千元过来。瞅着微信里那一片橘红色的方块，特别是方块上那一串让人心惊肉跳的数字，我激动得周身发抖、牙齿打战，手机也没拿住，掉在了床上。我赶紧把手机捡起来，点击微信转账，确认收款，戳了三四下，生怕对方变卦又收回去了。哎，终于大功告成了!"小贾长长地吐出一口气说，"我随即发了一条信息：大姐，你是有良心的人。还加了个赞。哈哈哈，没想到，一件诈骗案就这样被我给抹掉了!"小贾的脸上带着胜利的微笑。

听完二憨血汗钱失而复得的故事，我的内心激动不已。

十三、人头山下的墓碑

我们回到旅社，已是下午两点。准备的饭菜都凉了，老板娘重新热了，我们邀请小贾留下来一起吃。小贾接连接了几个电话，放下饭碗急匆匆走了。

小贾上了车又下来，进屋告诉我车已经修好了，修理厂明天或者后天送过来。他还说明天不能陪我了，要去县里开会，市政法委的老领导来苗岭乡检查工作。

老板娘说，贾书记就是这个样子，像只不知疲倦的蜜蜂，忙得跟火烧屁股似的。我接过老板娘的话问，丈夫尾椎骨受伤的事是否记恨他？老板娘停顿了一下，眼里闪着泪花，说，田老四记不记恨不清楚，她倒是挺感谢小贾，终于有人把田老四给镇住了。

我在苗寨又待了两天，去看过山坪塘水库的晚霞，在茶山摘了两株洁白如玉、香得让人直打喷嚏的野百合，插在旅社的玻璃瓶里；参观了土地革命时期乡级苏维埃政府遗址和史迹展览馆，照了几张遗址石碑的照片。女儿把那首九十多年前在当地劳苦群众中传唱的歌谣记得烂熟，一路上念叨："人头山、人头山，穷人天天泪不干，富人催租又逼债，倾家荡产喊皇天，自从红军进后山，干人个个笑开颜，打土豪、分谷米，帮助穷人把身翻！"还让我解释"干人"是什么意思。

老板娘鼓励我去爬人头山，我没有胆量去，只在山脚灌了两瓶山泉水，就离开了苗岭，结束了暑休旅程。

大切诺基从民宿出来，经过中心广场时，被一堆人挡住了去路。我按了几下喇叭，看热闹的游客似乎都没听见。我只好熄火，好奇心驱使我下车走了过去。

又是那位在广场说书的老年人——我终于见到了二憨的父亲，穿一身洗得发白、衣袖又被油污染得黑亮亮的旧军衣，戴一顶军绿色的帽子，挂一根木拐杖，站在广场中心的"刀山火海"旁，给一大群人说四言八句：

脱贫致富　万代盛昌
养殖蜜蜂　全靠蜂王
家家户户　奔了小康

党的恩情　永世不忘

"把你被骗的事也说一说，钱是怎么追回来的?"有人叫喊。老人的脸有些挂不住了。"讲啊，讲啊，怎么不讲啦?"

老人抓起地上的啤酒瓶，咂了一口，说:

此等丑事　本不好讲
我家二憨　三十又两
枕旁无人　睡觉心慌
为讨媳妇　胡乱转账

围观群众发出一阵爽朗的笑声。又有人说:"明明是您自己把钱转出去的嘛，和二憨有啥关系哩?"

老人没理睬，继续说:

孔明在世　辨明真相
小贾书记　为民着想
舌战恶妇　正义伸张
骗子心虚　归还大洋
归——还——大——洋!

人群里响起一阵掌声。

在妻子的催促下我上了车，给小贾发了条信息，感谢他几天来的关照，告诉他有个老年人在广场讲他的故事，心里却老惦记着那位胆大敢为的娟子姑娘，希望哪一天也能见个面。

年后，市里对脱贫攻坚有功人员进行大规模表彰，报纸上登载了 615 名受表彰的先进个人名单，我在里面发现了小贾的名字，给他发微信以示祝贺。很快，小贾就给我回了个害羞的表情包。当我问他是否结束光荣使命，返回原单位上班时，他说还没回。

我们继续聊天，跟他约定时间，回城之后，请娟子姑娘一起吃顿饭。他却沉默了，迟迟没有给我回信儿。我有些疑虑，把小贾的朋友圈重新翻看了一遍，一番爬楼，找到他春节期间发的一条信息：

重上苗岭万事非，同来何事不同归？
梧桐半死清霜后，白头鸳鸯失伴飞。
原上草，露初晞，旧栖新垅两依依。
空床卧听南窗雨，谁复挑灯夜补衣。

看完信息，我内心久久不能平静，脑子里布满了阴霾，很想再跟小贾聊上几句，翻找出他的电话号码，犹豫再三拨了过去，又摁了。

我又拨通了民宿的电话，是老板娘接的。电话里传来熟悉的柔柔的声音："找贾书记是不？"

"是找他！还在苗岭吗？"

"还在，有人说他就要调走了，有人说他要留下来。"

"为啥？"

"小年夜下大雪，娟子躺在村委办公室的木床上，怀里抱着《太阳照在桑干河上》那本书看，一炉子炭火要了她的命。多好的姑娘，说没就没了，怪可惜的。后来，小贾他们把她埋在了人头山脚下……"电话里传来抽泣声。

我僵硬在那里，手中拿着电话，眼眶湿润了。

两天后，组长刘巡视找小贾谈话，征求他的意见，扶贫任务结束以后是留在乡里任职，还是回主城。小贾回答，容他认真思考后再作决定。这一次，他再没有也不敢像上次那样草率从事，电话征询了四位父母的意见，又去了人头山下，让娟子给他拿主意。

那天是 2 月 25 日，乡村振兴局正式挂牌。

（疏木，本名陈常卫，重庆彭水人。供职于重庆市北碚区公安分局。从警三十年，先后从事过治安、刑侦、文秘、督察、政工、纪检监察等工作。作品发表于《派出所工作》《重庆晚报》《重庆调研》等报刊，组诗《乌江》收入重庆公安文学丛书之《在心田上种花》）

附录

2023 年"新时代中国法治文学精选"丛书入选作品名单

长篇小说

《另一半真相》（原名：《插翅难逃》）　　　　作者：易卓奇

《阿波罗侦探社》　　　　作者：蔚小健

《正义者》　　　　作者：裘永进

《幸福里派出所》　　　　作者：李　阳

《风口浪尖》　　　　作者：楸　立

《女警姚伊娜》　　　　作者：宋瑞让

中篇小说

《七天期限》　　　　作者：楸　立

《该死的人性》	作者：洪顺利
《薪火相传》	作者：贺建华
《蜂王》	作者：疏　木

短篇小说

《千丝万缕》	作者：少　一
《重塑》	作者：骆丁光
《无处躲藏》	作者：奚同发
《警徽闪烁》	作者：魏世仪
《垃圾街》	作者：阿　皮
《麻辣师徒》	作者：程　华
《新月》	作者：王　伟
《雾霾》	作者：任继兵
《夺命陷阱》	作者：罗学知

报告文学

《"寻人总司令"隋永辉》	作者：艾　璞
《村里来了警察书记》	作者：罗瑜权
《采访汪警官手记》	作者：张　明
《激流勇进铸忠诚》	作者：张建芳
《平凡英雄》	作者：王改芳
《中成，你是我们的兄弟》	作者：程　华

中国社会主义文艺学会法治文艺专业委员会

2023 年 12 月 31 日